湘江北去
青铜魅影
家国春秋
沩水泊岸

文旅观澜

姜峰 著

空山鸟语兮
人与白云栖
潺潺清泉濯我心
潭深鱼儿戏

北方联合出版传媒（集团）股份有限公司
万卷出版公司

图书在版编目(CIP)数据

文旅观澜 / 姜峰著. -- 沈阳：万卷出版公司，
2021.7
ISBN 978-7-5470-5598-4

Ⅰ.①文… Ⅱ.①姜… Ⅲ.①散文集–中国–当代
Ⅳ.①I267

中国版本图书馆 CIP 数据核字（2021）第 109676 号

- -

出版发行：北方联合出版传媒(集团)股份有限公司
　　　　　万卷出版公司
　　　　　（地址：沈阳市和平区十一纬路 25 号　邮编：110003）
印　刷　者：长沙市精宏印务有限公司
经　销　者：全国新华书店
开本尺寸：170mm×240mm
字　　数：240 千字
印　　张：15
出版时间：2021 年 7 月第 1 版
印刷时间：2021 年 7 月第 1 次印刷
责任编辑：张冬梅
责任校对：高　辉
策　　划：张立云
装帧设计：潇湘悦读
ISBN 978-7-5470-5598-4
定　　价：78.00 元
联系电话：024-23284090
传　　真：024-23284448

湘江从我心中流过

◎易　飞

　　姜峰是笔名，我习惯了叫太军兄或姜兄，我们是大学同窗。姜兄要我写序，我是不敢的。我斗胆为一些刚刚出道的文学青年写序，心里还有几分底气。然，这位老同学，绝非刚刚上手的那种，笔法已然十分老到，看起来怎么都有点老江湖的味道了。我本想推托，我不太适合做这个事，可否请出某个大家为你一序。后来一想，反正是同学，什么序不序的，来点读后感是可以的吧。

　　看这本书的架构，你会发现作者是上了心的，是把它当成一个事儿来做的——现在看来，这真是一件挺了不起的事儿啊。这是一本文化散文，一本大文化散文集，四大部分，如湖湘文化立起的四座厚实的基石。如果不是高估的话，它应该在湖南的散文创作里，留下地位，引起关注。作者的风格不是那种炫目的、华丽的、张扬的，他是沉静的、简朴的、老练的。也许有人会认为其过于琐屑，需要阅读者具有足够的耐心和定力。然而，琐屑也是一种风格。琐屑是需要功夫的。首先是心态，宁静方能致远，方能致细。散文缺乏细腻，无论是情感的还是场景的，都不可能动人。

作者的语言是老到的、克制的。不节省，也不过于铺陈；不华丽，也不至于粗粝，我以为是恰到好处。一个写作者，能够在语言方面做到这一点，我以为写作就成功了一半。如果文体是一口钟，写作者用想象和感悟把它悬吊起来，它才能发出声音。那么敲钟的就是语言，首先进入读者视野的也是语言。没有好的语言的牵引，再好的风景，客人也不会进去领略。

我想，就算始皇帝到了湘西，也没有时间去看一个小县丞的日用记录，他有许多军国大事要去思考。但那些写在竹简上的记录被县丞整整齐齐地码放在官衙的书记室里。而且，每天都有一名小官吏用一块橘黄的丝巾去拂拭竹简上的灰尘。（《里耶古镇》）

此夜，迁陵县丞如平时一般，办完公事，在竹简上记好当天的工作生活之事，锁好官衙大门，回到家中，与妻子儿女共进晚餐。这天，县丞的心情颇好，他的小妾还陪他喝了几杯酒。（《里耶古镇》）

寥寥几笔，细致而生动，有画面感。

这是一次意义重大的起义，虽不是轰轰烈烈，却给后人们留下了一把开启秦王朝大门的钥匙。（《里耶古镇》）

不拔高，客观平和。

我以为一个文学创作者，能做到节制，他一定已经经过了一个繁复缤纷的阶段，洗尽了铅华。节制是一种可贵而又稀缺的能力，作者在语言的控制方面做得很好。没有多年的文字历练和潜心钻研，难以达到这个境界。一般的散文写作者，总是在这个方面难以控制，泥沙俱下，不只是心态的问题，还有能力的问题。行文简洁克制，是一般的文学写作者难以解决的问题，甚至多年的写作者，都解决不了。

南，浏阳河入口；北，捞刀河入口。三公里，来回六千米，从这头到那头，再从那头到这头，不知度量过多少次。

我在想，暴风雨来临时，鸟儿又躲哪呢？它真的是快乐的吗？

停下脚步，看看手机，链接世界，暗流涌动，波涛汹涌。

你会感觉这个世界是宁静的吗？（《湘江北去》）

上面这一段，换一个喜好抒情而不能自控的写作者，我估计文字翻一倍，也打不住。

贡院大门位于今中山路三角花园。原贡院门前的一对石狮，一直留在中山路三角花园，直到 21 世纪初，三角花园进行改造，为保护石狮不被破坏和遗失，这一具有 280 多年历史的石狮，才被移往岳麓山景区东大门（四医院旁的大门）。今天这对石狮静静蹲伏在岳麓山东大门前，光阴如刀，笔飞墨舞的科考时代，显然已凝固成岳麓山前容颜已老的两方石雕。（《古老大院》）

这些篇章中，作者都是在克制中叙述，或者作者自己浑然不觉，自觉进行着俭省干净的叙述。

在历史文化散文里，引经据典是必需的，它增加了文本的厚度和思考的深度。作者的这种大文化历史散文，也必须过这一关。不引述，文本会空泛；引述太多，如果缺少作者自己的介入，会显得古板。

《尚书注疏》记载："言'龙兴'者，以易龙能变化，故比圣人。九五'飞龙在天'，犹圣人在天子之位，故谓之龙兴也。"由此可见，唐太宗当时建江南讲寺并赐名龙兴，是有其深刻政治含义的，是希望借此传播佛法，感化"判服无常"的西南群蛮，实现教化一方，稳定一方，进而达到稳固朝廷对江南的统治，保障大唐帝业迅速兴起，这不失为英明睿智之举。（《沅陵印象》）

站在大沩山回心桥，望着回心岭，我一直在想，当年，灵佑禅师到底遇到了多大的困难，才使他如此灰心丧气，一定要离开沩山。（《大沩风范》）

一个小地方，成为这么多成语典故的出处，我想在全国也是绝无仅有的，也自有它的惊奇之处。（《沅陵印象》）

一个引述之后，都有作者出场。这些被引述的历史素材，都是随着作者的思路自然进入的，而不是失去掌握，信马由缰地展开。

别以为作者只知道一味地克制俭省，在文本中，好的文学也是随之不断溢出的，但依然也不会失去控制。一味地沉稳，没有节奏的变化，也会让一本散文作品逊色。大多数时候是平的，沉稳的，冷静的，甚至是冷峻的，但有时候也会有伤感、激越、轻盈、飞扬。这就是一本散文作品要带给读者的温度和湿度。

"潇湘江头三月春，柳条弄日摇黄金。"柳树纤细的枝条上，长出鹅黄米粒；渐渐地，一条条长长的鞭子上，嫩绿的娇躯，婀娜多姿，微风里翩翩起舞。

捞刀河入湘江口，一片芦苇，抖落了冬天的雪花，迫不及待地伸出纤纤的身躯，绿如轻纺；旧的芦花已枯萎，却尚未坠落，春风里迎风招展。苇河风清，白鹭飞翔，唯美绝伦。

湘江北去，融入长江滚滚流。

湘江，长江；此岸，彼岸，同湖同舟。

春天渐暖。（《湘江北去》）

再看《青羊湖之约》：

风，很轻很轻；夜，很静很静。

徜徉于炭河古城，漫步于青羊古道。

你说，相约千年，为了这千年的等待，我在苦苦修行。

三千年岁月流逝，你却化为青铜人面的公主。

青羊山的香榧树，静静伫立，见证千年的浪漫。那场盛大的典礼，如在眼前。

千年的风，吹落香榧树千年的春秋，吹落高悬千年的月辉，却吹不落相思树上千年的等待。

节奏的变化，在文本中也随处可见。我在简约中，也找到了少有的纷繁。看出作者能放能收叙述能力的全面。在简省中凝练，在纷繁中体现力量。

天气渐暖，烟火味渐浓，夜色朦胧，地摊摆满江边。

雨果看到火灾后重生的雏菊感叹"这朵花安静地生长，并遵循大自然的美好规律"。

这一切，会让你重新思考人生、生命和幸福。

孔子的"一箪食，一瓢饮"，是抵御烟柳繁华、超越世俗之上的精神快乐；孟子的"独乐乐不如众乐乐"，是兼济天下的社会情怀。

法国艺术家安格尔认为："卓尔不群、洁身自好、知足常乐，这三者意味着真正的幸福。"

果戈理说："如果有一天，我能对我们的公共利益有所贡献，我会认为自己是世界上最幸福的人。"

为更多人的大幸福而牺牲自我的小幸福，这是人生大境界。

面对灾难的逆行者，体现的是人生幸福大境界。（《湘江北去》）

不同的题材采取不同的写法，这是作者文化散文的一大特点。在第二大部分《青铜魅影》之《炭河里之谜》中，显得十分突出。

沁园春·黄材

何似黄材？才送商云，又接宋风。自巍巍华夏，千年音隔；悠悠湘楚，几世尘封。梦枕沧桑，胸存瑰丽，一任江湖雌与雄。独娴静，待真姿勃出，谁可争锋？

吾当千载重逢，叹故土风骚尽领中。念十三洞里，遍生奇景；炭河里处，迭现青铜。吉羊怡怀，崇山博志，直令豪情寄雪峰。登高望，更炭河史话，畅写无穷。（《炭河里之谜》）

这是《炭河里之谜》的全文开篇，是一首词，写故乡黄材。

沁园春·炭河里

独立沩山，长望烟云，不尽激昂。念一方故土，曾经烽火，千年魂梦，屡历星霜。热血忠心，金刀木弩，北战南征捍鸷强。红枫染，更广围城邑，雄守苗疆。

无名史册何妨？自绝世传奇万代扬。看铜铙击乐，威惊天宇，方尊盛酒，情醉湖湘。人面祥和，四羊吉瑞，拂去尘埃放异光。堪为傲，愿炭河古迹，永续华章。（《炭河里之谜》）

这是《炭河里之谜》的结尾，又是一首《沁园春》的词，大气磅礴，写出了青铜之乡炭河里的气势。

在《炭河里之谜》里，有的篇章开头现代诗，结尾古体诗，有意思。

如《炭河里之谜——青铜之魂》开篇是现代诗：

熊熊烈火，红彤彤的熔炉
远古的铜、锡、铅
熔为炽热滚烫的液体
沸腾着，流淌着
青铜的光芒，映红了洞庭之南的夜空
青铜的肤色，青铜的浪漫
融入三苗人的血液
青铜酒樽里，盛满血染的酒浆
苍劲大铙之声，和着远古时代的音符
构成一曲恢宏的交响
耀古烁今，气壮山河

而结尾是一首七言律诗：

历尽沧桑血染痕，遍燃烈火魄长存。
神州造鼎承天命，荆楚寻铜铸国魂。
宝象饰铙鸣雅乐，骄羊昂首捍方尊。
文明自古谁能没，惊世辉煌共酒温。

在《炭河里之谜》中，一些篇章还融合了楚辞体、赋体等文体。如《炭河里之谜——青羊公主之魅力》写到大禾王子给青羊公主的誓言，被称为最早的爱情诗：

丹水波涛兮相遇，幽谷缥缈兮云缭绕；驾飞龙兮涉洞庭，青羊伊人兮袭予。笑靥醉人兮美丽，秋波流动兮蕴情；嫣然一笑兮媚生，仪静柔情兮惊雁；色如春花兮眉若画，手如柔荑兮肤如脂。忽闻声兮伊哝语，软语绵绵兮忘忧心；既含睇兮又宜笑，情切切兮意融融。今生情缘兮永不变，千载万年兮同晓梦；死生不渝兮共鸳盟，海枯石烂兮心不弃。

这其实就是作者根据历史情境创作的一首楚辞体爱情诗歌。

姜兄写现代诗我不怀疑，在大学时就是一个多面手。写古体诗我是第一次读到。写得怎么样，诸君吟一吟，便知其中味，我以为大出我的意料。在这种饱含历史元素的内容中，以古体诗和现代诗开头和结尾，又融合诗词赋等文体，是一件很有意思的事情，不知道是不是作者的创意。它使文本更加生动，在厚重的历史中，在青铜的魅影中，古今文体融为一体，古今事件与人物也互相交织，相映成趣。

各篇章中不仅有文体的交织，也有不同艺术品种的交织和穿越，显得饶有趣味，别开生面。如在《家国春秋姜公庙——救民于火》中：

神龛处有两副对联，外联为：

英灵有赫奉冠带祠春秋祖德宗功第一；
真精不爽跨洞庭吞梦泽水官菏泽无双。

内联为：

生为英没为灵德其盛矣；
近卫家远卫国威莫大焉。

这些对联准确概括了姜九郎的神奇故事。戏台也有一联：

古往今来只如此；
淡妆浓抹总相宜。
（《家国春秋姜公庙——救民于火》）

人生如戏，沧海桑田，几度春秋几度变迁。如今，姜公庙已毁。南宋时期刚建庙时所植的一棵银杏树还在，历经八百多年，风风雨雨，历经沧桑，春天依然枝繁叶茂，秋天依然金黄满地，硕果累累。

我徘徊在银杏树下，当年的少年英雄何处寻？

耳边响起了田震唱的《千秋家国梦》主题曲：

背离了冥冥中的所有

离乱中日月依旧

告诉我你要去多久

用一生等你够不够

······

如今已沧桑的你

那去了的断了的碎了的何止是一段儿女情

当我再次看到你在古老的梦里

落满山黄花朝露映彩衣

（《家国春秋姜公庙——救民于火》）

在不同的篇章里，还有时空的穿越，如《家国春秋姜公庙——时空隧道》中穿越中外：

2004年发掘的炭河里古城，堆积了多层远古历史文化层，沩水的一次次泛滥，一次次地把历史淹没。

一座繁华的都邑，突然消失得无影无踪，在中外历史上还是很多的。如柏拉图《对话录》提到的阿特兰提斯岛；希腊诗人荷马的史诗《伊里亚特》记载的特洛伊；南美洲墨西哥的玛雅古城；柬埔寨的吴哥窟；《史记》里记载的丝绸之路上的楼兰古国；唐代皇帝让李白写回信的那个渤海国；等等。而黄材的青铜文明和炭河里文明似乎比这些古城历史还要早。

（《家国春秋姜公庙——时空隧道》）

在《家国春秋姜公庙》中，出现电视里白岩松朗诵的《长大回家》等。

可以说，这本历史文化散文作品，体现了丰富的创作手段，使历史散文这个看起来显得凝重的题材，体现出摇曳多姿的体态，这无疑增加了文本的趣味性、感染性和传播性。

顺便说一句：没有想到的是，读姜兄的散文，我还找到了与自己相关联的内容。本人孤陋寡闻，没想到湖南还有个易状元——易祓，称为"释褐状元"。在《状元故里读书声》中，有详细的描述，称其为长沙地区的第一个状元。感谢姜兄，让我长脸。改天我去找老同学一起去拜谒。

我好像写得太多了，就此打住吧。

（易飞，本名易建新，湖北监利人。中国作家协会会员，高级记者，特别关注杂志社总编辑。著有长篇小说《无冕之王》《弥天大谎》《天上人间》及部分中短篇小说、诗歌和纪实文学作品。诗作入选多种选本，纪实文学《憨的智慧》入选 2016 中国励志图书排行榜并荣膺榜首，长篇小说入选"辽沈热书"榜。）

目录
MU LU

一、湘江北去 … ◇◆◇

"吾道南来，原是濂溪一脉；大江东去，无非湘水余波。"

湘江北去，融入长江滚滚流。

蓝蓝的天空下，一对一对的白鹭，呢喃着，嬉戏着，在江面滑过来，滑过去。

江天寥廓楚天舒。

二、青铜魅影 ··· ◇◆◇

青铜的光芒，映红了洞庭之南的夜空。

炭河里的先民们，以四羊方尊盛装美酒，以大铜铙乐击长空，钟鸣鼎食，祈祷上苍。

揭开"宁乡青铜器之谜""炭河里之谜"神秘的面纱。

目录
MU LU

三、家国春秋 ··· ◇◆◇

　　岁月流逝，姜姓宗祠、姜公庙演绎了家国伦理、族学文化存在和发展的规律。

　　姜水、渭水、天水、赣水、沩水，流淌在五千年的漫长岁月；流向黄河、长江，奔入波涛汹涌的大海，融入这个古老的民族，一个个炎黄子孙的血液里。

四、沩水泊岸 ··· ◇◆◇

一川碧透的沩江，流淌着一腔脉脉的思念。

沩水悠悠，洗去世俗的喧嚣、人世的浮华，和清风、明月、鸟儿、鱼儿一起快乐在天地之间。

读诗品茗，饮酒作歌；耕田种地，挑水浇园。摘下片片花瓣，记下每一个温馨而浪漫的日子。

一 湘江北去

"吾道南来，原是濂溪一脉；大江东去，无非湘水余波。"

湘江北去，融入长江滚滚流。

蓝蓝的天空下，一对一对的白鹭，呢喃着，嬉戏着，在江面滑过来，滑过去。

江天寥廓楚天舒。

道州月岩

从长沙出发，经衡阳、永州，再翻过蜿蜒曲折的双牌岭，终于到道县了。这是多年前没有高速时走过的线路。

到道县之前，就认识了不少道县人，道县人说起道县都挺自豪，这个湘江源头的潇水河下游的湘南小县，历史上名气很大。从秦开始的漫长历史中，道县大多时候称为道州，是郡、州、府所在地，与衡阳、郴州、永州并称湘南四大名城。

古道州也历来为兵家必争之地，据说，若打通了道州，往北就打通了三湘，往南就打通了两广。因而从秦始皇南征到岳飞抗金，从太平军北伐到红军长征途中最为惨烈的湘江战役，都在这里留下难忘的历史故事。

可如今的道县人也深感委屈，与道州齐名的衡阳、郴州、永州都还是州府，唯独道州沦为道县了，而且是在永州管辖之下，所以道县人说起来往往又有点不服气。

在永州的时候，还听到几句俗语：唱不过祁阳，打不过东安，巧不过零陵，蛮不过道县。蛮，据说就是道县人的性格。其实，霸得蛮、吃得苦，敢为人先，也正是湖南人的性格。

我认识的道县人，不是姓周就是姓何，问其原因，原来周姓和何姓是道县的两大姓，在中国三十六位历史文化名人中，道县就占了两位，一是理学开山鼻祖周敦颐，一是清代书法大师何绍基。

第二天早餐后，我们出了县城往西走，天空还下着小雨，几分钟后，雨过天晴，一道彩虹挂在西边的天空，公路两边是一望无际的稻田，正是 6 月下旬，早熟的稻子已是金黄，晚熟的还是青青的，青黄相间的稻浪，在彩虹的映照下，异常亮丽。在我的印象中，道县该都是山区，从昨天翻过高高的双牌岭，到达道县县城，我才知道，道县县城就是建在一片宽旷的平原上。10 多分钟后，看到远处的山从平地上拔地而起，这样的山，这样的景，和号称"甲天下"的桂林山水并无二致。久居城市，看到如此乡村美景，令人心旷神怡。

20 多分钟后，车在一小路的尽头停了下来，前面已无路了。而 500 米之外，就是一座小山。道县的朋友说，只能走路过去了。我奇怪地问，不是说去周敦颐的故居吗？这里既无房子也无村庄，难道周敦颐的故居在那山里吗？道县的朋友笑着说，我们这是先到月岩。

月岩，号称古道州八景之一。相传是周敦颐少年读书悟道之地。记得探险家徐霞客在《楚游日记》中写道："永南诸岩殿景，道州月岩第一。"

这里就是道州月岩了，我的心情格外兴奋，步子也走得更快，越过一道小溪，走过 500 米左右的田间小路，就进入到月岩溶洞了。

感到异常惊喜的是，这里基本保留着最原始的形态，既无公路到达月岩前，也无游人，更无其他旅游景点一样摆摊设点的商业喧嚣。在这里，就只有我们静静地、自在地走进洞里。

到洞门前，大大的洞口好似城阙。进入洞里，才发现别有一番天地。原来这不是一个真正的洞，进入洞里后，头顶是虚的，是天空，而在另一边又有一个洞口，这样有东西二洞门，当中顶虚，可见蓝天丽日。而最为奇特的是，从西洞门入，东望天空如见上弦月，中望如见圆月当空，至东洞门回首可望，宛如一弯下弦月。因此，在这里你可以同时看到月盈月亏，再到月亏月盈，难怪这里称为"月岩"。

从上弦月慢慢到圆月，再到下弦月，又从下弦月慢慢到圆月再慢慢到上弦月，我在洞里来回走了两遍。

你动，月也随你而动，从上弦月到下弦月，你静，月也随你而静。

我在仔细感悟少年周敦颐当年在此洞读书悟道之情形。

那位少年手捧《周易》和《道德经》，在洞中时而走，时而坐，时而站，时而思。在大自然之灵气中，感悟动而静，静而动，盈和亏，阴和阳之宇宙原理。

我从茫然四顾到突然心静如镜，一幅太极图突然在我心中与此月之变化重叠在一起，呈现得如此明亮而清晰。

无极而太极。太极动而生阳，动极而静，静而生阴，静极复动。一动一静，互为其根；分阴分阳，两仪立焉。阳变阴合而生水火木金土，五气顺布，四时行焉。五行一阴阳也，阴阳一太极也，太极本无极也。

——周敦颐《太极图说》

在这赋予了天地之灵气的月岩，少年周敦颐顿悟到了新的哲学道理。而后，他继承《周易》和部分道家以及道教思想，提出一个简单而有系统的宇宙构成论，说"无极而太极"，"太极"一动一静，产生阴阳万物。"万物生而变化无穷焉，唯人也得其秀而最灵"，圣人又模仿"太极"建立"人极"。"人极"即"诚"，"诚"是"纯粹至善"的"五常之木，百行之源也，是道德的最高境界"。只有通过主静、无欲，才能达到这一境界。在以后700多年的学术上产生了广泛的影响，他所提出的哲学范畴，如无极、太极、阴阳、五行、动静、性命、善恶等，成为后世理学研究的课题。

在当时，周敦颐并不为人们所推崇，学术地位也不高。人们只知道他"政事精绝"，宦业"过人"，尤有"山林之志"，胸怀洒脱，有仙风道骨，没有人知道他的理学思想。

但有个南安通判程太中很有远见，只有他看重周敦颐的理学造诣，于是将两个儿子——程颢、程颐送到周的门下。程颐在后来回忆说，他年少时就是因为听周敦颐讲道，因而厌倦了科举仕途，立志要学习和探索儒家的如何为圣王的道。

周敦颐逝后，随着程颢、程颐对他的哲学的继承和发展，他的名声也逐渐显扬。

南宋时许多地方开始建立周敦颐的祠堂。理学集大成者朱熹对他评价很高，又为《太极图·易说》《易通》作了注解。张栻称他为"道学宗主"，人们甚至把他推崇到与孔孟相当的地位，认为"其功盖在孔孟之间矣"。帝王们也因而将他尊为人伦师表，他被尊为道学宗主、理学开山祖师、湖湘学宗、湘学始祖等。

而周敦颐生前的确也以他的实际行动，成就了一代大儒的风范，他的人品和思想，千百年来一直为人们所敬仰。

其实，今天已少游人的月岩，历史上却是名气很大的。且不说宋代旅行家和地理学家徐霞客在《楚游日记》对月岩的记述，只从月岩洞的石刻即可见其历史印迹，明代、清代到今天都有人留下石刻文字。"道在其中""豁然贯通""浑然太极""理学渊源"以及《太极图说》文字摘录等内容的石刻在洞中岩石上，随处可见，只是由于历史久远，有些已经模糊不清。

走出洞东门，看到远处的拔地而起的山，青黄相间的稻浪，忽然又有一种"柳暗花明又一村"的世外桃源之感。因为我们的车还是停在西门之外，只能从原路返回。

一条小溪从月岩洞外流出，一直流到濂溪、流到潇水，流入湘江、流入长江，汇入浩浩汤汤的大海。

想起岳麓书院文庙大殿的一副对联：

> 吾道南来，原是濂溪一脉；
> 大江东去，无非湘水余波。

这副有点狂放的对联，恰如其分地表现了湖南人和湖湘文化对近时中国所担当的崇高责任。

"濂溪一脉"的源头在这里。这里是湘水之源，也是道学之源，湘学之源。

道县清塘镇楼田村濂溪边就是周敦颐的故里。

一大片的青砖黑瓦房子，就是周敦颐的故居。我们问起路边的老乡的姓氏，都是姓周，老乡说这里周围的几个乡都是姓周，就是在道县也有一半人姓周，都是周敦颐族人的后裔。据说文学巨匠鲁迅（周树人）、开国总理周恩来也分别为周敦颐的三十一代、三十二代孙。

庄严地摆着周敦颐雕像的濂溪祠，门口一副对联"心传承孔子，道学启程朱"，概括了周敦颐一生的学术成就。

宋真宗天禧元年（1017）周敦颐出生，其父周辅成，赐进士出身，官至贺州县令，也可以说，周敦颐从小生长在一个书香门第之家，传说他从小聪明过人，志趣高远，五岁时将村前的五个土墩命名为水、火、金、木、土，很让父老称奇。年少时，常常去月岩读书悟道，闲暇之时也在濂溪河畔吟风弄月，钓鱼游玩。可惜十五岁时父亲病逝，他只好随母亲到京城投靠舅父龙图阁直学士郑向。舅父官高德厚，学识渊博，见他勤奋好学，举止不凡，因此爱之如子。他在舅父的栽培下，受益很大。二十四岁时，经舅父郑向奏请朝廷，他出任分宁县主簿，开始了他的仕宦生涯。后因政绩显著，历任知县、判官、通判、转运判官、提点刑狱以及知军等职，五十六岁时归隐，教徒授业。

在三十多年的仕途生涯中，周敦颐有几次是在湖南任职的，宋仁宗庆历七年（1047），曾任郴州郴县县令，宋仁宗皇祐二年（1050）任桂州桂阳（今湖南桂阳）令，宋英宗治平元年（1064）曾任永州通判，一直到宋神宗熙宁元年（1068）调离。在湖南任职的这些年，离道州都很近，我想他应该是常回濂溪故里的，也许也还常去月岩。故乡的山、故乡的水、故乡的濂溪一直深深地印在这位十五岁就远行的学子的心底。他一生无论在何时何地都没有忘记濂溪，而受月岩的启示，他用毕生的精力去研究理学。

在郴州他创办了濂溪书院，如今人们到了郴州，能看到修缮完整的爱莲湖濂溪书院，占地38亩，是目前全国纪念周敦颐的最大的书院。1061年，在周敦颐出任虔州（今江西赣州）通判时，路过江州（今江西九江），对庐山风景特别喜爱，就想在此隐居下来，于是在山麓建一书堂，书堂前面有一条溪流，发源于庐山莲花峰下，他也将其取名为濂溪，决定退休后定居于此，在五十六岁时，终于实现了这一愿望。在这不是家乡道县的濂溪的濂溪边，读书，吟诗，挥毫，收徒授业，传授他的理学思想，好不逍遥自在，这是很多中国古代文人向往的生活。

南宋景定三年（1263），理宗皇帝手书"道州濂溪书院"六字，颁赐给周敦颐故乡的濂溪书院。在南宋理学家掀起的书院运动中，在周敦颐生前生活、任职的衡州、永州、邵州、郴州等地，纷纷创建"濂溪学院"。这些分散各地的以"濂溪"命名的机构，互通声气、互为呼应，构成了一个以道州濂溪书院为宗主的学术网络，成为湖湘之学当年得以傲视群伦的重要标志之一。

今天我们大多数人对周敦颐的了解也许并不是他的理学，而是他那篇著名的散文《爱莲说》：

水陆草木之花，可爱者甚蕃。晋陶渊明独爱菊；自李唐来，世人甚爱牡丹；予独爱莲之出淤泥而不染，濯清涟而不妖，中通外直，不蔓不枝，香远益清，亭亭净植，可远观而不可亵玩焉。

予谓菊，花之隐逸者也；牡丹，花之富贵者也；莲，花之君子者也。噫！菊之爱，陶后鲜有闻；莲之爱，同予者何人？牡丹之爱，宜乎众矣。

作为理学鼻祖周敦颐的作品，这篇托物言志的散文小品没有理学的陈腐气，而保留了理学家长于说理议论的优点。文章风格极为简洁，语言凝练自然，比喻贴切，寓意深刻。先写了陶渊明爱菊和世人甚爱牡丹的情况，作为一正一反的衬托，然后才从容不迫地说出自己喜爱莲花的原因，"出淤泥而不染"，这一段是脍炙人口的片段，句句说的都是莲花，而同时句句又都是在说君子的道德品行。他分别把菊、牡丹和莲花称为花中的"隐逸者""富贵者"和"君子"，以比喻的方式，巧妙地把借花喻人的用意点了出来，赞颂了像莲花那样的君子的高尚志节，而对追求富贵的世俗思想加以讽刺，即"出淤泥而不染，濯清涟而不妖，中通外直，不蔓不枝，香远益清，亭亭净植，可远观而不可亵玩焉"。这是以花喻人，旨在做官不在乎职务的大小，要始终廉洁自律，勤政爱民，以洗冤泽物为己任；做人要光明正大，胸怀坦荡，不卑不亢，表里如一。

周敦颐是这么说也是这么做的。

在南安任司理参军时，有个囚犯，罪不当死，顶头上司转运使王逵却要重判。王逵一贯刚愎自用，他批下的案子，只能照办，谁也不敢提意见，只有周敦颐与之据理力争。通过摆事实、讲道理，王逵自知理亏，改变口气说："你现在还年轻，刚出茅庐，要懂得为官之道，在于不得罪当地的豪门大户。"而周敦颐不以为然地说："杀人以媚人，吾不为也。"回到住所，立即写出辞职报告。王逵看了，想到周敦颐讲的事实与道理，终于悔悟，对罪犯由死刑改为流刑。在合州任判官时，周敦颐勤于政事，政绩斐然，个别宵小之徒，趁御使赵忭下来考核官吏之机，造谣中伤他。赵忭为人正直，弹劾不避权贵，这次却错听谗言，将周敦颐训斥了一顿。遭到这种不白之冤，他却处之泰然。事情很凑巧，五年以后，周敦颐调到虔州任通判，赵忭是那里的知府，成了他的顶头上司，赵忭因为老印象，开始对他态度不好，周敦颐也不以为然，只是认真为官。赵忭经过细致的考察，非常后悔过去听信谗言，对周敦颐说："几失君矣！今日乃知周茂叔也！"从此以后，两人成了莫逆之交，共同为士子们讲学。赵忭不但在士大夫面前夸周敦颐的贤能，还多次向朝廷推荐他。

周敦颐地方为官三十一年，不但廉洁奉公，而且还用自己的薪水多次周济贫困的老百姓和亲友们。他在南昌任知县时，一次因病休克，好友潘兴嗣等去看他，环视他家中的东西，像样点的只有一个旧竹箱。打开一看，里面除了一些书籍和旧衣外，钱不到一百文。当了好几年的知县，如此寒酸，真是不可想象，大家异口同声说："真廉士也！"由于他的廉洁自律，后来归隐时，有时连粥饭也吃不上，对此他处之泰然，毫不后悔。大文豪黄庭坚评价他的情操曰："茂叔人品甚高，胸怀洒落，如光风霁月。廉于取名，而锐于求志。薄于徼福，而厚于得民。菲于奉身，而燕及茕嫠。陋于希世，而友尚千古。"

这样一位"出淤泥而不染"的莲花君子，做的官并不大，但在精神生活上具有自己的独特性格。他既是一个官吏，又是一位儒师；既自诩为儒学正宗，又兼有佛阁风骨和仙家气派。他五十岁（1066）在永州做通判官时曾经寄给家乡族人一首自况诗：

老子生来骨性寒，宦情不改旧儒酸。
停杯厌饮香醪水，举箸半餐淡菜盘。
事冗不知精力倦，官清赢得梦魂安。
故人欲问吾何况，为道春陵只一般。

从诗中可以看出，这位从道州走出去的读书人，始终没有改变道州人也是典型的湖南人的刚直不阿的性格，他虽然做官多年，并未由此而改变自己的儒士本性和对圣人之道的执着追求，一直过着亦官亦儒的生活。

从濂溪故里往道县县城，我们又到了建在县城的周敦颐广场，广场上有理学鼻祖周敦颐的巨幅雕像。

的确，道县有大自然赋予的灵秀——月岩，因月岩成就了周敦颐的《太极图说》，成就了理学开山鼻祖。今天的道县因有这位理学大师而骄傲。

这位理学大师的朴素的唯物主义思想，闪光的辩证法，勇于创新的治学精神，出淤泥而不染、濯清涟而不妖的高尚情操，廉于取名而锐于求志的博大胸怀，影响了一代代的文人学子。

天下谷源

1

到玉蟾岩，我是带着朝圣的心理去的。

由于撰写湖南农业志的原因，一直在探寻湖南水稻栽培历史。玉蟾岩，这个被称作"天下谷源，人间陶本"的圣地，我总想去探个究竟。

那年12月，到过道县，本想去玉蟾岩，却因有急事，只在道县住了一晚，第二天去双牌县，那时还没有高速公路，只能翻双牌岭。

出发时，开始下起小雪，愈往岭上走，雪愈大，至岭上，雪已铺满弯弯曲曲的公路，山上气温更低，雪落至地上，凝结为冰，车竟然无法下山了。我对同事说，这是老天要留我们在道县，留我们去玉蟾岩的。难道就这样滞留在山上？

熟悉此段路程的同事说，也许附近农户家备有防滑链，他去找一找。约半小时，买来了一副防滑链，只是价格有点贵。

想起这段经历，总心戚戚然，觉得愧对玉蟾岩。

这一年，春暖花开之时，怀虔诚之心，特意去瞻仰玉蟾岩这一圣地。

从县城出发，还是阳光明媚，道县盆地，在群山环绕中，时时看到平原上突兀的山峰。

接近寿雁镇，天空飘有乌云，步行近玉蟾岩时，雨大了起来。

县文物局同志带我们在一小山洞躲雨。他说，这山洞也有原始人生活的痕迹，考古时发现了史前人类使用过的陶片。

一会儿，雨停。

离玉蟾岩就只几百米了，拨开灌木丛，进入洞口，文物局的同志小心翼翼打开铁门。

玉蟾岩，道县盆地上凸地而起的岩峰，活像一只趴在盆地上的大青蛙，故名"玉蟾"。岩洞上悬莹白色钟乳石，坐南朝北有一石洞，洞口呈方扇形，如玉蟾之鼻。

这只"玉蟾"口中噙着1万多年前的谷粒。

1988年发现玉蟾岩遗址，1993年、1995年和2004年，在该遗址连续发掘出了世界上最早的栽培稻标本和最早的陶制品，被评为"中国20世纪最重要的100项考古发现"之一，引起世界轰动。

1993年，考古队员在漂洗玉蟾岩遗址近底部的文化层土样中发现两枚稻壳，颜色呈黑色。

1995年，在层位稍上的文化胶结堆积的层面中发现了两枚稻壳，颜色呈灰黄色。

2004年，考古队发现了五枚炭化的稻谷。

三次出土的稻谷或炭化程度不一，或颜色各异，是因为标本所处的环境不同。

玉蟾岩出土的稻谷是一种兼有野、籼、粳综合特征的特殊稻种，体现了从普通野生稻向栽培稻初期演化的原始性状。

经测定，玉蟾岩古栽培稻的年代距今约1.8万—1.4万年，这是世界上发现的最早的人工栽培稻。

在此前，认为印度拥有4000年悠久稻作文化，是世界水稻发源地，玉蟾岩古栽培稻的发现，打破了这一神话。

1万多年前的道县该是什么样子呢？

不难想象，1万多年以前，在亚热带湿润气候作用下，道县盆地及其周边有着茂盛森林，开阔的林间草地，宽阔的湖泊水域。

大量野生植物、动物，为人类提供了丰富的食物资源。远古先民对野生水稻进行利用、驯化、培育。他们已经脱离了人类的婴儿期，懂得"民以食为天"。

人工栽培水稻，创造人类最稳定的食物源。

2

1.4 万年前，是个什么概念？

中华 5000 年文明历史，指的是从 5000 年前的中华三祖黄帝、炎帝与蚩尤时代开始。北方黄河流域是黄帝部落，南方长江流域是炎帝和蚩尤部落。

长江中下游流域，是古老中华大地上最好的地方，这里土地平旷、气候温润、雨量充沛，动植物资源丰富。远古先民，在这片温润富饶的土地上创造了灿烂的稻作文明。

相传，炎帝常驾一叶扁舟，从长江出入洞庭，采集五谷、教民耕种。他上溯湘江，采药衡山下，日遇七十毒而不辍。他溯水而上，来到一片山水肥美之地，受到部落子民欢迎，并与他们一起打猎播种，在此受到"野猪拱土"启发，发明耒耜。此地后故名耒阳。

《补史记·三皇本纪》："斫木为耜，揉木为耒，耒耜之用，以教万人，始教耕，故号神农氏。"

耒阳市离道县不远，嘉禾县也在道县附近。

嘉禾县之名，来自"天降嘉种"。《嘉禾县学记》载："嘉禾，故禾仓也，炎帝之世，天降嘉种，神农拾之教耕作，于其地为禾仓，后以置县，徇其实曰嘉禾县。"

《衡湘稽古》云："今桂阳县北有淇江，其阳有嘉禾县。相传炎帝之世，天降嘉禾，帝拾之以教耕，以其地为禾仓，后置县，因名嘉禾。"

炎帝神农氏"始教天下耕种五谷而食之"。神农氏葬于炎陵县城西 15 公里的塘田乡鹿原坡。

炎帝神农氏揭开了有文字记载的中华农耕文明第一页。

栽培稻的祖先是野生稻，只有存在野生稻的地区，当地民族才有可能把它培育为栽培稻。距道县玉蟾岩不远的江永县至今仍有成片的野生稻。距炎帝陵不远的茶陵尧水乡艾里村，1981 年发现有成片野生稻。耒阳、永兴等地称野生稻为"野禾"，自古也有"野禾"存在。

炎黄蚩尤时代，湖湘大地已经广泛种植水稻。

3

尧舜禹时代距今约 4000 年。

以尧为首领的部落联盟，是华夏、东夷两大集团融合而成的，占据黄河流域。而在长江流域是三苗的天下。

三苗是苗族的祖先。现在苗族过"尝新节"时，鬼师要唱《谷穗歌》：

> 央与仰和妮，居泉水坡脚；
> 造田开水沟，撒谷在池塘。
> 捉住水牯牛，教水牛犁田；
> 牛轭挂肩头，叫它犁池塘。

"央"就是姜央，是苗族始祖，他的两位夫人"仰"和"妮"则是稻作农耕的创始者。

这里值得注意的是"撒谷在池塘"。不是在稻田里"撒谷"，而是在"池塘"里"撒谷"。普通野生稻一般生长在湿地边缘，所以，在野生稻被驯化为栽培稻后的很长一段时间里，稻作农耕实际上都是在湿地里进行的。这里的"池塘"其实就是在大河边或湖沼边缘围起来种稻的湿地，而且原始湿地稻作确实都是"撒播"，不插秧。

舜是东夷人，后来做了唐尧的乘龙快婿，尧把自己两个如花似玉的女儿娥皇、女英嫁给了舜，后来，还把王位禅让给了舜。

尧、舜又想把南方的三苗部落统一于一体。几场战争下来，到舜时，实行"修德绥化"政策，对内加强自己统治，发展生产，对外与三苗联盟采取绥靖手段，三苗暂时臣服于舜。

史料记载，舜曾经把当时尚未分封的土地中最好的地方拿出来分封给了弟弟象。

那么，这个"尚未分封过的土地中最好的地方"在哪里呢？

这个地方就是舜征服长江以南的三苗以后得来的。

《帝王纪》："舜弟象封于有鼻。"《孟子》曰"封之有庳"，"庳"者，音鼻。

这里的"有庳"就是现在的道县和宁远一带。

相对于中原华夏，这里确实有点远、有点偏。劳作之余，象无所事事，无任何娱乐活动。于是，他在地上摆弄石头，相互对战，后来，人们把这种游戏工具叫"象棋"。

《史记》记载，舜帝"践帝位三十九年，南巡狩，崩于苍梧之野，葬于江南九嶷，是为零陵"。

舜帝晚年去江南巡狩的地方也就是他弟弟象的封地，即现在道县、宁远一带。

这次远游后，他再也没能回到中原，失踪在南方这片莽莽大山中，是哪座山？也无法找到，故称"九疑"即九嶷山，"是为零陵"。

可见，尧舜禹时期，今天的永州一带的农耕文明已经相当发达了。

4

秋天，走在一望无际的澧阳平原，稻浪滚滚，你总能闻到那弥漫在田野的稻花香，更能感受那远古先民在稻田里的辛勤劳作。

这里发现了世界上最早的水稻田、最早的稻作农业灌溉系统。

杉龙岗、彭头山、八十垱、城头山、鸡叫城等，众多的稻作文化遗址在此发现。

1988 年在彭头山文化遗址，发现大量掺杂在陶片里的距今 9000 年的稻壳。

1996 年在八十垱遗址，发现了距今 8000 多年的近万粒炭化水稻。

1997 年，发现了城头山遗址，该遗址呈圆形，直径约 300 米，有环壕和城墙，城墙有东、北、南三个门，东门附近出土了附带灌溉设施的稻田（6500年前）和祭坛（6300—5800年前）。可见，早在6000年前，这里就已经开始举行大规模的稻作祭祀了。

城头山遗址内还出土了大量木材和炭片，经学者检测，发现80%以上是枫木。学者随后对遗址周边的植物孢粉进行检测，却发现枫树孢粉的比例很低，不到10%。这就说明遗址周边并不存在枫树自然林，遗址内出土的大量枫木是由于遗址内的宗教祭祀需要而特意从远处搬运过来的。

说到枫木与祭祀，我们又会想起苗族的枫树崇拜。

《山海经·大荒南经》记载：蚩尤被黄帝打败，"蚩尤所弃其桎梏进为枫木"。蚩尤是三苗的先祖，也是苗族的始祖。传说苗族祖神"蝴蝶妈妈"也是从枫香树的树心里飞出来的。"蝴蝶妈妈"飞出来后，生下十二个蛋，由鹡宇鸟孵化，最后从黄蛋里孵出了苗族始祖姜央。

可以想象的是，远古的蚩尤部落、三苗部落，生活在澧阳平原，以稻作农耕为基础，以枫树信仰为核心凝聚在一起。

2007年，距今4000多年的鸡叫城遗址，发现了堆积如山的炭化谷糠、完备的灌溉系统。

这些考古发现，无论从年代还是文化谱系上都是非常清晰、连续的。

澧水河畔的澧阳平原，似乎地下全是远古的稻作文明。

5

沅水中上游的湘西，古老而神奇。长期以来，这里被人们称为"南蛮"之地。

沅水之畔，有一个知名的古镇，安江镇，我一直觉得这里很神奇。

说这里偏远吧，确实偏远，这里只是怀化市下属的洪江市下面的一个小镇。

走在古镇，能看到密集的20世纪六七十年代留下的街道和房子，你可以感受这里曾经的繁华。

这里曾经是黔阳县（现洪江市）人民政府所在地，1953年至1975年更是黔阳地区行政公署（现怀化市政府前身）所在地。

我想，这都是由水路交通运输转换为铁路交通运输后发生的历史变迁，安江镇的由盛到衰，是最大的见证。

神奇的是，这样一个小镇，有国务院授予的两大"全国重点文物保护单位"。

这里的沅水北岸的岔头乡岩里村，就是2005年被评选为"全国十大考古发现"之一的高庙农耕文化遗址。

如果没有当地的向导，还很难找到这个地方，原发掘的遗址已经回填。从一条小路进去，在一片宽阔的空地里，竖立有国务院授予的"全国重点文物保护单位——高庙遗址"的石碑。

湖南省文物考古研究所于1991、2004、2005年先后三次对其进行了发掘，发现了7000年前的历史遗存，出土的淡水螺、鹿、猪、麂、牛、熊、獾、象、貘、犀牛等各种水、陆生动物骨骸以及植物遗存达数十种，表明当时人类获得食物的主要手段，可能是以渔猎与采集为主的攫取式的经济方式。

高庙文化遗址被称为中华南方文明发源地。

而高庙文化遗址对岸的沅水南岸，就是杂交水稻发源地的安江农校。

当我来到安江农校时，学校已更名"怀化职业技术学院"，并已搬迁至怀化市。

这里已是"安江农校杂交水稻纪念园"，2009年被国务院授予"全国重点文物保护单位"。

校园内绿树成荫，古木参天。"一粒改变世界的种子"——杂交水稻，就是在这个神奇的地方经过艰难探索，取得突破，成功并走向世界的。

纪念园内旧式办公楼、校训牌、袁隆平旧居、教学楼、杂交水稻温室、鱼塘、早期杂交水稻试验田、玻璃温室、高温抗病鉴定圃等，一一保留。

这里见证了袁隆平及其团队的科学研究奋斗足迹，是人类稻作文明阶段性历史发展的载体。

1953年，从重庆西南农学院毕业的袁隆平来此任教。

1964 年，青年教师袁隆平在这里提出了通过培育水稻三系（雄性不育系、保持系、恢复系）来利用杂种优势的设想。

1966 年，他的《水稻雄性不孕性》一文在《科学通报》上发表，得到国家科委重视，责成湖南省科委和安江农校重视支持这项研究。

1967 年安江农校成立水稻雄性不育科研小组，李必湖、尹华奇是袁隆平的两位助手。

1970 年 11 月，李必湖在海南南红农场冯克珊带队采集野生稻资源过程中，在海南岛崖县发现了花粉败育型普通野生稻雄性不育株（简称"野败"），从而为籼型杂交稻三系配套成功打开了突破口。

1973 年，第一个具有较强优势的杂交组合"南优 2 号"试种成功，这是历史性的突破。

杂交水稻从亲本繁殖、制种到栽培，打破了传统的方法和技术，可说是水稻生产上的一次"绿色革命"。

从三系杂交水稻，到两系杂交水稻，再到超级杂交稻，袁隆平带领他的团队创造了一个个奇迹。

2018 年，超级杂交稻品种平均亩产 1152 公斤，创造了世界水稻单产的最新、最高纪录。

杂交水稻被世界公认为国际领先的科技成果，袁隆平被公认为"杂交水稻之父"。

把野生稻驯化成栽培稻、用野生稻与栽培稻育成杂交稻和超级稻，这是世界水稻栽培史上的三次革命。

6

湘、资、沅、澧，抚育湖湘儿女。

从南到北，从湘江源头道县玉蟾岩 1.4 万年前人工栽培稻遗址，到澧水河畔澧阳平原彭头山 6500 年左右的水稻田。

从东到西，从湘东茶陵独岭坳距今 7000—6500 年的稻作遗存，到沅水之畔高庙农耕文化遗址，到现代杂交水稻诞生地——安江农校。

湖湘儿女绘就了一幅巨大的稻作文化遗存的历史长卷。

远古先民开始至今，在这 21 万平方公里的湖湘大地艰苦创业，辛勤劳作。

霸得蛮、耐得烦、吃得苦的湖湘精神，就在这种筚路蓝缕的拓荒耕食历史中形成。

钱钟书之父钱基博云："吾湘之人，厌声华而耐艰苦，数千年古风未改。唯其厌声华，故朴；唯其耐艰苦，故强。"

"蛮""朴""强"，使湖南人性格比外省人更为勤劳笃实。

吃苦耐劳，坚忍不拔，敢为人先，一代代湖湘儿女开拓进取，奋勇争先。

天下谷源在湖南，杂交水稻之源在湖南。

湖南是世界农耕文明的重要发源地，湖南是中国的乡土，也是世界的乡土。

里耶古镇

邂逅里耶，是一个偶然的缘分，也许正是这种偶然，才有一种意外的惊喜。

去里耶，是多年前的事了，那时还没有通龙山的高速。

从长沙去里耶，如果直接走吉首，距离会更近些。那一次，我们是先到了龙山县城。

从龙山县城出发往里耶，那个与王村、浦市、茶峒并称为湘西四大古镇的里耶。龙山县城在龙山的最北端，而里耶在龙山的最南端。于是，只好沿着湘渝交界的公路从北往南而行。

颠簸的山路，5—6个小时的车程，穿行在乌龙山大峡谷之中。有人提出疑问，跑这么远的山路去看那么一个小镇值不值得。而在我心中是很值的。

且不说古镇的风景会怎样，光是穿行在乌龙山峡谷中，那迷人的景象就令人流连。《乌龙山剿匪记》中那片神秘美丽的地方一直只是在梦中萦绕，如今已经悄然真真切切地穿行在神秘的乌龙山大峡谷中了，那种心情自然是格外兴奋。路两边高处是莽莽苍苍、蜿蜒秀丽的山石险峰，路下边是如玉带盘缠绕的清澈的河流，有时是悬崖峭壁，险象环生，有时是曲径通幽，郁郁葱葱的高丘林荫，可见到小块的梯田、散居在山中的苗家木屋。头上是白云悠悠，山中是鸟语花香，令人忘记了山路颠簸的辛苦。

如今，虽然龙山县城到里耶通了高速公路，时间缩短到了1个小时，但却难以体会到穿行在乌龙山大峡谷的感受了。

5个多小时的翻山越岭，视野豁然开朗起来，宽旷的平原上，金色的秋阳下，展现在我们面前的是稻浪滚滚，瓜菜连畦，让人忘记这是在湘西了。路边的房屋也渐渐多了，直觉告诉我，里耶到了。

进入古镇，青石板铺就的街道，土家风格的明清建筑，雕花栏杆的古老木屋，古风荡漾的商号招牌，让人沉醉在厚重的历史中。

这里没有凤凰古城那样的游人喧嚣，没有急匆匆赶路的人群，只见斑驳的老屋前，悠闲地坐着几位老人，或品茶或叼着烟袋闲聊，有的在老屋里悠闲地做着自己的家事。

"春有百花秋有月，夏有凉风冬有雪。若无闲事挂心头，便是人间好时节。"这种悠闲的慢生活，令人向往。

大凡古镇，往往是在历史的尘烟中蛰伏太久，在散发淡淡的时代气息的同时，更多的是弥漫着浓郁的原始风味。

漫步在里耶的青石板路上，我的感觉是，里耶，她在历史的尘烟中蛰伏得太久太久，她一直还沉睡在明清小说的意境里，如果还这样沉睡下去，若干年后会慢慢地让人遗忘。

然而，2002年的初夏，一口古井的发现，一下惊醒了一个2000多年的梦，激发出了这个养在深闺隐山居水的湘西边陲小镇的激情。

这是一口古井，这是一口会说话的井，这是一口能述说2000多年前历史的井。

2002年，里耶古城的发掘中，这口古井一次性出土秦代简牍近3.6万枚，远远超过中国历次出土的秦简总和，被专家誉为"中华第一井"。

里耶秦简是继1975年、1989年云梦秦简，1979年青川郝家坪战国秦简，1986年放马滩秦简，1993年王家台秦简发现后最重要的、数量最庞大的一批秦简。20世纪发现秦简的总量不过2000枚，由于秦始皇的焚书坑儒，秦朝的历史记载只有只字片言。

而里耶出土的3.6万枚秦简，极大弥补了秦史空白，复活了秦朝历史。其简文有10余万字，涉及社会生活的方方面面，包括邮递、军备、算术、记事等。简牍的时代皆属秦始皇统一中国后的秦朝时期，纪年由秦始皇二十五年（前222）至秦二世二年（前210），一年不少。

同时，里耶数百座古墓葬群与这座古城重见天日。古城临江而建，紧靠酉水，占地1万多平方米，有夯土城墙、护城河、房屋建筑遗址、排水设施，多座古井规则地分布在古城内外，它们共同形成一个完整的古代城市系统。

"北有西安兵马俑，南有里耶秦简牍。"考古专家们这样称道。

里耶，这个鲜为人知的小镇，一跃成为"中华第一古镇"，再次证明"湘西历史上不是蛮荒之地"。

行走在里耶，是一种天马行空的心灵漫步。不时感受她勃发的历史气息，你可以浮想联翩，你可以寻觅那岁月封尘的记忆。

"里耶"的含义是土家语"辟地"的意思。相传开发之初，土家先民从渔猎转入农耕，以人力拖犁耕地，故名。

几千年前，这个隐居大山之中的古城，又遭受过怎样的战火洗礼呢？

从古城出土的建筑材料、陶片、青铜兵器以及生活堆积物来看，里耶古城是战国时期楚国修筑的军事城堡，用来开疆辟土和抵御秦国的进攻。

战国末年，秦国大军从乌江流域攻入酉水流域，楚军被迫东迁，这座古城就被放弃了。

那么，又是什么时候，是谁把那么多完整的秦简沉埋在一口井里？

从内容上看，洋洋数万卷的秦简是迁陵县的县丞所留下的官方文书。那么，迁陵县县丞又怎么把这么完整的文书埋在里耶的古井了呢？

史料记载，保靖县在古时候一直叫作迁陵县，今天的保靖县城关镇仍然叫作迁陵镇，这个名字能从2000多年前一直沿用至今，自有它厚重的历史底蕴。而现在属龙山县的里耶镇的南边是酉水河，酉水河的另一边就是保靖县的清水坪镇。也许里耶镇在2000多年前当是保靖的辖区，也许，里耶镇还是保靖县（迁陵县）的县城，就算不是县城，2000多年前的里耶镇也是迁陵县的一个重镇。

荆楚，湘西，边陲，天高皇帝远。

可以想象的是，这位迁陵县县丞在始皇帝的统治下，战战兢兢，一点儿也不敢怠慢，所有的官方文书皆做得一丝不苟，连一些日用的账目也记得清清楚楚，等待着始皇帝随时传阅。这样的县丞，应该是非常尽职尽责的。

有一年，秦相吕不韦被始皇帝罢黜后，放逐到巴蜀时曾路过迁陵县，他在那里流连了数日。县丞曾把自己收藏的文书账目拿给被免了职的吕相过目，吕相看后对县丞赞不绝口，说要是始皇帝看到这些文书定会给县丞加官晋爵，县丞听后高兴不已，以后把这些竹简当成了宝贝。

我想，就算始皇帝到了湘西，也没有时间去看一个小县丞的日用记录，他有许多军国大事要去思考。但那些写在竹简上的记录被县丞整整齐齐地码放在官衙的书记室里，而且，每天都有一名小官吏用一块橘黄的丝巾去拂拭竹简上的灰尘。

秦始皇统治下的秦朝，高压和苛政，百姓没有幸福生活可言，为了生存，他们定然会揭竿而起的，陈胜、吴广只是众多起义的百姓中影响最大的一个例证。

本来就不服秦朝统治的荆楚，随时都可能有人揭竿而起。

在那么一个月白风清的夜晚，一个平时颇有名望的苗家或者土家乡农，或姓石，或姓田，或姓彭，或姓向的，在迁陵县登高一呼，从者趋之若鹜，趁着夜晚，从酉水岸边攻上了县城，正朝着官衙冲来。

此夜，迁陵县丞如平时一般，办完公事，在竹简上记好当天的工作生活之事，锁好官衙大门，回到家中，与妻子儿女共进晚餐。这天，县丞的心情颇好，他的小妾还陪他喝了几杯酒。就在他稍有醉意的时候，一个守城门的衙役匆匆闯进了县丞家的大门，这是从来都没出现过的事情，县丞正准备怒斥衙役的时候，却被衙役带来的消息吓呆了。

不甘欺压的迁陵县乡民蜂拥而至。

县丞知道自己唯一的出路就是赶紧逃走，但他还想着再回来做他的官，而这些珍贵的文件是万万丢不得的，更不能落在造反者手中。于是，他果断下令，把数万卷的竹简全部扔进门外的一口防火井里，再推倒泥墙，把水井堵死，匆忙之间，衙役们把县丞的小儿子每天背诵的九九乘法口诀表以及一些尚未使用过的空白竹简也扔进了井里。

县丞亲眼看着衙役们把古井封好后，才卷了细软、带了官印，仓皇出逃。

县丞这一走，就没再回来，因为，起义的乡民们早就控制了所有的舟船，在那时的湘西大山里，没有了舟船就如同被砍掉了双腿。为了争夺一条生命之舟，县丞和他的衙役们在码头上与造反的义军激战了一场，当然，战斗的时间并不长，养尊处优的县丞和他的家人、衙役们瞬间便全军覆没。黑夜里，县丞没有看清是谁杀死了自己，懵懵懂懂地到阎王处做了一个糊涂鬼。

这是一次意义重大的起义，虽不是轰轰烈烈，却给后人们留下了一把开启秦王朝大门的钥匙。

可惜，历史没有记住这个星月闪烁、呐喊震天的夜晚，仓促间，县丞也没有把这次突发的战事写进他的竹简里，他也不可能再有时间去写进竹简。

那晚，愤怒的义军杀光了所有的官差，一把火把官衙烧成了白地。于是，被县丞埋藏在防火井里的数万竹简一直沉睡到了公元2002年，而这数万枚竹简能让今天的你我一抬腿就走进2000多年前的秦王朝。

当然，这只是后人想象的一段故事，也无从考证。

然而，有悠悠酉水河作证，清清酉水，流淌着几千年历史，见证了古镇的兴衰。

里耶城外的酉水河，发源于湖北宣恩，流经重庆，从里耶注入湖南，再在沅陵汇入沅江，全长1200余里。也正是这条浩浩荡荡一泻千里的酉水，以其丰富的资源养育了土家和苗家先民，诠释着里耶古镇的悠久与辉煌，在时代的变迁里见证了里耶岁月的沧桑。

著名作家沈从文在其《白河流域几个码头》一文中对里耶有过这么一段描述，"白河上游商业较大的水码头名'里耶'。川盐入湘，在这个地方上税。边地若干处桐油，都在这个码头集中"。

沈先生所称的"白河"即现今的酉水。银带似的酉水从南面绕过里耶镇后转向东流去。

古镇还是那个古镇，酉水还是那条酉水，历史和历史上的人和事，随着清清酉水而流逝，一去不复回。

随着水运交通的淡出，很多靠水运的城镇已经失去了昔日的繁华，就像里耶。

然而，古镇的文明却永远不会被历史抹去。

古老的里耶已将军事、政治、经济以及美学诸方面结合得尽善尽美，她是精美之作，也可以说是人类创建的和谐之作。秦简的发现更增添了这个古镇的神秘。

多年前的这趟意外的里耶之行，我一直觉得是非常值得的。

里耶，已深深地印在脑海里。

边城漫步

1

对茶峒，一直有种向往，因为《边城》，因为那个叫翠翠的女孩子。

现在，我已漫步在边城——茶峒河边。

尽管这里已改名边城，但我还是喜欢叫茶峒，也许每个边远小镇都可以叫边城，但沈从文笔下的那个边城——茶峒，只有一个。

由四川过湖南去，靠东有一条官路。这官路将近湘西边境到了一个地方名为"茶峒"的小山城时，有一小溪，溪边有座白色小塔，塔下住了一户单独的人家。这人家只一个老人，一个女孩子，一只黄狗。

《边城》开篇之句，简单至极，悠远至极。

这样熟透了的句子，在脑中盘旋。

那个叫翠翠的女孩子在哪儿？在哪儿呢？

那条小溪呢？那位老人呢？那条大黄狗呢？

2

溪流如弓背，山路如弓弦……黄泥的墙，乌黔的瓦，位置却永远那么妥帖……山中有城，城中有山，青石板街依山就势，纵横交错。这些青石板的石条是茶峒人一块块从山上背回来，一凿凿地凿掉那些多余的部分，粗糙的部分凹凸的部分，再一块块地连着铺过去，路越多希望也越长。一个多世纪过去了，青石板磨得油亮。

这就是沈从文笔下的边城小景，一道令人神往的风景。

小溪依然流淌着。

小溪宽约二十丈，河床为大片石头做成。静静的水即或深到一篙不能落底，却依然清澈透明，河中游鱼来去皆可以计数。

这是酉水的支流——清水河，河面依旧很宽，河水却没有那份"清澈透明"了。依然可见河底大片的石头，却不见游来游去的鱼儿。

河边深茶色的吊脚楼，散发着陈年的木头味儿，仍可剪裁出一张张老照片。

游人不多，小镇居民悠闲地在河边吊脚楼下喝茶、打牌。

这是一个"鸡鸣狗吠三省之地"。这边，是湖南花垣茶峒（今边城镇），对面，即重庆（过去为四川）秀山县洪安镇，云雾缭绕的远山处，则为贵州松桃县境。

20 世纪初，这里为川湘来往要道，那个混乱年代里的茶峒人，安宁自足，依山靠水而居，用木船连通外面的世界，下运桐油、川盐，上运棉花、布匹、杂货、海味等。长途贩运模式加集市贸易的经济结构，使这座占地仅 2 平方公里的小镇，很自然地成为近代湘西边界上的一颗明珠。

为什么叫茶峒呢？

茶峒，是苗语，"茶"是指汉人，"峒"则指盆地，意译成汉语，就是汉人居住的地方。

茶峒为苗族聚居地，为何会是汉人居住的地方呢？

据当地人介绍，小镇虽小，但历来是湖南通往四川、重庆、贵州的必经之地，其战略位置不言而喻。清乾隆年间，这里曾修了城墙，在东南西北城门还设有垛口和炮塔。据说驻扎的士兵大都为汉人，这也许就是茶峒的来历。

从茶峒往川东，到贵州，就靠翠翠祖父的这条渡船。

这渡船一次连人带马，约可以载二十位搭客过河，人数多时则反复来去。渡船头竖了一枝小小竹竿，挂着一个可以活动的铁环，溪岸两端水槽牵了一段废缆，有人过渡时，把铁环挂在废缆上，船上人就引手攀缘那条缆索，慢慢地牵船过对岸去。

如今那艘方头渡船呢？

那个清新淳朴的女孩——翠翠呢？

3

翠翠在河中心的岛——翠翠岛上。

岛上有翠翠和大黄狗的雕像。这是著名画家黄永玉先生按照《边城》中的构思，画了翠翠和大黄狗，并铸成的雕塑。

"翠翠是不是实有其人？"同行者不时有人问陪同的当地人。

"翠翠是有原型的，她不是茶峒人，而是河对岸秀山县洪安镇贵塘村人，翠翠姓黎，大名叫黎翠贞，小名叫素素。"陪同者回答。

其实，作为小说，翠翠是作者在原型基础上的虚构，是那个时代、那种边远小镇、那种带着山乡天然淳朴、充沛活力的美而凝结出来的善良、清新、淳朴女孩典型。

翠翠是大自然的女儿。《边城》里翠翠是这个样子的：

翠翠在风日里长养着，把皮肤变得黑黑的，触目为青山绿水，一对眸子清明如水晶。自然既长养她且教育她，为人天真活泼，处处俨然如一只小兽物。人又那么乖，如山头黄麂一样，从不想到残忍事情，从不发愁，从不动气。平时在渡船上遇陌生人对她有所注意时，便把光光的眼睛瞅着那陌生人，作成随时皆可举步逃入深山的神气，但明白了人无机心后，就又从从容容地在水边玩耍了。

　　曾经一个读者写的关于《边城》的阅读笔记："闭上眼睛，就觉得翠翠清晰得像在自己耳边呼吸，有伸手去牵她的冲动；睁开眼睛，她就像翠绿玛瑙里流动的水烟，美得成了一种永隔的幻觉，当远离翠翠，翠翠又像空气一样平常得容易让人忘记，这算是翠翠自然宽厚的一种姿态；隔些时日（可能几天，也可能几年，或者更长的时间），再一次去接近她的时候，翠翠就会像蹦跳的羚羊一样蹦跳出来，轻盈地重新复活，她的笑，她的永远浸不透的湘西水一样悲愁的淳朴大众的人生底色，这样的翠翠，你爱她吗……"

　　是啊，这样的翠翠，你爱她吗？

　　我想，很多来茶峒的游客，都是来寻找自己心目中的翠翠，可是，大多失望而归。

　　其实，这样的一个翠翠的形象，不再是具体翠翠这个人，而是一个幻影，一个遥远的梦想。

　　翠翠的美，代表了一个如梦似幻的女孩子在中国人传统审美深处对理想之美的一种自然的投影。

　　淳朴、善良、聪明、美丽、乖巧，这就是翠翠。

　　人们心目中的翠翠，是一种渴望，一种对自然美、人性美的渴望。

　　现实的女孩子，沾染了现代的气息，人们往往会这么评价：漂亮、性感、妩媚、优雅、奔放、风情、才识，等等。

　　但是，那并不属于永恒的梦想。

　　翠翠，是人们心中永恒的梦想。

　　翠翠岛上，望着翠翠和大黄狗的雕像，我突然感到时间仿佛在此静止了，翠翠和身旁的大黄狗永远在此凝固了。

也许翠翠依然在等待她心爱的人傩送。

傩送，是翠翠的恋人，也是一生的痴恋，这种恋情，生在心根根上，不可动摇，又不能确定，也无法把握。

翠翠与傩送，互相深爱着，没有海誓山盟、卿卿我我，没有离经叛道的惊世骇俗之举，没有充满铜臭味的金钱和权势交易，有的只是原始乡村孕育下的自然的男女之情，这种情感如阳光下的花朵，清新、健康、美丽。

"这个人也许永远不回来了，也许'明天'回来！"

静静守候，痴痴等待。

栖息在时光深处，守着一份无望的爱。

沉默的岁月，蕴藏着痴爱。

思念，而又查无此人；期待，却坚如磐石。

也许，这何尝又不是爱情上的一种永恒呢？

这是一首绝世恋歌。

<h1 style="text-align:center">4</h1>

离开翠翠岛，我们到了河边不远处的广场，这里被称为"中国边城碑林"。邀请了中国当代百名书法家，将《边城》小说原作 6 万余字，用书法形式，全部雕刻在 100 块形态各异的天然巨石上，这是中国乃至世界独一无二的。

我仔细地阅读石刻上的文字，有楷书、行书、草书、隶书。这是花垣县促进边城旅游业开发打造的又一旅游品牌。

在渡口码头附近的一家餐馆吃午餐。店主说，有一种鱼是当年翠翠吃的鱼，也只有茶峒的小溪才有的鱼。

虽然我不信这鱼只有这条小溪才有，但味道鲜美极了。

餐馆的门口有一只大黄狗，是翠翠的那只大黄狗吗？

小镇街上，狗极多，黄的、黑的都有，有的相互追逐着，有的则很安详，静静趴在地上，面无表情地看身边来往的人群。

在边城，没有找到翠翠，没有找到渡口的那位老人，没有找到那条渡船。

小溪依然在静静流淌，大黄狗依然在边城溜达。

岁月无声，时光易老。

5

漫步边城青石板路上，我一直在寻思，沈从文是什么时候到的边城，又在这住了多久，从而写出了这样一部不朽的《边城》，塑造了这个永恒的翠翠？

1948 年，沈从文在为《边城》所写的新题记有：

民十（1921）随部队入川，由茶峒过路，住宿二日，曾从有马粪城门口至城中二次，驻防一小庙中，至河街小船上玩数次。开拔日微雨，约四里始过渡，闻杜鹃声极悲哀。是日翻上棉花坡，约高上二十五里，半路见路劫致死者数人。

沈从文随当地军阀部队辗转于湘西沅水流域各地。直到 1921 年，沈从文脱离军队去北京"找理想，读点书"。1934 年，在北平写出了《边城》。

《边城》也许是作者对家乡河流的记忆。沅水、酉水的舒缓宽阔荡漾了整个湘西的梦，环绕茶峒的清水河则是边城一首宁静祥和的歌。

茶峒，是作者向往的充满自然人性与牧歌情调的世外桃源。

《边城》创造了一个纯美的世界，一个瑰丽而温馨的世界，一个充满爱与美的天国。这种人生，是在一种洋溢着诗情画意和浓厚的地方色彩的特定环境中展开的。

"一脚踏三省"的茶峒，何其幸运，沈从文只在这里住了两日，竟将与他生命密切相关的印记安放在这里。

花垣县何其有幸，因为《边城》，因为沈从文，花垣县县城建有边城大道，边城广场，"边城"成为花垣的旅游品牌。

不管如何，《边城》里所浸润和流露的纯洁与唯美，是属于那个时代和那个地方的。

《边城》是永恒的，茶峒是永恒的，翠翠是永恒的。

那位写作《边城》的作者更是永恒的。

有道是：

> 一梦深幽贯半生，今朝无意到边城。
> 吊楼风过敲斑驳，溪水鱼沉绝碧清。
> 隐隐渡船愁雾锁，依依情影叹烟萦。
> 当年翠翠知何处，心上眉间两对迎。

沅陵印象

印象中，沅陵一定是一个大山区，山高林茂树大。我刚参加工作时，尚为计划经济时代，买什么都要凭票，那时还没有液化气，就是烧煤，也要凭煤票。每年冬天，为了取暖，单位会分一些烤火的木炭，而那些木炭就是从沅陵运回来的。我想，沅陵一定是深山老林，才会烧出那么多那么好的木炭来。

但我到沅陵后，印象改变了。

我曾先后三次到过沅陵，是从三个不同的方向去的。第一和第二次，尚没有修通高速公路，第一次是从怀化走辰溪到沅陵，第二次是从吉首经泸溪到沅陵，而第三次，是从常德走高速公路到沅陵。

第一次和第二次到沅陵，都要经过三角坪、筲箕湾、麻溪铺。到过沅陵的人，对这三个小镇都很熟悉，印象也非常深刻。第一次去沅陵时，同车的有一位是老江湖了，对这一带非常熟悉，一路上给我们介绍这一带的风景和民俗。

三角坪是沅陵、辰溪、泸溪三县的交界之处，经过三角坪的时候，正好堵车，于是我们下车，几分钟里同时去了三个县走走，去体会那种一脚踏三县的感受。

麻溪铺是个很有特色的小镇，元代时就是交通要道，当地民风剽悍，人们谈麻溪铺色变。电视剧《血色湘西》就是以麻溪铺为背景，把血气方刚的湘西人的抗日爱国情、穗穗和石三怒凄婉动人的爱情故事演绎得淋漓尽致。湘西人把西南大后方的抗日物资从麻溪铺沿沅江运到常德府。当时中美联合空军的芷江机场的前沿雷达站建在麻溪铺，为保卫雷达站，为了抗日，有着结怨生仇的麻溪铺的两大帮派"竿子营"和"排帮"团结到了一起，与日本鬼子浴血奋战，全部献出了宝贵的生命，从而保住了雷达站。由于雷达站发挥的至关重要作用，中美空军牢牢地掌握了制空权，取得了雪峰山大会战的胜利，把日本鬼子挡在了湘西之外。

麻溪铺的神秘之处更在于它的文化，它的独特的"佤乡"话。在沅陵县各少数民族的语言都已汉化的情况下，唯独这里仍使用"佤乡"语，它自成一系，与外人从不混杂。虽然有"佤乡"语，却又无"佤乡"文字，以前语言学家把它归于苗语体系，但又不能与苗语相沟通，到底是何语系，至今没法定论。它的文化形成与这里独特的山水有关，"女人山"与"盘瓠洞"是它的文化发源地。

"女人山"传说是远古时期人类诞生及繁衍过程，是一部"女性文化"或"母性文化"史。他们把"女人山"上那独一无二的"艳岩"作为自己的"图腾"，尊称为"母性图腾"，他们对"母性图腾"的崇拜其实就是对人类"生命之门"的崇拜，对"生命之门"的崇拜也就是对女性或母性的崇拜，反映出人类生命最原始形态和种族生生不息的来源。

传说"盘瓠洞"是人类始祖盘瓠与其妻辛女繁衍生息之地，把盘瓠尊为始祖，就承认了人类繁衍进入了以父为主的父系社会。虽然古文化里有浓厚的神话色彩，却又印合着人类诞生、繁衍，从母系社会向父系社会转变的过程。

从麻溪铺往北走 20 多公里，就进入沅陵县城了。

走进沅陵县城，第一印象就是干净整洁、新鲜明亮，我认为这是我在怀化见到的最漂亮的县城之一。

这是一座新建的城市，因为修建五强溪水库，老城区淹没在沅江之底了。

清清的沅水，把县城分成河东河西。街道两旁是繁茂的绿化树，翠绿的桂花树到处可见。当地人说，桂花树是这座县城的"景观树"。

住进江边的一个宾馆，正好可以俯瞰沅江，成群的水鸟不时掠过水面，微风吹拂，波光粼粼。沅江大桥把沅陵县城河东河西连接在一起。这座大桥是 1991 年才建成通车的，过去要靠渡船进出县城。桥头有座雕塑，三根柱子托起一把巨大的金色钥匙，大概是寓意这座桥是人们通向致富之路的金钥匙吧。

我一直想了解沅陵名称的来历。从字面意义理解，沅陵就是沅水之畔高地。当地人认为，沅水边上的君王陵，才是"沅陵"二字的真实含义。

沅陵之名最初出现在汉高祖五年（前 202），2000 多年来，沅陵曾经是古黔中郡、明清辰州府的所在，一度是湘西的中心。酉水与沅水在沅陵交汇，沿酉水往上可以直通贵州、重庆，滔滔沅水往下直到常德、入洞庭湖、到长江。在水运为交通工具的古代，这里是非常繁华之地，也是兵家必争之地，历来战火不断。

沅陵县城西北角的虎溪山麓的龙兴讲寺印证了沅陵的古老。这座寺院始建于唐贞观二年（628），是唐太宗李世民在即位称帝第二年下旨修建的专门用于传授佛学的寺院。讲寺之所以以龙兴为名，是比喻帝王之业的兴起。距今已 1370 多年，是世界上现存最古老的学院。

《尚书注疏》记载："言'龙兴'者，以易龙能变化，故比圣人。九五'飞龙在天'，犹圣人在天子之位，故谓之龙兴也。"由此可见，唐太宗当时建江南讲寺并赐名龙兴，是有其深刻政治含义的，是希望借此传播佛法，感化"判服无常"的西南群蛮，实现教化一方，稳定一方，进而达到稳固朝廷对江南的统治，保障大唐帝业迅速兴起，这不失为英明睿智之举。龙兴讲寺也因此为唐代建筑最早的佛学书院。

历代达官显贵和文人墨客到龙兴讲寺的甚多。

明崇祯礼部尚书董其昌，前往云南巡视，路过沅陵时，患了眼疾，得到寺内僧人施治，很快痊愈，于是就为龙兴讲寺写下"眼前佛国"匾额相赠，至今高挂于大殿正面。董其昌不仅是朝廷高官，也是当时的书法大家，他的墨迹保留至今，令许多游人，特别是书法爱好者流连忘返。

大学者王守仁经过沅陵时，特地接受辰州学子之邀，在寺内讲授《致良知》一个月，并在寺内留下题壁诗一首："杖藜一过虎溪头，何处僧房问慧休。云起峰间沉阁影，林疏地低见江流。烟花日暖犹含雨，鸥鹭春闲自满州。好景同游不同赏，诗篇还为故人留。"

1937 年 10 月，讲寺住持妙空长老约南岳名师到寺中讲经，轰动沅陵。此次讲经后，成立了沅陵佛教会、沅陵佛教居士林、沅陵佛教四众教义研究所和沅陵佛教阳明小学等四个组织。而王守仁讲学的地方，后由其学生筑虎溪精舍，后又改为虎溪书院。

在龙兴讲寺见到的建筑装饰艺术也极为丰富多彩，所有的木门窗棱格的花心裙板，都雕刻而成并加以彩绘，构图饱满，线条流畅，花样繁多，特别是大雄宝殿中的镂空石刻讲经莲花座，玲珑剔透，甚是精美，相传为明代所制，为国内罕见之物。

龙兴讲寺前面就是偌大的江边广场了。

夜幕降临，霓虹灯闪烁，街上人来人往，异常热闹。江边广场上，健身的、跳舞的、散步的，男男女女，老老少少都有。我想，生活在这样一个空气清新，环境优美的县城倒也非常惬意。

隔着沅水相望，一座白塔立于河东的山上，这座山沿沅江东岸蜿蜒延伸，山形如一只展翅的凤凰，这就是著名的凤凰山了。山上有一建于明代万历年间的古刹——凤凰寺，数百年间香火鼎盛。

今天凤凰寺的名气，更是因为张学良将军曾囚禁于此。

西安事变后，张学良送蒋介石回南京，一下飞机，便被送到宋子文公馆被囚禁起来。随后，蒋介石为了不让外人知道张学良的行踪，不断地变换囚禁张学良的地点。张学良先后被囚禁在浙江奉化雪窦山、安徽黄山、江西萍乡，1938 年 10 月至 1939 年 12 月，被秘密从郴州苏仙岭押解至沅陵凤凰寺囚住，在此居住了一年两个月，过着"山居幽处境，旧雨行心寒。辗转眠不得，枕上泪难干"的痛苦生活。

在湖南郴州时，张学良曾写下"恨天低，大鹏有志难展"的句子，而在沅陵，写下了《自感遗憾》的诗句："万里碧空孤影远，故人行程路漫漫。少年渐渐鬓发老，唯有春风今又还。"当时是 1938 年，抗战全面爆发一年了，这首诗表达了将军心中报国无门的无奈心情。

值得一提的是，赵四小姐赵一荻始终陪伴少帅度过囚徒生涯，实属难得。记得曾在沈阳参观过大帅府，因为不是明媒正娶的，赵四小姐不能住进大帅府，而在大帅府东围墙外建有一栋小楼，小楼的二楼就是赵四小姐的卧室，卧室的窗户正对着张学良的办公室，每天，这位年仅十四岁的少女就痴痴地望着自己心爱的人的窗户，等着少帅下班回来。

可敬的是，在后来张学良最孤单、最寂寞、最痛苦的半个多世纪的囚禁生涯中，就是这位赵四小姐以秘书的身份、夫人的责任，不离不弃坚贞地陪伴在张学良身边，成为张学良最大的生活支柱。直到1964年，张学良的原配夫人于凤至主动解除了与张学良的婚姻，赵四小姐才得以结束了三十六年与张学良没名没分的同居生活，正式结为夫妻。

如今，在凤凰山，将军经常走的那条路，被人们称为"少帅石板路"。

凤凰寺天王殿中的罗汉威武雄壮，大雄宝殿当中却端坐着张学良将军的塑像。凤凰寺的古建筑内也建立起了张学良陈列馆，开辟有四个陈列室。整个陈列内容充分再现了张学良将军忧国忧民的爱国主义精神。

汩汩沅水流淌不息。因为五强溪水库对沅水的截流，流经沅陵县城的沅水河面宽阔而湍急，河水清冽，遇水势稍缓处，似一匹光洁的绿色丝绸随山势舞动，水面上偶有三五只渔舟或顺流或逆流悠闲而过，如王维、米芾的水墨画一般清淡可人。

自古大河之侧必出灿烂的文明，这已是一个亘古不变的规律。

沅陵县不仅有沅水，还有酉水，这里是酉水与沅水的交汇之处，是酉水的终点。我曾经写过酉水上游的里耶古镇，其出土的秦简已是让世人震惊，而酉水终点的二酉洞同样让人惊叹。

出县城往西北走，沿着沈从文笔下的"白河"而上，两岸绿树成荫，山清水秀，风光旖旎，不时有淡淡炊烟从青瓦屋顶冒出，连同尚未散尽的晨雾向远处林间、天空弥漫紫绕开去。

车行10多公里的路程后就是二酉山，二酉山上有被汉高祖刘邦封为"文化圣洞"的二酉洞。

尽管我从未来过这里，却感到格外熟悉。

"学富五车，书通二酉"，"才高八斗，才贯二酉"，"藏之名山，传之其人"，"高山仰止"，"湘东遗恨"，等等，这些成语耳熟能详，典故的出处就是此二酉山。

一个小地方，成为这么多成语典故的出处，我想在全国也是绝无仅有的，也自有它的惊奇之处。

我是怀着朝圣的心理爬上二酉山的。

二酉藏书洞在悬崖峭壁当中，好像燕子垒窝在屋梁。在一个不到1米宽的长形台阶上，矗立着4块大石牌，上面刻着"古藏书处"四个斗大的楷体字。在石牌后面，是1丈多高笔直的岩壁，无法往上攀登，只好绕道前行，最后终于找到二酉藏书洞。进入洞内，只见洞口宽阔，洞内敞亮。在洞深15米处，宽度更大，相传藏书就在此地的右侧。再往洞内倾斜深入，不少地方已倒塌，显得阴暗。相传洞的尽头通向酉水河底。

如今洞中空空荡荡，令人充满遐想和疑惑。在遐想中，那种年代太遥远。

相传中华民族的始祖伏羲曾在二酉洞制作龙书，黄帝曾在此藏书万卷，周穆王也曾在此收藏异书。

《方舆胜览》记载："尧时善卷隐此。"这个善卷是何许人？为什么要在此隐居呢？

善卷其实是上古时代武陵（常德）的一个隐士，他知识渊博，学问高深，为人谦和。尧帝拜他为老师。在朝中，他协助尧一起辅治天下，深得众望。尧死后，将帝位传给舜。舜认为自己学识名望都赶不上善卷，于是想将帝位禅让给善卷，善卷不愿意接受，就逃离了都城，跑回故乡。谁知舜是真心让位，又派人追到了善卷老家武陵。善卷只好弃家而逃，沿沅水逆水而上到达辰州（沅陵），又沿酉水逆水而上，住进了二酉山中，自耕自食，闲暇之余就为当地百姓农人传授礼仪，教化蛮愚。

因为善卷的教化，当地百姓生产、生活逐渐进入文明阶段，沅陵酉水河畔的苗民被朝廷视为熟苗，这里也就成了古代的生苗、熟苗的分界地，至今在乌宿乡与泸溪县交界的山岭上还立有"生苗、熟苗分界处"的石碑。也正是这个原因，善卷才受到后世统治者的尊崇，受到人民百姓的爱戴，被尊为"德圣"。

宋朝时，辰州通判欧阳陟，有感于善卷对辰州（沅陵）百姓的教化功德，上书朝廷说："善卷有功于民，应予祠祀，以示崇德报功之意。"宋真宗皇帝赵恒收到欧阳陟的奏折，十分高兴，即令辰州府在二酉山为善卷建祠堂，修亭阁，封大墓。并且为祠堂外的亭阁钦定亭名为"仰止亭"，"高山仰止"的成语也由此而来。

善卷堂就建在中间的小山峰顶平台上，东面几米处就是百余米高的绝壁，常有山鹰在此展翅飞翔，更显山之伟、壁之高，这就是沅陵县志称为"玉屏为顶"的地方。

我想，这也许只是后来的历史传说。

真正靠得住的历史事实应该是《太平御览四九荆州记》里的记载："小酉山石穴中有书千卷，相传避秦人所藏。"

秦始皇统一中国后，于公元前213年，采纳丞相李斯的建议，焚烧秦记以外的列国史记，凡博士官以外所藏《诗》《书》《百家语》也在焚烧之列。有敢谈论《诗》《书》者弃市，以古非今者灭族，官吏知情不举者同罪，令下30日不烧者判黥刑。

一时之间，全国上下到处浓烟滚滚，秦前文化面临绝灭。这时，朝廷博士官著名儒生伏胜为拯救中华文化，冒着诛灭九族的危险，将千卷书简偷偷运出咸阳，经河南，水舟陆车，千里迢迢，日夜南奔，然后经洞庭湖再乘小船，沿沅水转酉水逆水而上，将这一千多卷竹简书籍藏在这"鸟飞不度""兽不敢临"的二酉山古洞。

直到秦朝灭亡，才将全部藏书起出献给汉朝。汉高祖刘邦在获得伏胜所献大量秦前书简时大喜，亲自将二酉藏书洞封为"文化圣洞"，二酉山立为"天下名山"。从此二酉山的二酉洞就成为天下圣迹，成为读书人毕生向往和万里朝拜的地方。

二酉藏书意义非同寻常，正是二酉藏书才使得秦前文化得以薪火相传。

有专家断言：没有二酉藏书，世界东方上下5000年的历史就会发生断裂，古老灿烂的东方文明就难以延续。从某种意义上讲，二酉藏书洞是对世界文明进步贡献最大的图书馆，是古老灿烂的东方文明的"圣经洞"，是拯救人类历史文明的"诺亚方舟"，因而二酉山也称为"中华文化圣山"。"学富五车，书通二酉""才高八斗，才贯二酉"，"藏之名山，传之其人"的成语也就由此而来。

伏胜藏书为二酉山带来了文脉和灵气。自汉刘邦将二酉藏书洞封为"文化圣洞"，以后历朝历代文人墨客前往二酉拜谒者络绎不绝。

南齐梁元帝在未称帝前受封为湘东王，曾到二酉山寻访前人藏书，没有找到，留下遗憾，作《访酉阳之逸典》赋，因而又有了"湘东遗恨"的成语。

明朝时，沅陵两位名叫董汉策和王世隆的进士先后在山上建立翠山与妙华两座私人书院，亲自教书育人，培养了大批才俊。

清光绪庚寅年，原燕京大学（现北京大学的前身）校长，时任湖南督学使者的张亨嘉叩拜二酉洞后，题"古藏书处"四个大字立于洞门下壁。

二酉山旺盛的文化香火一直延续了2000多年未曾中断过，并且每至逢年过节或学生升学季节，山下方圆百里土家、苗家男女总携儿带女爬爬二酉山，烧烧香以感沾二酉灵气，过过发蒙节。方圆百里百姓代代相传："老子想当官，要拜二酉山；儿孙要有用，要祭二酉洞。"

如今，二酉村人读书风气同样浓厚，加之二酉山灵气的福荫，从中华人民共和国成立至今，共出了近百位专家教授，遍及全国各地，成为名副其实的"教授村"。有道是："学富五车走四方，书通二酉行天下。"连游人都发出"不到二酉山，枉为读书人"的感叹。

著名经济学家厉以宁游二酉山后写下诗句："山崖绝处藏书洞，凝聚楚乡多少梦。郢都史籍已遭焚，残简留存孙辈用。酉江渡口凉风送，站立岸边心事涌。平民从不赞秦皇，自古强权难服众。"

伫立酉水河畔，仰望二酉山，云雾缭绕，显得更为神秘，更为神圣。

我在心里默默念叨：二酉山，我来过了。

我算不算读书人呢？心中甚感惭愧。一生读的书太少，尤其是电脑网络、智能手机使用后，认认真真读书更少，一辈子也难以"书通二酉"。

但作为喜欢读书、爱读书之人，我来过了。

但愿得到二酉山灵气的福佑，来过二酉山，把我送到知识的彼岸。

沅陵，一个有着丰富文化底蕴的年轻的县城。

这，就是我的沅陵印象。

古老大院

　　从长沙市蔡锷路水风井西拐就是教育街,此街蜿蜒近1000米,西出口在先锋厅青少年宫门口。何谓教育街?有人以为因此街上原有省教育厅,故称教育街,其实不然。1907年起,此街就始称教育街,之前是湖南贡院,再之前是湖湘书院所在地,至少已有近300年的文化历史。

　　如今在教育街66号,有一座古香古色的古门楼,绿色琉璃筒瓦,金黄色的屋脊,红色花岗石墙面,3个拱形门洞,中间是大门,两边是小门,似有点天安门城楼的味道。右边的墙上有长沙市人民政府挂牌的"原省政府大门——近现代保护建筑"牌匾。现今大门内是湖南省农业农村厅的机关大院,而院东还有一道300米长、3米高的青砖外墙,距今已有近300年历史,墙上有长沙市人民政府设置的"巡道街贡院外墙——近现代保护建筑"的石牌,靠近营盘街的巡道街出口处,一条长方形的古石碑竖在古院墙下侧,其上雕刻的"贡院巡道街宽一丈一尺"一行字仍清晰可辨。

　　当我翻阅史料,查寻古街历史踪迹时,深深为这条古街的悠久历史、厚重文化而震撼,而欣喜,几百年来,这条古街历经风风雨雨,见证着湖南的历史变迁。

　　得人才者得天下。清政府夺得天下后,承袭了明代的科举制度,顺治十年（1653）,清政府重开科举,当时湖南书院盛行,学子众多。然而，获科举资格的湖湘士子均须远赴湖北武昌参加乡试，在以水路为主要交通的古代，浩瀚洞庭湖，波涛不测，士子常有覆溺之患，有些士子畏避险远，裹足不前，还有些家境贫寒的优秀士子也不得不放弃远途的乡试。清朝初年，几位巡抚，都把在湖南分闱（分考场）作为一件大事，康熙四十四年（1705）巡抚赵申乔、五十一年（1712）巡抚潘宗洛、五十五年（1716）巡抚李发甲多次奏请清政府，请湖广乡试南北分闱，经几任巡抚的力争，朝廷终于在雍正元年（1723）诏谕分闱，湖南巡抚接上谕后，雷厉风行，于当年就在长沙城原明吉王藩地设立贡院，这条街也因之改名为贡院街。

贡院利用湖湘书院的院址进行扩建，规模宏大，布局严谨，功能齐全，封闭性强。据清光绪《湖南通志》卷67记载，设院当年就添建头门龙门3扇，望楼4座，鼓亭2座，东西官厅8间，公堂、衡鉴堂各5间，内帘房舍32间，提调、监试、后勤等用房150间，以及考生考试和居住的号舍8500间。

雍正二年（1724）二月，湖南第一次单独举行乡试，湖湘学子可谓欣喜相告，参试人数比往年赴武昌参试者陡增，考生近万人。原有的8500间号舍远远不够用（考试每人一间），于是，又在东边提调署之侧另立栅号。

贡院乡试每3年一次，试期在农历八月初八，此时，长沙城内学子云集。贡院周围更是增加了许多家客栈、旅舍甚至是居民家，住满来自全省的士子，贡院西街黄笋堂所开"自福"客栈，旅客就多系赴考童生。周围还出现了所谓试馆，即一些地区或宗族，为了给本地或本族士子到省城参加乡试提供方便，在城内购置房屋，派人管理，免费供应食宿。不是考试期间，试馆也接待本地或本族来省城办事的人员；只收伙食费，不收住宿费，故兼有会馆性质。如望麓园的宁乡试馆、新安巷的湘乡试馆、紫荆街的长桥柳氏试馆、怡长街的彭氏试馆就是当时较为有名的试馆。

开考前夕，有船从长沙邻县运来大捆大捆的桂花，寓意"蟾宫折桂"，八月桂花令长沙城满是金黄的香味，而城内也有不少少年，在高声叫卖"桂花糕"，吃了桂花糕，考试可以考出好成绩，寓意步步高升。士子们除了往南门口西文庙坪晋谒魁星外，还喜欢在考试前绕行长沙城，从湘春门进城，经北正街高升门（取步步高升意）、紫东巷（取紫气东来意），过文星石桥（取文星高照意）、又一村（寓柳暗花明）到达贡院。

科举制度一直延续到光绪二十七年（1901），在贡院举行了湖南最后一次乡试。

贡院大门位于今中山路三角花园。原贡院门前的一对石狮，一直留在中山路三角花园，直到21世纪初，三角花园进行改造，为保护石狮不被破坏和遗失，这一具有280多年历史的石狮，才被移往岳麓山景区东大门（四医院旁的大门）。今天这对石狮静静蹲伏在岳麓山东大门前，光阴如刀，笔飞墨舞的科考时代，显然已凝固成岳麓山前容颜已老的两方石雕。

湖南设立贡院，是长沙及湖南教育史上的一件大事。清代前期（至1840），是长沙及湖南科举人才的鼎盛时期，共75榜，湖南考中进士的有441人，其中官至总督、尚书、大学士的有14人，这些人中，曾国藩、胡林翼等成为清后期举足轻重的中兴名臣。左宗棠是在道光十二年（1832），参加湖南乡试，试卷没能被阅卷的考官看中。眼看与举人资格失之交臂，幸好这是为道光皇帝五十大寿开的恩科，主考官从5000余考卷中又选了6份，左宗棠名列增补的6人之首。此后，左宗棠考进士三次落榜，决定不再参加会试，开始寻找新的报国途径。

光绪三十一年（1905）科举制度废除，贡院改设湖南督学署。清晚期至民国初期，贡院旧址成为湖南新式教育之地。1903年湖南巡抚赵尔巽在此创建湖南高等学堂，1906年又建湖南公立政法学堂。1907年刘人熙等人在此创建湖南教育总会，贡院街后的这条街始称教育会街，后简称教育街。

教育会坪（现农业农村厅大院前部），中间搭有面北背南的戏台（即现农业农村厅的头门处），台的两侧砌有围栏和两道门进出。此坪是一个集会的场所和市民公共活动的地方。

1922年12月8日，在毛泽东、罗学瓒等的领导下，900多名人力车工人手执"劳工神圣""打破资本主义"等彩色小旗，胸配长沙市人力车工会证章，在教育会坪集合，庆祝自己的工会的成立。会上，毛泽东发表演说，号召工人团结起来，为改善工人阶级的政治、经济条件、为本阶级的解放而斗争。

1930年彭德怀率领红三军团，于7月27日攻克长沙，自东屯渡过浏阳河，经马王堆、五里牌、小吴门、四十九标、韭菜园、浏阳门等处进入长沙市区，占领了国民政府及清乡督办署等重地，控制了全城。29日下午，长沙市工农群众约10万人，集会于教育会坪，热烈欢迎红三军团全体指战员和赤卫军。

1931年九一八事变后，9月25日，湖南省城工、商、学各界群众，在教育会坪举行了反对日军武力侵占辽宁示威大会。1932年2月7日，长沙市各界民众冒着风雪在教育会坪举行"湖南人民抗议倭寇在京沪暴行示威大会"，全市工厂、商店罢工、罢市一天。表示抗议日军的暴行。1933年，何键在教育会坪设台比武，一时轰动全城，观看者达数万人。

1938年11月13日的"文夕大火"，造成了长沙空前未有的浩劫。1922年后在湖南教育总会建的中山图书馆，都被毁于这场大火。

1944年农历五月，日本侵略者攻占长沙后，将宪兵队设在教育会坪内，直至日本投降才撤出。

抗日战争时期，湖南省政府先后七次迁至沅陵、耒阳、桂阳、嘉禾、临武、蓝山、长沙县等地，1945年8月日寇投降后，于9月18日返长，将教育会坪建设为湖南省政府。设有二门，门外立二岗亭站哨。

1949年8月4日，程潜和陈明仁两将军接受了共产党提出的《国内和平协定》，率领湖南保安部队及国民党第一兵团全体官兵在长沙举行起义，成立"湖南临时省政府"。

1950年4月1日，经中央批准成立湖南省人民政府，举行了隆重的典礼。1951年徐特立来湖南视察工作，指示将头门建好，随即将原戏台拆掉改建头门（即现在农业农村厅大门），并于大院附近的院后和西面征用了一部分民房，改为食堂，新建了第一、第四办公楼和机要室。1955年3月将湖南省人民政府改为"湖南省人民委员会"，毛泽东主席特地亲笔书写了"湖南省人民委员会"八个字赠送给湖南人民。

教育会坪中有一座气势宏大的中山纪念堂，建于1927年，纪念堂南面是仿罗奥尼克式的花岗石柱廊，门窗套均是花岗石精雕细刻而成，是湖南建筑中花岗石文化的一件精品。抗日战争初期，中山纪念堂曾为湖南人民抗敌后援会驻地。抗日战争胜利后成为湖南省政府的大礼堂，1949年，成为湖南和平起义和湖南省人民政府成立的见证者。1995年，中山纪念堂被拆。其六根仿罗奥尼克式的花岗石柱廊现在伫立在捞刀河畔的湖南省水科所院内。

1966年，在"文化大革命"的内乱中省人民委员会被冲击，处于瘫痪状态，无法正常行使职权。1967年，省警备区由五一路搬进原省人民委员会大院办公。1972年8月25日，省警备区将大院房屋及家具退交给省革委机关事务组。同年9月16日，根据省革委机关事务组的安排，湖南省革命委员会农林局搬进了大院。1980年3月，"湖南省革命委员农业局"改为"湖南省农业厅"。2014年7月，省委、省政府决定将省农业厅和省委农村工作部（省政府农办）的职责整合，组建省农业委员会，加挂省委农村工作办公室牌子，这里成为省委农村工作办公室、省农业委员会的机关办公大院；2018年10月31日上午，湖南省农业农村厅挂牌仪式在这里举行，湖南省农业委员会又更名为湖南省农业农村厅。

20世纪80年代末到90年代初，教育街成为长沙市有名的花鸟虫鱼市场。教育街西头是省青少年宫，周末在这里课外学习的孩子，下课后总喜欢到花鸟鱼虫市场溜达溜达，虽然很少买，但喜欢瞧瞧，甚至蹲在卖小狗、小猫、小鸟、小兔的摊子门口不肯走，直到家长拉着骂着，才一步一回头地离开。

喜欢花鸟虫鱼的人，也许也喜欢字画工艺品，教育街也一度成为字画裱糊制作、文房墨宝的市场，如今，花鸟虫鱼市场早已取缔，但字画文房墨宝的店面还保留了好几家。

花鸟虫鱼市场，就是一个聚集闲人的地方，有了闲人，吃喝拉撒就得讲究些了。所以教育街上的吃，在当时也是小有名气的，老梅园的口味虾，老屋的石锅鱼，算是最有名气的。住长沙老远地方的，还喜欢特意到教育街来尝尝老梅园口味虾那辣爽爽、香喷喷的味道，尝尝外酥肉嫩的石锅鱼的感觉。可惜，这两家店现在都不存在了，石锅鱼的老屋已经拆建成了几十层的高楼，老屋拆除后，石锅鱼在原老屋对面经营了几年，也已经改头换面了。

1949 年后，在这条不到 1000 米的街两边，有多家政府部门，而从 20 世纪 80 年代末到 2008 年，省民政厅、省教育厅、省检察院、省文化厅相继搬出，到新的地方建新的机关大院，唯有负责农业大省的最古老产业——农业的省农业农村厅仍隅居于此。有意思的是，省农业农村厅的大门仍是建于 1951 年的省政府头门，东面围墙仍是有 300 年历史的贡院外墙，厅级干部的办公楼仍是青砖黑瓦的两层楼旧楼，干部职工开大会的会议室仍是建于 1951 年的青砖黑瓦的当年省政府的小礼堂。这样的办公条件在湖南省直机关单位里应该是仅有的。如今，教育街的周围都是几十层的高楼林立，唯有省农业农村厅机关院内是一至七层的矮房，成了这一片城区的洼地。在这样的条件下，湖南"三农"很多工作一直居全国先进行列，水稻、油菜、生猪等大宗农产品产量在全国是数一数二的。古老的大院，简陋的办公条件，在干着农业大省的宏伟的"三农"事业。作为百姓，我们应该为这里的干部职工而喝彩、而赞赏。

　　历史的累积，物是人非。汽车大量增加，相对于外面宽阔的马路，如今教育街的街道显得是那么狭窄。连接教育街的中山路、蔡锷路一度都是单行道，进出教育街往往要绕一个很大圈子，车堵在教育街里面常常进退两难。这条老街仍是进出省农业农村厅大门的主干道。

　　岁月的沉淀，历史的变迁，时代在发展，古城长沙很多老街已消失，有的已拓宽，改变原貌。但是，以古可以鉴今，我们不要忘记古街经历的风风雨雨，不要忘记历史上那些人，那些事。

湘江北去

"湘江二月春水平，满月和风宜夜行。"

二月，春寒料峭，乍暖还寒。

小区在江边的门全封闭，只在负一楼留一扇门出进。我会一个人从这扇门出来，在江边溜达。

春风，很轻很轻；江边，很静很静。

南，浏阳河入口；北，捞刀河入口。三公里，来回六千米，从这头到那头，再从那头到这头，不知度量过多少次。

一个人的江边，可以不戴口罩，"什么都可以想，什么都可以不想，便觉是个自由的人。白天里一定要做的事，一定要说的话，现在都可不理"。

江上，偶尔经过的船也不见了，这个世界突然变得如此安静。

"迟回独立湘江头，湘江无情空自流。"清澈的江水，鱼儿自在地游着，感觉鱼儿是最快乐的。庄子说鱼很快乐，惠施说，子非鱼，安知鱼之乐？庄子说，子非我，安知我不知鱼之乐？

鸟儿掠过江面，一忽儿高，一忽儿低，一忽儿近，一忽儿远，一忽儿，鸟儿嘴里叼着鱼。感觉只有鸟儿是自由自在的。

我在想，暴风雨来临时，鸟儿又躲哪儿呢？它真的是快乐的吗？

停下脚步，看看手机，链接世界，暗流涌动，波涛汹涌。

你会感觉这个世界是宁静的吗？

"天地有如此静穆，我不能大笑而且歌唱。"想起鲁迅说过的。

印度哲学家克里希那穆尔提说："只有当自我的要求被搁置到一边时，才会有幸福。"

世界是不安静的。漫步江边，关掉手机，体会"问君何能尔，心远地自偏""结庐在人境，而无车马喧"的心境。

"潇湘江头三月春，柳条弄日摇黄金。"柳树纤细的枝条上，长出鹅黄米粒；渐渐地，一条条长长的鞭子上，嫩绿的娇躯，婀娜多姿，微风里翩翩起舞。

捞刀河入湘江口，一片芦苇，抖落了冬天的雪花，迫不及待地伸出纤纤的身躯，绿如轻纺；旧的芦花已枯萎，却尚未坠落，春风里迎风招展。苇河风清，白鹭飞翔，唯美绝伦。

湘江北去，融入长江滚滚流。

湘江，长江；此岸，彼岸，同湖同舟。

春天渐暖。

迎春花悄无声息地开了，纤枝婆娑，嫩绿的新叶，星星点点的金黄，小巧玲珑的模样，没有浓郁的芳香，没有挺拔的身姿，在寒冷过后，率先把春天来报。

"迎得春来非自足，百花千卉共芬芳"，如同这个春天向江城出发的逆行者。

粉红的樱花、火红的桃花相继开放，开得轰轰烈烈，美得张扬放肆，美得艳丽奔放，如同一个娇媚而又柔弱的女子，却经不起风吹雨打，一夜春风骤雨，飘零满地。

最喜初夏的木槿花，一朵朵，一簇簇，嫩红的花蕊，粉红的、紫红的、火红的，争相斗妍；俏丽的枝叶，青翠欲滴，绽放着无尽的温柔和美丽。

"好在湘江水，今朝又上来。"

天气渐暖，烟火味渐浓，夜色朦胧，地摊摆满江边。

雨果看到火灾后重生的雏菊感叹"这朵花安静地生长，并遵循大自然的美好规律"。

这一切，会让你重新思考人生、生命和幸福。

孔子的"一箪食，一瓢饮"，是抵御烟柳繁华、超越世俗之上的精神快乐；孟子的"独乐乐不如众乐乐"，是兼济天下的社会情怀。

法国艺术家安格尔认为："卓尔不群、洁身自好、知足常乐，这三者意味着真正的幸福。"

果戈理说："如果有一天，我能对我们的公共利益有所贡献，我会认为自己是世界上最幸福的人。"

为更多人的大幸福而牺牲自我的小幸福，这是人生大境界。

面对灾难的逆行者，体现的是人生幸福大境界。

"春来江水绿如蓝。"碧空万里，蓝天如洗，几朵飘飘悠悠的白云，洋洋洒洒地点缀天空，像一幅美妙的图画。

蓝蓝的天空下，一对一对的白鹭，呢喃着，嬉戏着，在江面滑过来、滑过去。

江天寥廓楚天舒。

兰花馨香

多年来，家里一直养着几盆兰花。

办公室里的绿色植物也是君子兰，放于窗前。

兰花与我朝夕相伴。

每天清晨，先仔细地瞧瞧兰花又长了多少新鲜的叶。用杯中的茶水细细地浇上一点水。

也许是茶水更含营养，加上窗前的兰花阳光更充足，她的叶更茂盛，每天都能感觉到她的变化。

电脑桌前坐久了，我会站起来伸伸腰，伫立窗前凝视远望，更会细细地观察兰花的变化，也会对着心仪的兰花发呆，心驰神往，思绪万千。

兰花既没有牡丹的雍容华贵，也没有玫瑰的娇媚艳丽，更没有梅花的傲雪芳香。然而她却以特有的风格独居盛开，宁静而高雅，清秀而悠然。

她那潇洒、俊逸的碧叶，妍姿独具绿艳，刚柔并济、婀娜多姿、四季常青，是多么的洒脱、飘逸。

她那淡而清幽的花，淡雅清新，花蕊秀丽，花香幽远。不与群芳争艳，是多么隽永、沁心。

她的叶，她的花，她的香，她的风度和气质，令人为之倾心，令人梦萦魂牵……

兰花，不争春，不争艳，不妖娆，宛如一种人生境界。与世无争，与人无争，不慕权势，不贪财色。

在物欲横流、浮华骄奢的环境中依然保持着真我本色，这是何等崇高的品行啊！

自古以来，喜爱兰花之人甚多。

古人云："竹有节而啬花，梅有花而啬叶，松有叶而啬香，惟兰独并有之。"

古人把兰誉为"香祖""国香""王者香""天下第一香""空谷佳人""花中君子"，等等。

自古至圣先师、忠义之士、文人墨客，以及现代文学家、艺术家都酷爱兰，崇尚兰，兰为正气所宗。

据说孔子为了推行自己的政治主张而周游列国，最终无功而返，在深山幽谷之中，见芳兰独茂，喟然叹曰"兰当为王者香"，于是停车鼓琴作《幽兰操》，自伤不逢时，托词于兰。

屈原作《九歌》道："绿叶兮素枝，芳菲菲兮袭余。秋兰兮青青，绿叶兮紫茎。余既滋兰之九畹，又树蕙之百亩。"在《离骚》中有"扈江离与辟芷兮，纫秋兰以为佩时暖暖其将罢兮，结幽兰而延伫，户服艾以盈要兮，谓幽兰其不佩"。

曾读过这样一首《咏兰诗》："芳名誉四海，落户到万家。叶立含正气，花研不浮花。常绿斗严寒，含笑度盛夏。花中真君子，风姿寄高雅。"

文人墨客以兰花比喻志行高洁的君子，兰花也成了我们民族的精神和坚贞、美好高洁的象征。

有人赞兰花的优雅超脱，不媚世俗。如苏辙《种兰》诗："兰生幽谷无人识，客种东轩遗我香。知有清芬能解秽，更怜细叶巧凌霜。根依密石秋芳早，丛倚修筠午荫凉。欲遣蘼芜共堂下，眼前常见楚词章。"

又如郑板桥《峭壁兰图轴》诗："峭壁兰垂万箭多，山根碧蕊也婀娜。天公雨露无私意，分别高低世为何？"

有赞兰花清白为人，刚正不阿，孤芳自守的。如刘克庄《兰》诗："深林不语抱幽贞，赖有微风递远馨。开处何妨依藓砌，折来未肯恋金瓶。孤高可把供诗卷，素淡堪移入卧屏。莫笑门无佳子弟，数枝濯濯映阶庭。"

又如岭安卿《盆兰》诗："猗猗紫兰花，素秉岩穴趣。移栽碧盆中，似为香所误。吐舌终不言，畏此尘垢污。岂无高节士，幽深共情愫。挽首若有思，清风飒庭户。"

有赞兰花宽容厚德，默默奉献，不图回报的。如揭溪斯《秋蕙》诗："山丛不盈尺，空谷为谁芳。一径寒云色，满林秋露香。"

齐白石老先生也酷爱兰花，画兰咏兰，对兰花格外垂青。"一春谷口雨如麻，水洗风吹叶倒斜。移入室中须坐久，自闻香气胜群花。"

革命前辈董必武先生称兰花有四清："气清、色清、姿清、韵清。"生动地概括了赏兰的精髓。

伴兰而居，可使人心灵净化。工作忙碌而倦怠时，适时放下身边事，可静静地观赏兰花。

兰花，她那不事张扬的葱绿，那细小而纤长的叶子，那么自自然然、从从容容，既平淡又优雅。

宁静淡然，是我在观赏兰花的那个瞬间，读懂了的花语。

在我们工作生活的旅途中，要能够适时放下眼前的缤纷，抛开耳边的嘈杂，甩开精神的束缚，留下一个真实的自己，平静如水，恬淡如烟。有时候只有宁静，才能够清楚地认识自己，对待人生。

兰花，那淡淡的香啊，令我陶醉，令我神往！

二 青铜魅影

青铜的光芒，映红了洞庭之南的夜空。

炭河里的先民们，以四羊方尊盛装美酒，以大铜铙乐击长空，钟鸣鼎食，祈祷上苍。

揭开"宁乡青铜器之谜""炭河里之谜"神秘的面纱。

炭河里之谜

沁园春·黄材

何似黄材？才送商云，又接宋风。自巍巍华夏，千年音隔；悠悠湘楚，几世尘封。梦枕沧桑，胸存瑰丽，一任江湖雌与雄。独娴静，待真姿勃出，谁可争锋？

吾当千载重逢，叹故土风骚尽领中。念十三洞里，遍生奇景；炭河里处，迭现青铜。吉羊怡怀，崇山博志，直令豪情寄雪峰。登高望，更炭河史话，畅写无穷。

1　青铜器之乡

沩山巍巍，沩水滔滔。

九曲连环的沩水是宁乡的母亲河、生命之河，是滋润着宁乡繁荣昌盛的历史人文之河。沩水全长 144 公里，在宁乡市境长 117.2 公里，流域面积 2430 平方公里，县境 2125 平方公里。

沩水发源于沩山，途经宁乡市内，从望城靖港入湘江，汇入浩浩荡荡的长江，融入浩瀚无边的大海。

在以水运为主要交通的古时，沩水是宁乡交通运输的主要渠道。清乾隆间学者罗鉴龟曾作《沩水舟行纪略》：

> 沩水其流萦回，绕山曲折，舟行如游沼池，不见其出也，郁积蟠结，土膏肥美，素封之家，望衡对宇。宁地沃饶，足谷米，烟铁，薪炭诸货，贸迁有无，资其搬运，而安乡、益阳、湘乡之界宁者亦如之。故樯影上下如栉如塘，乃行歌，宵旦响答。

沩水河上千帆竞发，直至黄材水库、鸡子湾坝、太阳坝和沩丰坝建成后，因船运受阻才结束了这种"樯影如栉"的繁华景象。

黄材水库（青羊湖）之下，是黄材盆地，西、南、北三面环山，朝东一马平川。盆地水资源丰富，沩水由西南往东流出盆地，融入湘江的怀抱。蜿蜒的黄材渠道沿西北的山边往东，将黄材水库之水引流到宁乡、望城、益阳，供农耕灌溉之用。

一马平川的黄材盆地，旱涝保收，成为"鱼米之乡"。春季油菜花开，"花开浪漫风中舞，籽结馨香鼎里烹"是何等惬意；夏季田野葱葱，"开轩面场圃，把酒话桑麻"又是何等闲适；秋季稻浪滚滚，"一年好景君须记，最是橙黄橘绿时"则是怎样的丰收景象；冬季宁静安怡，便是"坐听一篙珠玉碎，不知湖面已成冰"了。

黄材集镇，成为沩水上游几个乡镇的货物集散之地。

沧海桑田，宁静的古镇，如今，以"青铜器之乡"闻名于世。

自 20 世纪 20 年代以来，在黄材及其周围，发现许多价值连城的宝贝。

在这里，劳动耕作，你可能一不留神，一锄下去，就会挖到宝贝。

1938 年 4 月，月山铺一名叫姜景舒的农民到山上种红薯，只闻"丁当"一声，竟然挖出了后来中国国家博物馆的"镇馆之宝"——四羊方尊。

1959 年，一位农民上山开荒种地，一锄挖到了目前发现唯一以人面为主饰的商代青铜方鼎。

1983 年，宁乡月山铺转耳仑村民种红薯，又挖出了一件重达 221.5 公斤的商代大铜铙。

在这里，一场洪水过后，你都有可能捡到宝贝。

1963 年，一次洪水之后，黄材公社寨子大队炭河里生产队的会计经过沩水支流的段溪河，捞出个绿幽幽的罐子，里面装满玉管和玉珠，这个罐子竟然是一只商代的青铜兽面纹提梁卣。

在这里，甚至你游泳，也有可能捞到宝贝。

2001 年 6 月 16 日，几个小学生在河里游泳，突然发现高坎挨水的地方，露出了一点与周围黄沙异样的青铜绿。童真让他们开挖，结果越挖越大，竟然挖出了国内迄今所见瓿类铜器最大者——"瓿王"。

这里先后出土了 300 多件造型独特、纹饰精美、铸造工艺精湛的商周青铜器，大部分出在以黄材炭河里为中心的十几公里的范围内。如四羊方尊、人面方鼎、兽面纹瓿（内贮 224 件铜斧）、"癸"卣（内有环、玦、管等玉器 320 余件）、"戈"卣（内有珠、管等玉器 1170 余件）、云纹铙（伴出环、玦、虎、鱼等精美玉器）、象纹大铙（重 221.5 公斤）等。

这些青铜器里，有"铙王"。铙在商周是一种重要的打击乐器。在"中国古代青铜以礼乐治国，乐为六艺之一，曾有'礼非乐不履'"的社会环境下，"礼"如果没有乐的配合，就难体现出"礼"的高低贵贱，也渲染不出其庄严的气氛。"铙王"当对应"国王"。

有大鼎。鼎"别上下，明贵贱"：天子九鼎、诸侯七鼎、大夫五鼎、元士三鼎，是标志统治者权力和身份等级的一种器物，也是国家权力的象征、传国的重器。

有兵器。作为战争用的兵器，这里出土的数量多、品类多，说明商周时期这一带是军事要地，而且建立了常备部队。

有生活用器，造型美观，制作精良。无疑，这是贵族用品，远古时期，一般百姓用的只是泥巴烧结的陶器。

由此，宁乡以"青铜器之乡"享誉海内外。

这么多青铜器来自何方？是本地的土著还是外迁来的移民？在史书和民间传说中都找不到与商周王城相关联的有力证据。

"宁乡青铜器之谜"，困扰着几代考古学者，等待着有缘人来揭开这神秘的面纱。

如此众多精美青铜器"堆积"在此"弹丸之地"！

黄材炭河里，你在历史上是如何厚重？曾经有过怎样的繁华？

这里，又是一种什么样的文明呢？

真可谓：

> 碧水轻分峻岭开，千年古话看黄材。
>
> 商周月魄城前挂，秦汉星光洞畔裁。
>
> 直使襟怀藏玉色，休教瑰宝染尘埃。
>
> 沧桑但得青铜出，十万风情绝世来。

2　古城之发掘

神秘的黄材盆地，随着 2003—2004 年湖南省考古研究所对黄材镇栗山村炭河里的考古发掘，深藏于这块宁静土地下的 3000 多年前的古城遗址，豁然袒露于人们的视野中。

宁乡炭河里古城城址被评为"2004 年全国十大考古发现"之一。

"地上一无所有，地下气象万千"，"炭河里之谜"一时成为考古学家的惊喜、国际学界的关注。

在近 20 平方公里的黄材盆地内，炭河里遗址的城址面积就达到 23 万平方米，可见城市规模巨大，民居众多；城址四面夯筑城墙，内外护城河等一应俱全，可见城址经过了精心选址和建设；城内宫殿坐北朝南，排列有序，已知单体宫殿最长的达 42 米，并且出现了双排柱础回廊，可见宫殿规模宏伟。还在遗址周围发现了大量的贵族古墓群。

中国考古学会原理事长、著名考古学家徐萍芳先生在"2004 年度全国十大考古新发现"评选的新闻发布会上说：宁乡炭河里古城的发现，找到了久负盛名的湖南商周铜器群所属的考古学文化，对于解决湖南青铜器群的来龙去脉这一长期悬而未决的重大学术课题，对于中国南方青铜文明诸问题的研究，具有非常重要的学术价值和历史价值。

炭河里，踏于这厚重历史的故土上，令人浮想联翩。

几千年前，炭河里的先民们，以四羊方尊盛装美酒，以大铜铙乐击长空，钟鸣鼎食，祈祷上苍，祭奠先祖，感恩王者。

上苍之恩惠兮，天维举而悬日月，地角横而载山河。圣祖蚩王，铄金为兵，割革为甲，武威懿德，所向披靡。直至涿鹿，不敌炎黄，虽败犹荣，化血为枫，滋励后人。先祖姜央，圣德厚恩，重立乾坤，功济民生，三苗繁衍。圣后青阳，珠辉玉丽，贤淑典雅，兴吾三苗，振吾大禾，德盛功茂。感恩自然，日月星辰、风雨雷电、山川河岳，沩山巍巍，沩水殇殇，赐予牛羊，赐予美酒。祈祷王者永固，尊贵吉祥，臣民繁衍，大地丰收。

然而，如此繁华的盛景，《史记》及更早的史料，找不到只言片语的记载。先秦时期湖南的历史状况在传世文献中也仅留下只鳞片爪。

只有"鬼斧神工"的四羊方尊在诉说曾经的尊荣，只有不断出土的青铜器和盛大宫殿的遗址，在诉说着这里曾经的繁盛。

"炭河里之谜"，成为学者的困惑，期待人们以穿透时空的目光，揭开云遮雾罩的炭河里的秘密。

2017年3月中旬的一天，在湖南宾馆开会，偶然遇见了长沙大学长沙文化研究所兼职研究员、地方史研究专家、宁乡沩山风景名胜区管理委员会副主任喻立新。中午休息时，我们住一个房间。一个是地道的黄材人，一个是致力于"炭河里之谜"的专家，聊起来自然有共同的话题。

近几年，喻立新先生发表了《试揭开宁乡青铜器之谜》等多篇文章。

有专家学者认为宁乡青铜器是"贡品或外来民族带入宁乡的"。而喻立新提出了不同的观点，他结合当地民俗、地名变迁，**根据有关考古发掘资料，认为青铜器是黄材本地铸造的**。

炎黄时期，黄材是蚩尤九黎和蚩尤部落的发祥地；尧舜禹和夏、商、周时期，黄材是三苗方国的都邑；战国时（楚国）到秦代，黄材是洞庭郡治所在地，西汉时是青阳县治所在地。

对他的观点，我是认同的。

在黄材及其周围，有许多蚩尤、三苗、青羊（青阳）等的传说，存有丰富的蚩尤遗址，亘古的蚩尤崇拜，罕见的蚩尤民俗，激昂的蚩尤精神。

在以炭河里古城遗址为中心的 200 公里范围内，均匀地分布着梅山苏氏故居地、蚩尤屋场、三苗首领善卷隐居地、辛女崖盘瓠洞。对照史籍，这些地名所指认的原住民对象，蚩尤最早，其次是高辛氏时期的辛女与盘瓠，然后是善卷，再次是大禾女国，最后是梅山苏氏，等等，尤其是炭河里古城和安化的蚩尤屋场相距甚近，是相连相通的。因此，炭河里和梅山土著的先祖，皆是以蚩尤为首领的九黎部族，也就是说，炭河里原居民和梅山土著就是蚩尤的直系后裔。关于先祖蚩尤的记忆，至今仍然保存在梅山教的传承主干。

揭示炭河里之谜，寻觅炭河里文化，必须以黄材古镇及其周围的历史遗存为依据，对照史料，挖掘其文化内涵。

真可谓：

> 骄持厚重度春秋，史册荣华不计谋。
> 四面城墙凌宇筑，一泓河水护宫流。
> 铜铙击乐皇天阔，金鼎分王国土道。
> 上下五千烽火路，无边浩气看蚩尤。

3 四羊方尊之风云

一方铜鼎，四羊背负。集乾坤之正气，蕴五谷之甘醇，巍巍然，浩浩乎，矗立天地之间。

说到炭河里，说到青铜器，不能不说四羊方尊。

在众多的"宝贝"中，四羊方尊是国之重宝。

四羊方尊的出土地，并非炭河里古城，而是在距炭河里十多公里的月山铺的转耳仑山上。

1938 年 4 月的某个上午，姜景舒、姜景桥、姜喜桥兄弟三人正在转耳仑山上垦荒栽种红薯。17 岁的姜景舒正在翻土，铿然一声，锄头在入土的瞬间撞到一块硬物。

地里多碎石，经常磕坏锄头，需要一块块扔掉。去年在这儿也碰到过类似的东西。他决定把这个讨厌的石头丢出去，他俯下身，看到地里有一块绿色的铜锈，一面是新鲜的断茬。泥土翻开，露出一块布满花纹的黑色金属。

他马上招呼弟弟过来，一起将泥土挖开。一个从未见过的金属罐子逐渐显露在眼前。

这是什么？只见一个布满铜锈的罐子，四面各伸出一只卷角的羊头，方形罐口张开，像一个喇叭。他们不知道这个墨绿色、带有四个卷角羊头的东西为何物，猜想肯定是个宝贝。

如获珍宝的三兄弟，不停地打量着，并用工具敲敲打打，不小心竟将器物的口沿敲掉了手掌心大小的一块碎片。姜家兄弟马上把这个模样古怪的罐子扛回家，用老式的杆秤称了称，大约64市斤，虽然并不清楚这件宝贝到底有何价值，但不凡的外形和如黑漆般的色泽，让姜景舒以为挖到了"乌金"，倍加珍惜。

姜家挖到宝贝的消息迅速在乡村传开。

黄材历来是青铜文物出土之宝地，文物贩子在乡村布有眼线。黄材镇万利山货号的老板也在第一时间得到了消息，给姜家开出了400块光洋的高价。这个价钱足以让姜家人目瞪口呆。兄弟俩找了一乘小轿，把这件他们不知道为什么那么值钱的宝贝抬到了黄材镇。姜景舒在卖掉宝贝时还下意识地将那片敲下来的碎片留下来做纪念。

400块大洋，经过当地保长、甲长和乡绅的层层盘剥后，到姜景舒手上就只剩下248块。

拿这笔意外之财，姜家买了两块地、几担稻米，生活从此略显殷实。

1938年，百万中国军队正在武汉与日军展开一场大会战。战争的气氛已经笼罩长沙。

长沙的四个古董商人合伙用1万大洋从黄材镇买回了一件宝贝。这样一尊巨大精美的青铜器，高达58.6厘米，尊口向外舒展，肩部盘绕着蛇身而有爪的龙，最引人注目的是腹部的四只大卷角羊，头伸出尊外，蹄踏在尊底，栩栩如生。羊的前胸及颈背部饰鳞纹，两侧饰长冠凤纹，圈足上是夔纹。在商代，羊是祭祀和祈求吉祥的标志，显然，这尊青铜器的主人绝不仅仅将它当作容器。

四个古玩商人却在如何分配之时，闹得不可开交。杨克昌是商人之一。在他一生中，这样的宝物见所未见，尽管有部分残破，但必定是无价之宝，只要一转手，就是万贯家财。这时，另外三个合作伙伴，却想把他排挤出去。

在三个人支使他去找买家的时候，杨克昌一咬牙，来到了当时的长沙县政府。

警察冲进古玩商人们密谋的房间，搜到宝物。随后长沙县法院作出判决，这件青铜器是重要文物，予以没收。

收缴到的青铜器之精美珍稀，举世罕见。当时的"中央社"等媒体纷纷予以报道，消息轰动一时。一些考古界的人几乎不敢相信，这样繁复的青铜器，是用传统的分块铸造，然后拼接的泥范法铸造出来的。有人认为，它是使用了一种前所未见的铸造方法。

人们开始称这件残破的青铜器为"四羊方尊"。

四羊方尊被送到当时的湖南省政府后，张治中将军对其爱不释手，曾一度放置在其办公室的几案上，可没放几天，就迫于舆论压力转送湖南省银行进行严密保管。

武汉会战在当年 10 月结束，日军占领武汉三镇，随即南下，攻陷岳阳，进逼长沙。湖南省银行迁往长沙西北的沅陵县，四羊方尊短暂地出现了不到 1 年，就消失在连绵战火中。

1952 年，新中国成立后的湖南省文物管理委员会接到通知，寻找四羊方尊的下落。54 岁的蔡季襄，湖南古玩界的头号人物，在新中国成立后被聘为湖南省文物管理委员会的专家。因为其在文物古董界的见多识广，寻找四羊方尊的任务就交到了他的手上。

然而，四羊方尊消失了整整 14 年，从哪里入手呢？蔡季襄去了沅陵——曾经湖南省银行的旧址，一无所获，但这是唯一的线索。

这时候，湖南省文管会接到一份意外的通报，说中国银行湖南分行的仓库里有一批文物需要清理，请他们尽快派专家去鉴别。中国银行湖南分行，前身正是民国时的湖南省银行。

蔡季襄马上赶到银行仓库，一个积满灰尘的木箱子被打开，里面是黝黑的青铜碎片。一个羊头赫然显现。

正是四羊方尊。只是，这件原先基本完整的青铜重器，已经碎成了二十多块。

劫难发生在长沙沦陷之时，在迁往沅陵之后，因为日军飞机轰炸，摆在架子上的四羊方尊在震动中摔落在地，碎片被装在木箱子里。在后来的辗转流离中，人们渐渐忘记了这件稀世奇珍的存在。

即便重新发现，也并未使它摆脱寂寞千秋冷的命运。当时湖南省博物馆刚刚成立，湖南省文管会只将碎片黏合，依然保存在博物馆的仓库里。

1954年，遇到张欣如，这件宝贝才遇到它命定的知音。张欣如在仓库发现了简单修补的四羊方尊。它看上去粗糙、破旧、颓败，仿佛随时都会垮掉。用了2个月的时间，张欣如将四羊方尊重新修补好，并铸造了残缺的部分，使它恢复了3000年前秀美而威严的样貌。

修复过程证明，四羊方尊确实是由传统的泥范法铸造的。羊角和龙头事先被铸成单个的零件，放置在外范内，再进行整体浇铸。方尊边角铸有棱脊，以遮蔽合范时可能产生对合不正的纹饰。任何一点儿细微的差错，都会让方尊失去浑然一体的效果。

考证后，人们确定四羊方尊是商代晚期偏早的器物。从公元前2000年开始的青铜冶铸业，作为生产力发展的标志在这时进入高峰。

1959年，四羊方尊被调往中国历史博物馆（现已与革命博物馆合并为中国国家博物馆），陈列在首都。这件被誉为中国青铜铸造史上最杰出的作品，享有了"镇国之宝"的美誉。

但是，美中不足的是四羊方尊还缺了一块。

1963年夏，高至喜，湖南省博物馆考古部主任，为了探寻四羊方尊当时发现的情况，来到了黄材镇月山铺。在路边，遇到一个40来岁的农民，长年的劳作让他看上去比实际年龄更苍老。

"我捡到过有四个牛头的东西，我这儿还有一块，上面有牛。"他说。

农民把高至喜带到家里，取出一块巴掌大的青铜片，上面布满精美的云雷纹。高至喜脑海里闪过一件国宝的影子。

现在，眼前这片布满纹饰的青铜片，让多年从事文物工作的高至喜无法不联想到四羊方尊。那些繁复的云雷纹与方尊上的花纹如出一辙。

他望着面前的这个农民。农民告诉他："我姓姜，叫姜锦书。"然后，开始讲述他 20 多年前的奇遇。

这个农民的描述，与他以前听说的四羊方尊发现情况如出一辙。但是他说青铜器上是"牛头"而不是"羊头"。这是另一件重要的器物，还是这个农民把羊当成了牛？

高至喜不敢马上下判断。他想把残片带回去，与四羊方尊进行仔细的比对。

"你把这个卖给我好不好？我给你 15 块钱。"高至喜问。

姜锦书摇头："这是'九火铜'，比黄金还贵，不卖，不卖。"

高至喜无法说服姜锦书，只好回到省博物馆。这件事也就放下了。又过了 10 来年，1976 年，他突然想起这件事来，赶紧委托宁乡一个文物干部去找姜锦书做工作，请他把残片献给国家。

这时候，姜锦书的儿子在月山铺当上了干部。经过一番劝说，终于让 50 多岁的姜锦书把残片捐出来。同时捐出来的，还有一块青铜羊角。干部给姜锦书写了一个条子："今收到月山公社龙泉大队茶园生产队姜景舒同志古铜两块。"他写错了这个农民的名字，此后，这位农民的名字就一直被写成姜景舒，直到他 1997 年去世。作为奖励，县里给姜锦舒发了一支钢笔和一个口杯，奖励了 10 元钱。

收到的青铜残片被送到省博物馆保管部。高至喜请来当年修补四羊方尊的张欣如，仔细对比了残片的厚薄与纹饰。

"就是四羊方尊上的！"两位老专家作出了同样的判断。

残破了半个世纪的四羊方尊，终于找到了缺失的碎片。此后，这两块残片，就一直保存在湖南省博物馆。

2007 年，一场国宝的巡展来到湖南，四羊方尊正在其中。分离流失了半个多世纪的残片，尽管未能与四羊方尊重合一体，但是毕竟等到了它的归来。

四羊方尊，是那个时代青铜器精致臻于极致的典范；

四羊方尊，是血泪交融但辉煌盛大的 5000 年华夏历史。

作为国家博物馆的镇馆之宝，四羊方尊可叹一声"鬼斧神工"，其铸造之巅峰水准令人难以置信；在商代青铜方尊中，其端庄典雅亦独树一帜。

四羊方尊的发现，颠覆了"青铜文化不过长江"的论断，引起了对中国商周考古学文化序列和谱系的迷惑。

一种极具生命力的文化，是人民无穷智慧和顽强精神的结晶，其无与伦比的力量必将震撼历史。

真可谓：

瑞梦幽深贯古今，青山隐逸待知音。

四羊抵角商时雨，百酒温尊昨夜心。

战火烽烟魂未改，红尘世事骨犹禁。

天涯纵裂何关恨，傲复雄姿领畏钦。

4　九牯洞之传说

风雨撼地，霹雳震天

生命的种子在贫瘠之地也会扎根

让每一座荒山都郁郁葱葱

让每一块平原都春意盎然

坎坷、挫折已不可遏制我们的步伐

我们正像你一样

肩起那沉重的使命

献身于沧海桑田的巨变

中国梦从没有如此强大

万众一心，众志成城

蚩尤的子孙开弓没有回头箭

——摘自王永利先生《蚩尤之歌》

（注：王永利，中央电视台财经频道制片人、高级编辑）

黄材镇往西，来到松溪村张家组的小山上，遍布一个个花岗岩自然架成的小洞穴，考古发现，这里是人类曾居住的洞穴遗址。这些洞穴一般面积为五六平方米，高 1 至 2 米不等，洞口面向东南，进入洞口需弯腰弓背，当地人称这些洞穴为"九牯洞"。相传是蚩尤的第九个兄弟在此洞内生活过，传说蚩尤兄弟均是牛首人身，所以叫"九牯洞"。

蚩尤的传说在这里流传甚广。

黄帝、炎帝、蚩尤是中华民族的三大始祖。

《史记·五帝本纪第一》记载：

轩辕乃修德振兵，治五气，艺五种，抚万民，度四方，教熊黑貔貅貙虎，以与炎帝战于阪泉之野。三战，然后得其志。蚩尤作乱，不用帝命。于是黄帝乃征师诸侯，与蚩尤战于涿鹿之野，遂禽杀蚩尤。而诸侯咸尊轩辕为天子，代神农氏，是为黄帝。

黄帝先是"阪泉之战"战胜炎帝，然后炎黄联合，"涿鹿之战"大败蚩尤。

历史上有"黄帝与蚩尤九战九不胜"的传说。蚩尤部落武器优良，《太白阳经》载："伏羲以木为兵，神农以石为兵，蚩尤以金为兵，是兵起于太昊，蚩尤始以金为之。"炎黄部落以木、石为兵器的时候，蚩尤部落已经以金属为兵器了。

相传蚩尤氏有兄弟八十一人，个个生得铜头、铁额、石项，而且神通广大，能呼风唤雨，能转沙为饭，以石作粮。《龙鱼河图》说"有蚩尤兄弟八十一人，并兽身人语，铜头铁额，食沙石子，造立兵仗刀戟大弩，威震天下"。

蚩尤部落由于装备优良，因此在战事之初使黄帝陷于苦战。有一日，黄帝败后退至泰山脚下，聚集残兵，与上将风后、力牧等筹尽抵御方法，左思右想，总想不出。黄帝心中忧愁焦急，不觉仰天长叹了几声，因为连日战事疲劳，遂退至帐中，昏昏睡去。

见两位绝色仙女腾云而来。一位骑着一只丹凤，驾着一片景云，穿了一件九色彩翠之衣；一位驾着彩云，穿了一身洁白之衣。

两女子至黄帝帐前，彩衣女道："我乃九天玄女，是女娲娘娘派来帮助帝的，请帝不要急着与蚩尤交战，先退守有熊，做战争准备，等有了必胜之武器，再与他交战。"

玄女拿出两张图，一张图教黄帝如何制作弓和矢，另一张图教黄帝如何制作马车。同时，车上还有一木雕仙人，仙人指头装上磁石。玄女道："车子无论如何旋转，仙人的指头总能够指着南面了。不管蚩尤如何作法，就都不会迷失方向了。"

玄女又教帝用夔牛皮来制作大鼓，一面鼓可以声闻 8 里，80 面鼓可以声闻 500 里，连敲起来，可以大壮军威。

这时，随玄女而来的白衣女子手上多了一件狐裘。玄女将狐裘递与黄帝道："穿了这狐裘，刀戟大弩不能伤，作战时，请帝穿在身上。"

说完，彩衣女子和白衣女子驾云而去。

一觉醒来，天已大亮，黄帝见身边留有一件狐裘、两张图纸，于是跪地向天而拜。

黄帝下令，撤兵回有熊。

翌日，蚩尤部落一早起来，却不见了黄帝部落营帐，也不见了一兵一卒，大为诧异，深恐其中或有机谋，顿兵不敢前行，后来探听许久，觉得并无动静，乃又带兵前来。行到半途，又常听见鼓声震耳，以为黄帝兵近在咫尺，使人四处探听，却又不见踪迹。如此走走停停 3 月有余才逼近有熊。不管蚩尤部落士兵如何叫骂，黄帝兵就是不与交战。

6 月后的一天凌晨，蚩尤部落士兵像平时一样在营帐休息，前哨突然发现，一辆辆战车从有熊倾巢而出，黄帝身穿狐裘，立于中间一辆战车上。黄帝兵手上武器一改往日的木棍竹竿，而是剑戟精利鲜明，映着日光，闪闪夺目，而且五种大旗，五种旌麾，飘扬披拂，分列五方；六面大纛，分配各地，阵法极其严整。前面战士个个如熊如罴，如虎如豹。左右前后又有无数小旗，旗上都尽出雕鹖鹰鸢等猛鸷的鸟形，还有镯、铙、鼓、角、灵鼙、神钲等响器，夹杂其间。夔牛大鼓又不时发声，真个是旌旗蔽天，声鼓动地。

蚩尤兵虽然勇猛，到此际亦看得呆了。蚩尤仓促部署应战，黄帝兵战车速度极快，转眼就到眼前。蚩尤见势不妙，赶快作起变幻法来，顷刻之间，黑云笼罩，妖雾迷漫，几乎不见五指。哪知黄帝兵指南车在前，又有钲、鼓、旌麾等以为耳目，方向不迷，一无所惑，依旧冒雾排云，拼命向前进攻。

一战下来，血流成河，蚩尤部落损失惨重。蚩尤氏八十一个兄弟战死了四十五个。剩下的三十六个蚩尤兄弟，赶快带了兵士，急急向冀州撤退。黄帝哪里再肯放，率领大兵紧紧追赶，一面号召四方诸侯，会师涿鹿。

蚩尤带领士兵退守涿鹿，黄帝号召的各方部落四面合围，尽力攻打。不料涿鹿城池坚固，蚩尤部落又极善守御，于此坚守了三年。这三年里，蚩尤兄弟又牺牲了二十七个，其余兵士不计其数。二十七个兄弟埋葬的地方长出了一排排小枫树，蚩尤后人认为这是蚩尤兄弟化血为枫。

3 年后的一天，黄帝又改变战法，将四方兵士分作五军，用五种颜色的旗帜分配五方。每军之中又分作五队。五军四面环攻，五队更番作战，昼夜轮流，没有一个时辰停止。眼看城池要破，剩下的蚩尤九个兄弟商量如何突围。在一个伸手不见五指的黑夜，四个兄弟带领士兵在北佯攻，五个兄弟分别从东、南、西三个方向突围。

英勇善战的蚩尤四兄弟往北城轮番猛攻，黄帝兵以为蚩尤兵要从北边突围，把东、南、西兵力调往北边增援。蚩尤五兄弟分别从东、南、西突出了包围圈，而北边佯攻的蚩尤四兄弟战败被俘。黄帝叫人取过许多桎梏来，将蚩尤四兄弟的肱趾重重缚住。

黄帝把蚩尤四兄弟推过来，会同各路诸侯审讯一番，又责骂了几句，然后命左右牵出去，一一斩首。

相传缚住蚩尤的桎梏为枫木所做，蚩尤四兄弟死后，这些桎梏又化为枫树。一代代相传，枫树和枫木成为蚩尤后人尊拜的神物。

黄帝胜蚩尤，也是胜在于战车、兵器。可见，从古以来，武器是战争胜利重要的一方面。所以，今天我们要立于民族之林，必须要有航母，要有导弹。

且说突围的蚩尤五兄弟。一个带领士兵去了东边，到尧舜禹时，成为东夷人的一部分。一个带领士兵到了西北，成为乌斯藏人的先祖。一个带领士兵到了西南，成为羌族、黎族等的先祖。往南撤的是第九兄弟和第八兄弟。

蚩尤的第九个兄弟名姜央，和第八兄弟率领其部落从山东一路往南撤，炎黄联军穷追不舍。

第八兄弟带领一支部队前往江西鄱阳湖一带，以用来吸引炎黄联军。

姜央又留下一支部队在荆州阻击，自己则率主力部队涉洞庭湖，继续往南，沿湘江逆流而上，见湘江的又一支流——沩水，再逆沩水西进，达雪峰山东麓的黄材盆地。见黄材盆地三面环山，中有沩水，实乃易守难攻的宜居"宝地"。既可以泽水而居，又可退可进。退，可往沩水上游，翻过大沩山，进入资水流域的雪峰山区（现安化、新化）；进，沿沩水顺流而下，很快就进入湘江，越过长江与洞庭湖，便于与中原作战，遂于此安顿下来。

作为原始部落主要靠找山洞、搭草棚而居。在黄材盆地西部山区发现了适宜居住的山洞（即九牯洞），姜央及其他首领在山洞安居下来，部落人员搭草棚而居，或山中狩猎，或沩水打鱼，或黄材盆地种植水稻，于此韬光养晦，繁衍生息。

千古不息的沩水静静地流淌，用她那博大的情怀和乳汁养育着姜央部落及其子孙后代，部落不断发展壮大，三苗文明在此孕育成长。

姜央成为三苗和苗族的始祖。

1987年，考古人员在九牯洞洞穴口发现大量陶器残片和石器，并采集到原始大口陶缸、陶罐、陶釜、陶豆、釜形陶鼎、磨制石锛、石刀、石凿、石铲，确认该遗址为早期人类住居的新石器时代遗址。

真可谓：

> 莫判曾经辱与荣，蚩尤断可问雄英。
> 铜头铁额九州勇，木弩金刀战地横。
> 涿鹿乍亏赢霸气，黄材再向续峥嵘。
> 青山洞畔风光异，始祖三苗弄猎耕。

5 十三洞之神秘

这一年夏天，一场山洪从沩山倾泻而下，沩水两岸、黄材盆地一片狼藉，草棚倒了，稻田毁了。

带着重振家园的信心，蚩尤部落人员沿炭河里东北方向的一条溪流逆水而上，走了约8公里，两岸青山，古木参天，苍松翠竹，奇峰峻岭，有猕猴于树林中来回跳跃，山上有各种各样野果，如此胜境，令人欣喜。部落人员忙着攀山岩，采野果。到几棵大树遮挡的树林里，一股阴凉之气，扑面而来，再往里走，忽见一洞口，进入里面，洞谷幽深，迂回曲折，神秘莫测。

第二天，部落首领带上十多个人，举起火把，探寻此洞秘密。进入里面，发现洞洞相连，洞内有洞，大的洞可容纳数千人，狭窄处仅容纳一人通过。洞内冬暖夏凉，是一个安全的栖居之所。部落首领把居住于黄材盆地的一部分人员安排到此洞。白天，男人山上打猎，女人采摘野果，生活安逸，历经百载，繁衍昌盛。

因为是蚩尤部落所居住，三苗时期称此山洞为"蚩山洞"，只是宁乡口音"蚩"（chī）与"十"（shí）混淆，"山"与"三"不分，后来"蚩山洞"变成了"十三洞"。

从十三洞再往上走，是悬崖壁立的天然峡谷，溪长5—6公里，两岸青山对峙，如刀削斧劈，瀑布飞流，似银练直挂；其溪曲折跌宕，深谷幽潭，溪间怪石奇异，这一带成为猕猴的栖居场地，后人把此山称为猴公大山，其主峰海拔1100米，现在是宁乡、安化、桃江三县交界处。20世纪70年代，在猴公大山西边的河流修建了一座国家小型水库——少年水库，其蓄水量为165万立方米，库内水清如镜，鱼类繁多，四周苍松翠竹，倒映其中，如诗如画。

传说十三洞有十三个洞口，洞有20多公里长，出口到了桃江县的"金沙洲"。其实，此洞是3.6亿年前形成的溶洞，地貌复杂，并有罕见的洞内峡谷，垂直高度近100米。

十三洞位于黄材镇的原宁乡三中后山约5公里，1980年7月，在宁乡三中读高中时的我，曾约了几位同学至十三洞探险。

洞外，有千年古枫树一棵。此处植枫树，也是因为与蚩尤部落尊拜枫树有关。从古以来，当地居民就习惯在十三洞及周围种植枫树，逢年过节，红白喜事，开春之际，必杀猪宰羊，焚上香烛纸钱，在枫树下举行祭奠。十三洞周围属典型的喀斯特地貌，这种地质难以成活大树，奇怪的是，千年枫树却能在此成为高大挺拔参天大树，生长千年，仍郁郁葱葱。

进入洞口，习习凉风徐徐而来，炎热的夏天令人顿感凉爽。有阴河之水从洞里汩汩流出。洞内石钟乳、石笋、石柱千姿百态，有的乳石如同佛像。时有水滴声响，也时有瑟瑟动物飞起，令人惊悚，后来才知是蝙蝠。我们带的手电筒，越往里走，光线愈暗，不敢再往里走，到第 2 洞后往回走。有一同学不听我们劝阻，敲下一个似佛像的钟乳石带出洞外。

一起去十三洞探险的同学，后来一个考上了西北某大学的考古专业，一个考上了武汉某大学。而敲钟乳石的那位同学，本来是成绩最好的，可后来两次参加高考名落孙山，有时说话疯疯癫癫的，后随父亲去广东打工又走失，再后来，有人说在南方的某寺院见过他。

我一直觉得十三洞有一种神秘之感。

十三洞有很多传说。

有这么一个传说。很久以前，连月大旱，河水断流，土地干裂，百姓苦不堪言。老百姓摆上祭品，在十三洞前的古枫树下举行祭奠，有僧侣作法，祈求上苍，降下雨水。这时，见十三洞中有一股细流流出，但杯水车薪，难解危急。一位得道的高僧光涌决心为百姓进洞寻水，普救众生。光涌对徒弟慧清说："为师进洞探水，如果看到为师的草鞋漂出来，你可敲击洞口的大石，为师可以循声出来，切记，切记！"慧清连连点头答应。

慧清站于洞口枫树下，眼睛一眨也不敢眨，可许久过去，洞内无一点儿动静。微风吹来，慧清不知不觉靠在枫树上睡着了。不知过了多久，被一声炸响惊醒，只见洞口一股山泉，喷薄而出，瞬间淹没了小溪，再看一只草鞋，被山泉已冲出好远，慧清急忙跳起身，捡起一块石头拼命敲击洞口，可是再怎么敲，也没有一丝回音。光涌冒险为老百姓求水，感动了佛祖，佛祖收他为徒，留在了十三洞。

2003 年，十三洞被有关部门作为旅游开发改名为石龙洞（因为地处石龙村），2005 年 5 月 1 日正式对外开放时又改名为千佛洞，因为洞中钟乳石长得像成千上万的佛像而得名，其中第 4 洞有一尊高达 2 米的如大佛像的乳石，就是传说中的高僧光涌，成为千佛洞核心景区的亮点。

十三个洞至今只开发了前六洞，游客游完也要花两个多小时。十三洞到底有多长，至今是谜。

但我认为还是叫十三洞好。蚩尤部落的传说比佛教的历史更早。

真可谓：

> 洞洞连环别样天，十三未及入迷烟。
> 流波叠韵循幽绕，溅瀑飞珠劈暗悬。
> 钟乳参差疑世外，佛身真切现眸前。
> 万年秘邃谁能往，望尽昆仑待列仙。

6　枫树之崇拜

枷锁缚住你的身躯

却缚不住你的精神

你不屈的灵魂，激昂的赤血

化作万年古枫

远古的伤痛

早已成为千年轮回的神话

火红火红的色彩

穿越时空，穿越红尘

如太阳的光芒

照亮前行的征程

无畏飓风狂暴

承受水与火的洗礼

勤劳智慧，谱写铁骨铮铮

英雄豪气，威震穹央

横亘湘西的雪峰山脉，巍峨绵延至黄材之西的沩山，再往南20余公里，其余脉似一道高高的屏障，横隔在沩江和楚江之间，其中一座山峰气势雄伟，高高耸立，那就是望百峰。望百峰往下，有一座山叫"师古寨"，山的西北面为老粮仓镇，东南面为枫木桥乡。

这座其貌不扬的小山，却因为"大铜铙"的发现而声名远扬。从黄材炭河里，到老粮仓，到枫木桥"师古寨"，这里带着远古的神秘问号。

1959年，在师古寨南坡距山脊10米的地方，一青年农民到山坡上砍柴，无意中从沙土里拉扯出的杂树坑中刨出一块黑色东西，但是他不知道这到底是什么。他继续挖下去，又发现了两排横放着的铜铙，他挖出的第一件器物后来证明便是兽面纹大铜铙，后面四件中有两件虎纹大铜铙以及两件象纹大铜铙。其中象纹大铜铙高70厘米、重67.25公斤，在目前国内所有出土铜铙中重量、大小排第二（排名第一的是1983年在黄材发现的大铜铙，重220.76公斤），是迄今所见器表装饰最繁复、精美的器物，成为湖南省博物馆镇馆之宝。

1993年，一个药农上山采药，为追蛇追到一洞里，蛇溜了，却发现洞里一窝宝物：10个大铜铙。这个地方在师古寨北坡距山脊10米的地方。

沉睡于地下达3000多年的商代青铜大铙重见天日，这些青铜器的发现，无不象征着"师古寨"在历史上地位之高，在祭祀、军乐、宴享之文明鼎盛。

乐击长空，这一片深蕴着深厚历史人文的神奇土地上，到底发生过什么呢？

相传师古寨是几千前祭祀祖先之地。宁乡口音中"师"与"思"同音，"师古寨"实际上是"思古寨"，其意是专门思念古人（祖先）的地方。谁在此思古祭祖呢？根据出土的大铜铙系商代铸造，应该是商代或稍后西周时期的人们在此思古祭祖，当时此地生活的是三苗人。

三苗的始祖是姜央，而"姜，从羊"，所以"师古寨"又名"羊角寨"。《民国·宁乡县志》云："羊角寨即师古寨。"三苗人为什么选择此山思古祭祖？因为当时该山及其附近生长着许多枫树，后来有人伐枫树架了一座桥，那一带现在就称"枫木桥"。

枫树，是三苗人的主要崇拜神物之一，属于植物图腾崇拜，现在的苗族依然如此。苗族人认为，枫木是神树，枫树与人一样也有生命，有灵性，能保佑全寨人畜，能保佑平安，繁殖后代，民族兴旺发达。

在黔东南神话《苗族古歌》（亦称《苗族史诗》）中，苗族先民们将自己与枫树有血缘关系的思想表达得淋漓尽致，其对枫树的描绘非常细腻、深情。《苗族古歌》中有一首《枫木歌》唱道："枫树生妹榜，枫树生妹留……榜留和水泡，游方十二天，成双十二夜，怀十二个蛋，生十二个宝。"其中从黄色的蛋里孵出了苗族的祖先——姜央。

姜央，苗语称 Jangx Vangb，有时亦简称 Vangb，是苗族古歌中人类的祖先。苗族古歌中说，他与龙、雷公、老虎等一起从蝴蝶妈妈的蛋中孵出，后来雷公施放洪水，淹死了地上的人类，他与妹妹成婚，过了一些年，生下一个儿，是个肉坨坨，姜央气坏了，找来一把弯弯镰，找来一块杉木砧，把孩儿砍成肉片。砍在谷仓边，装满九粪筐，撒遍九座山。变成许多许多人，变成百姓千千万。从而完成了人类的再造，使世间重新有了人类。

苗族传说认为，姜央是由蝴蝶妈妈生的，而蝴蝶妈妈又是枫树生的。为什么枫树是苗族先民的植物图腾呢？这可能与《山海经·大荒南经》所记载的"蚩尤所弃其桎梏进为枫木"的传说有关。

苗族在历史上多次迁徙，《苗族古歌》记载了苗族先民因逃避战争和朝廷的追杀，防止民族文化迁徙秘密等暴露予敌人，不得不将文字焚烧、抹去，当仅有的那些为数不多的知识分子去世后，文字也随之丢失，留下的只有现在那写在衣服上的文字。

《苗族古歌》中，有诸多关于蚩尤和苗族祖先迁徙以及与黄帝那场惨烈战争的描述。

　　古时苗族住在直米布，
　　建筑城垣九十九座，
　　城里住着格蚩尤老和格娄尤老。
　　……
　　异族要来侵占这里哆，
　　格蚩尤老和格娄尤老，
　　召集七姓能人来商议，
　　大家推选甘骚卯毕管军务。

来到了直米力城，
格蚩尤老和格娄尤老，
走廊上把队伍检阅，
满面笑容挥手致意。
异族兵丁攻打太激烈，
实在抵挡不住了，
举着家眷拖着队伍，
迁徙来到小米坝。
沙昭觉敖追得急，
无法抵御强敌兵。
急忙朝着前方迁，
来到黄河岸边不能渡，
使出全力与敌拼一仗！
……
格老蛋尤同仇敌忾，
率兵勇猛再冲杀，
敌众我寡不能胜，
格老蛋尤牺牲了。
……

在古歌之中，直力布为苗语直译，意思为传说中的大平原，格老蛋尤中的"格"为苗语词头，意为古代苗族的长老或首领，格蚩尤老和格娄尤老为蚩尤兄弟，甘骚卯毕为掌管军务的大将领。由此可以看出，苗族古歌中，将蛋尤（蚩尤）看作自己的领袖和长老。

"身既死兮神以灵，魂魄毅兮为鬼雄。"蚩尤戴过的枷锁，掷于大荒之中，化为火红的一片枫林。

苗族先民每到一个地方建寨都会先要栽植枫树，枫树的年龄，就是建寨的历史。湖南城步的苗族有祭"枫神"为病人驱除"鬼疫"的风俗，装扮"枫神"的人，头上反戴铁三脚，身上倒披蓑衣，脚穿钉鞋，手持一根上粗下细的圆木棒。这位令人敬畏的"枫神"就是蚩尤。

涿鹿之战后，蚩尤的第九个兄弟姜央带领部落退守到黄材后，多年的休养生息，使部落发展很快，也很快和留守荆州的部落人员、往江西鄱阳湖的部落人员联络上了，发展成为三苗部落。占据有长江中游土地肥沃的洞庭湖区和鄱阳湖区，都邑建在黄材炭河里。黄材盆地虽然土地肥沃，物产丰富，但毕竟地域受限，于是又在离黄材盆地20多公里的望北峰下建立起第二个基地，这里有雪峰山余脉的庇护，易守难攻，主要储备从各地征集来的粮食和武器，用于备战备荒，所以称老粮仓。到唐代，朝廷再次在此建仓囤积官粮，"老粮仓"之名始记载于史料。

《名义考》云："三苗建国在长沙，而所治则江南荆杨也。"三苗方国都邑建在长沙近边的黄材与史载相吻合。《名义考》成书于明代，当时的宁乡黄材属长沙府。又据《后汉书·西羌传》载："西羌之氏本出自三苗，姜姓之别也。其国近南岳。"宁乡黄材距南岳仅150多公里。

在离现在炭河里遗址500米的地方有个叫枫树湾的地方，住的大多是姜姓人家，小时候经过枫树湾，记得村口有两棵古老的大枫树，但后来不知什么时候毁了。既然叫枫树湾，想来古时此处是枫树成林，也许正是炭河里先民们举行祭奠的地方。

秋天的枫叶，红红的、热烈的、生机勃勃的景象，是炭河里先民、三苗及其后裔，强大生命力的象征。

真可谓：

一树千年奉作神，同经岁月绝烟尘。
丹枫枝下围新寨，玉木桥旁祭古人。
独有遐思歌婉转，更无来者意丰淳。
依山傍水三苗界，直取黄材建黼宸。

7 蚩尤故里之梅山

从黄材沩水逆水而上30多公里，到达山峦清秀、风景优美的沩水源。伫立于沩山之巅，"极目楚天舒""一览众山小"，这边，是沩水流域宁乡，那边，是资水流域安化。

沩水源处，出土了世界上唯一一对商代青铜虎食人卣。

这对奇特的虎食人卣，造型取踞虎与人相抱姿态，虎以后足及尾支撑身体，构成卣的三足。虎前爪抱持一人，人朝虎胸蹲坐。一双赤足踏于虎爪之上，双手伸向虎肩，虎欲张口啖食人首。虎肩端附提梁，梁两端有兽首，梁上饰长形宿纹，以雷纹衬底。虎背上部为椭圆形器口，有盖，盖上立一鹿，盖面饰卷尾夔纹，也以雷纹衬底，与器体一致。虎两耳竖起，牙齿甚为锋利。

卣，作为一件盛酒礼器，是贵族阶层的标志，以虎作为表面纹饰，显示贵族权势的威严。遗憾的是，这两件珍宝皆流落于国外，一件藏于法国巴黎赛努奇博物馆，成为镇馆之宝，一件藏于日本泉屋博物馆。

山这边，沩水流域，远古炭河里文明熠熠生辉；山那边，资水流域，蚩尤故里、蚩尤传说、梅山文化，绽放古老神奇的光芒。

是谁带着这远古而珍贵的虎食人卣，跨越沩水流域和资水流域，却把它遗落在这分水岭的山头？

蚩尤故里、梅山文化、炭河里文明，相距如此之近，它们之间，又有何神秘的联系？

问山，问水，问历史的足迹，等人们去解答。

"路漫漫其修远兮，吾将上下而求索。"人类对生存和文明的探索步伐，从未停止过。

涿鹿之战的失败，蚩尤第九兄弟姜央率领部落人员，从遥远的中原退回到黄材盆地，逆沩水而上，越沩水源，来到资水流域，这一大片的山区，有其独特的优势，令人惊喜。

这里山洞多，一个个天然的溶洞，是人类居住的天然场所。这里丰富的动物、植物资源，滔滔的资水，为部落提供丰盛的食物来源。

当然，历史上，这里没有长沙、益阳之分，更没有宁乡、安化之名。这里，就是雪峰山脉南端；这里，就是梅山文化的地域范围。

梅山文化产生的地区是古梅山峒蛮居住地。《宋史·梅山峒》云："梅山峒蛮，旧不与中国通，其地东接潭，南接邵，其西则辰，其北则鼎。"即包括今天的长沙、湘潭、益阳、常德、怀化、娄底、邵阳等市 25 个县级行政区域的全部或部分，宁乡即在其中。

梅山土著就是蚩尤的直系后裔。关于先祖蚩尤的记忆，至今仍然保存在梅山教的传承主干，即梅山本土师公的法统中。梅山师公，是当代人对梅山民间信仰从业者的概称，其前身就是巫师。巫师本身是主持祭祀的专职祭司，现在的梅山师公法事，比如"和娘娘""跁梅山""唱太公"等，都是祭祀祖先的活动。师公扮演的傩戏，就是再现祖先的故事。这些法事和傩戏中，均保有对先祖蚩尤鲜明的记忆碎片。比如，师公在做法事时，要戴头扎，而头扎的图案，第一块和第五块拼起来，也是饕餮纹。关于饕餮纹，孙作云先生早在 20 世纪 40 年代就认为其原型是蚩尤。

还有一种可能，涿鹿之战前，蚩尤部落的世居地就在洞庭湖流域。

著名民俗专家、北京师范大学教授陈子艾论证，梅山是中华民族三祖之一蚩尤部族的世居地之一。

历史学家周谷城的《中国社会史论》在谈到汉族与苗族的斗争时，有一段这样的论述："苗族自始至终即居于长江中下游两岸，与汉族对抗。古时候其族曾有强国曰九黎；其君主叫作蚩尤，曾乘汉族炎帝榆罔之衰联合许多小苗族，向北方汉族作总攻击。略取过中原的大半，且有驱汉族出塞外之势。汉族诸侯有熊国之君公孙轩辕联合汉族中的许多小族，与蚩尤战于涿鹿，并斩了蚩尤，恢复了黄河流域的地盘。于是苗族退处江南。"

也就是说，蚩尤部落本来就生活在长江中下游。

在原始社会末期，我国长江中下游一带，远古时候就生活着很多原始人类，经过世世代代的生息繁衍，通过艰苦的劳动，在距今 5000 多年前，逐渐形成了部落联盟。这个部落联盟叫作"九黎"，以蚩尤为首领。他们借助优越的地理条件，不断地辛勤开拓，生产力不断提高，社会经济不断发展，一跃而成为雄踞东方的强大部落，创造出辉煌灿烂的农耕文明。

如今，在 21 万平方公里的湖湘大地，从南到北、从东到西，到处都有稻作文化遗址的发现。永州道县玉蟾岩 12500 年前人工栽培稻遗址；洞庭湖区澧县八十垱发现 8500 年前的数万粒栽培稻谷，澧县彭头山

6500 年前的水稻田；茶陵独岭坳 7000—6500 年前的稻作遗存；怀化安江有 7600 年前的高庙农耕文化遗址。远古时代先民，在三湘大地，绘就了一幅巨大的农耕文化遗存的历史长卷。这些都是蚩尤部落创造的辉煌农耕文明留下的痕迹。

蚩尤部落占据有今天的江西、湖北、湖南等广大的长江中下游，也是自然条件最好的地域，中心地带就在雪峰山南麓的梅山，即今天的宁乡、安化、新化一带，其都邑就在黄材盆地炭河里。

日益强大的蚩尤部落逐渐由南向北发展进入中原，必然与由东而来的炎帝部落、由西而来的黄帝部落发生冲突。土地纷争、利益冲突，必然爆发大规模的战争，就如同 20 世纪的第一次和第二次世界大战。于是，在原始社会末期，爆发了蚩尤与炎帝、黄帝的规模空前的部落大战。

蚩尤部落战败后，姜央率部落人员退出中原，回到故里黄材。从此，中原成为炎黄部落繁衍之地。而蚩尤部落退守江南，回到大后方，休养生息，后来，形成洞庭湖、鄱阳湖流域的三苗联盟。

今天，作为蚩尤故里的安化、宁乡一带，虽然居住的是汉族为主，这些人里面有土居的蚩尤后裔，但也有外来的移民，是他们，把蚩尤遗址、蚩尤崇拜、蚩尤民俗、蚩尤精神流传下来，把蚩尤的伟大精神传颂着，纪念着。

走进蚩尤故里安化，这里蚩尤文化遗存甚多，寺庙祠堂林立，山溪洞穴奇特，既是梅山文化的发祥地，又是名副其实的蚩尤文化带，各种文化现象共系于"思尤"之中。

这里有思游乡（1995 年并入乐安镇）。思游是思尤之意。思尤，饱含了思念蚩尤老祖的深情厚谊。

思游乡里有蚩尤村和大禾村。

蚩尤村就在蚩尤界上，蚩尤界东接梅城，西临新化，纵横 20 公里，海拔 800 多米，是历代汉、苗、瑶聚居之地。

蚩尤村的人生儿育女，送老归山都要敬蚩尤，或吹牛角，或敬枫神。蚩尤村里有一片 30 余亩枫木园，传说蚩尤被杀后的木枷丢在蚩尤界上，长出一片枫树。枫叶是蚩尤鲜血染红，枫树就是蚩尤之神，到枫树下拜祭就能消灾祛病、逢凶化吉。古代枫树园一直立有禁碑：永禁砍伐。20

世纪 50 年代末大炼钢铁时，枫木园几经劫难仍未逃脱厄运，山民哀叹不已，现村民又在种植枫树，敬枫神依旧风行。这里的枫树崇拜和宁乡老粮仓、枫木桥、黄材炭河里的风俗一脉相承。

大禾村又名大禾凼。1959 年，在黄材镇寨子山，一位农民上山开荒种地，一锄挖到了目前发现唯一以人面为主饰的商代青铜方鼎（人面纹方鼎）。这方鼎上就刻有"大禾"二字。说明历史上，黄材和安化大禾村是一脉相承、山水相依的。

这里有蚩尤江。蚩尤江发源于田心乡，流经蚩尤界，过新化游溪桥，到白溪注入资江，全长约 50 公里。蚩尤界下有条蚩尤河，相传为蚩尤开凿，后裔连通，为战之用。后代强人勇士常从此出入新化、涟源、梅城。阴河中有天池、龙洞、宫娥、蓬莱、神龟、燕潭等奇洞无数，景色各异，瑰丽多姿。

这里有蚩尤桥。蚩尤江上的蚩尤桥，是下连梅城，上通新化、涟源的要道，为历代兵家必争之地。行人路过都要在桥上歇息；村民每年都要在桥上摆上三牲，燃起香案祭拜蚩尤，以求风调雨顺，百业兴旺。

这里有蚩尤屋场。蚩尤界的蚩山上有座蚩山寺，历史上是祭祀蚩尤之寺。虽然未考证毁于何时，但遗址可见。山上地基平坦，面积约 5 亩，奇异的是此地坐北朝南处有一屋场形状，村民们说是蚩尤屋场。蚩尤屋场还有个鲜为人知的物象，屋场以上的竹笋全是实心，屋场以下则全部空心，民间相传蚩尤北上时封敕：我为九黎兄弟求生存，如不实心，山上竹笋必定空心。在思游每家每户，教育子女的祖训都是做事为人，实心实意。

这里有蚩尤冢。蚩尤屋场不远的下山坡有一个蚩尤冢，又名"蚩尤衣冠冢"，相传蚩尤被黄帝擒杀后，部下将蚩尤的衣物埋于此处，以纪念蚩祖。

尽管在安化蚩尤故里有如此多的蚩尤文化遗存，却没有发现古城。蚩尤时期的都邑在哪里？它就在不远处的黄材炭河里。

三苗、夏、商时期，洞庭湖以南的三苗部落相对独立于中原。每年，三苗首领都要派人从黄材炭河里出发，前往蚩尤屋场、蚩尤冢祭奠先祖蚩尤。

商朝时期的某一年，三苗部落又铸造出了新的盛酒器具——虎食人卤。一年一度祭奠蚩祖的日子即将到来，三苗首领准备了丰盛的果品、三牲，更用一对新铸造的虎食人卤盛装酿造的美酒，一队人马前往蚩尤屋场，沿着崎岖的山路，刚过沩水源，忽然，电闪雷鸣，一场暴雨骤然而至，山洪瞬间暴发（现在的宁乡沩山和安化、新化仍然是暴雨中心，泥石流时有发生），这一对举世仅有的虎食人卤不慎跌落山涧，跌落到了3000多年的历史长河里。

尽管三苗部落、炭河里文明，梅山文化被历史的烽火所湮灭，但从黄材炭河里到安化蚩尤故里，历史的足迹从没有间断过。从黄材的大禾人面方鼎，到安化大禾村，从联结沩水流域和资水流域的虎食人卤的出土，从黄材及其周围不断出土的青铜器，从炭河里古城的发掘，从亘古未变的安化蚩尤崇拜、蚩尤精神的传颂，都在述说着远古那段惊心动魄而又辉煌灿烂的历史。

真可谓：

奇山秀水记蚩尤，豪迈精神誓不休。
涿鹿当年身勇死，思游今日志长留。
竹枝翠郁忠心注，枫叶殷红热血酬。
自古苗乡多壮烈，何须史册载风流。

8　三苗国都之兴衰

徜徉在炭河里古城，漫步在青羊大道，遥远而又遥远的古道，总使人浮想联翩。

我想叩问5000年历史的门窗，我想听到大铜铙穿透千古的余音，我想寻觅青羊公主的倩影，我想品尝四羊方尊美酒的醇香，我想举起三苗人的刀戟把夜空划亮。

我望见浩瀚的洞庭湖，残阳如血，远处传来，金戈铁马的轰响。

涿鹿一战，蚩尤姜央部落回到洞庭湖之南，以后世被称为"梅山文化"的地域为核心，以黄材炭河里为都邑，在南方秣马厉兵，跃跃欲试，一直等着重返中原的机会。

多年的韬光养晦，到尧、舜、禹时期，蚩尤后人形成了新的部落联盟。这就是史书上说的"三苗"，又称为"有苗"或"苗民"。

三苗多次与华夏发生战争，但先后被舜、禹打败。

尧、舜、禹时期，在中华大地上形成了若干部族集团，其中主要有生活在黄河中游及其邻近地区的华夏联盟，以泰山为中心的东夷联盟，以洞庭、鄱阳两湖为中心的三苗联盟。华夏联盟的首领叫唐尧，东夷联盟的首领叫皋陶。尧舜时期，华夏民族都有名有姓。而三苗没有文字，只被华夏民族称为三苗、有苗氏、南蛮等，而三苗的首领姓甚名谁，史书也无记载，我们姑且称之为大酋长。三大集团都不断向四周迁徙发展，形成犬牙交错的分布局面，彼此间经济文化不断交流融合。

"南蛮"是史上华夏族（汉族）对南方异族的称呼，作为正统的华夏民族对四方异族称呼为东夷、西戎、南蛮、北狄，也带有贬低之意。

古时"黎民"和"百姓"是有区别的。史称黄帝之子二十五人，其得姓者只有十四人，大概姓是极尊贵的人才能得到的，必须有待于帝王的赐予。所以"百姓"是贵族。而"黎民"就不一样了，《说文》云："民，暝也，盲也，盖皆愚昧无知之义。"古文"民"与古文"奴"字其义相近。蚩尤是九黎之首，蚩尤被打败，其后人也被华夏称为"黎"，可见"黎民"二字，是华夏对异族的称呼，有贬损之意。后来随着民族的融合，百姓与黎民融合一体了。

三苗联盟占据有长江中下游，北到云梦大泽，东至彭蠡，西面直越过洞庭湖而至沅水之西，南面亦到衡山之南，有彭蠡、洞庭两大湖，这一区域大体与考古学上屈家岭文化和石家河文化的分布范围基本相当，现在应该再加上炭河里文化，把三苗的疆域再南移，这一带气候、温度、环境、水流、生物资源都是最优越的。三苗人以渔猎、耕种为生，安居乐业。

三苗联盟、华夏联盟、东夷联盟，三分天下的局面后来发生了变化，这个变化就是因为虞舜。

虞舜，东夷人，其父瞽叟，是个盲人，是东夷一个部落首领，其地盘与华夏交界。其母亲握登很早去世，瞽叟续娶，继母季好生弟名叫象。舜生活在"父顽、母嚣、象傲"的家庭环境里，继母两面三刀，父亲听信继母之言，弟弟桀骜不驯，几个人串通一气，必欲置舜于死地而后快。舜在无人照顾下长大，他跟随东夷的师傅开始做瓷器。聪明的舜十分能干，很快学得了最好的制陶手艺，并加以创新，虞舜被皋陶任命为长作，并制成了真正的井甃，造福于民。

舜治理华夏、东夷交界之地妫汭，使其"一年成聚，两年成邑，三年建都"，成为双方的贸易中心，得到唐尧的赏识。尧把自己两个如花似玉的女儿娥皇、女英嫁给了舜，不要舜一分钱彩礼，送新娘，还是姐妹花，还送天下王位，像尧这样大手笔的岳父史上仅有。

舜是东夷人，得到东夷首领皋陶的赏识，又做了华夏联盟首领唐尧的乘龙快婿，在舜的极力推动下，华夏、东夷很快结为联盟，势力大增。于是，尧又想把南方的三苗部落统于一体。

丹水是汉江的重要支流，丹水流域是古代湖北通往陕西的交通要道，土质肥沃，气候温和，物产丰富，是三苗联盟与华夏联盟交汇、争夺的兵家重地。为了防止华夏联盟往南扩张，三苗大酋长在此迎战华夏联盟，著名的"丹水之战"在此爆发，结果以三苗失败而终，只好往南退回到洞庭湖流域。

舜执掌天下后，再次征伐三苗，开始三苗联盟与华夏联盟的战争特别激烈，"三旬，苗民逆命"，经过一个月的战争，仍然不分胜负，于是舜实行了"修德绥化"政策，对内加强自己统治，发展生产，对外与三苗联盟采取绥靖手段。

"昔舜舞有苗……欲以论德而要功也""乃修教三年，执干戚舞"。在华夏恩威兼施的作用下，三苗集团为了保存实力，被迫向华夏集团妥协，在相对和平环境下，三苗在洞庭湖、鄱阳湖流域发展生产，经济加快发展。

"南风之薰兮，可以解吾民之愠兮。南风之时兮，可以阜吾民之财兮。"在舜帝感召下，华夏与三苗和平发展，舜帝《南风歌》在这里奏响。舜帝南巡，在离炭河里仅几十公里的韶山冲韶峰之巅演奏一段千古名曲。

舜是大德之人，把天下王位禅让给治水有功的禹。

这一年，从四月开始，大雨滂沱，至六月，洞庭、彭蠡湖水暴涨，长江流域洪水肆虐，三苗联盟大酋长忙着组织救灾，把低洼处的人员向高处转移。作为湘江支流的沩水水势还小，把炭河里、老粮仓贮备的粮食忙着运往灾区。不幸的是，在彭蠡湖一带又发生地震，三苗部落更是雪上加霜。

此时，华夏集团已是大禹掌权。趁着三苗发生天灾之时，华夏联盟再次发动了对三苗扩张的战争，这就是史上有名的"禹征三苗"。

禹出兵的主要理由是：三苗之民反抗剥削，不给禹进贡。禹在誓师动员时说："三苗不敬鬼神，滥用刑罚，违背天意作乱，上天现在号令我们要对它进行讨伐。"此等罪状内容空洞，只是禹要侵占三苗的借口之辞。

史书上说这是一场历时 70 天的大战。三苗大酋长亲自率军到洞庭湖北迎战。交战始，战斗十分激烈，互有胜负。突然，战场雷电交加，三苗大酋长不幸被箭射中，苗师大乱，溃不成军。此役，三苗遭遇天灾人祸以及战事的残酷，杀戮惨极，血流满地，几无人烟，史料记载"故龙、蛇出于旷野，犬哭于市郊""三苗之亡，五谷变种，鬼哭于郊"。

禹本想对三苗部落大开杀戒，随军而来的大臣伯益提议，要恩威并举，德武相济，大禹接受伯益建议，撤退军队，实行文教德治，三苗部落迫于压力，只好归顺华夏。

从此，三苗部落逐渐衰亡。三苗衰微之后，"三苗""有苗""苗民"等称呼消失不见，三苗作为一个族群已经瓦解，但其遗裔仍在长江中下游生活繁衍。洞庭湖以北、鄱阳湖流域的三苗逐渐和华夏族同化，成为后来汉族的一部分，洞庭湖以南的三苗后来逐渐向南、向西迁移，成为后来湖南、贵州、广西、云南、四川等的苗族、瑶族、黎族、羌族等。

作为三苗部落中心的黄材盆地未遭受战争致命打击，洞庭湖之南仍为三苗生活息养之地。

著名历史学家范文澜写道："苗族被禹战败后，退出黄河流域，据战国时人说，三苗曾在长江中下游建立起一上大国。这个大国当是一个大的部落联盟，是许多部落的集合体，其中较大的是荆楚。"所以，到夏、商、周时期，"三苗"又被称为"荆楚"，有时也被称为"南蛮"，相对独立于夏、商、周之外。此时都邑仍在黄材炭河里。

夏、商、周朝时期，炭河里作为三苗后裔的文化中心，又融合了东夷、华夏的文化，创造出辉煌灿烂的青铜文明，成为中国南方青铜文明中心。

这里，远离中原，独立于夏、商、周之外。他们是三苗首领姜央后裔，姓"姜"，而"姜姓，从羊，从女"。

他们以青羊为图腾，在黄材及其周边点燃冶铸青铜器的熊熊炉火，铸造以羊为图饰的四羊方尊等礼器，祭天拜地敬祖宗；大铜铙音乐的交响在此奏响，清晰地向世人昭示三苗文明在洞庭湖之南、在炭河里是如何根深叶茂地丛生着，茁壮成为一片又一片郁郁葱葱的森林。

朦胧中，我依稀看到了三苗先民的筚路蓝缕，看到了炭河里文明的博大精深，更看到了那青铜之中埋藏的一个关于部落联盟的家国记忆，自然真淳却又深沉厚重。那悠远而神秘的时代，青铜魂世世守护，代代传承。

真可谓：

一方山水育三苗，分鼎神州看激枭。

荆楚安居疆域广，南蛮乐业族群骄。

百年征战魂仍在，几度迁移志未消。

自有文明同日月，青铜傲出撼今朝。

9　青羊公主之魅力

如果开车走高速到宁乡大道收费出口，可看到一标志性建筑，一张端庄而秀美的笑脸，具有典型的东方之美，代表青铜器之乡的美丽新宁乡，迎接八方宾客。

有人称这美丽的笑容堪比达·芬奇笔下的《蒙娜丽莎》之微笑。如果说蒙娜丽莎的微笑具有一种神秘莫测的千古奇韵，那么，比蒙娜丽莎早了3000多年的这位高贵女子，更多了一份端庄和稳重，栩栩如生的头像，彰显中华文明之历史悠久和伟大。

这位神秘的女子是谁？

她就是4000年前的青铜人面方鼎上的女子。

1959 年的某一天，黄材乡寨子山村（现炭河里村）一位农民像往常一样，上山开荒种地，一锄下去，挖到一个硬硬的东西，他连挥锄头，把它挖出来，他不知道这件从没见过的东西是什么，更没意识到这是一件价值连城的国宝，心想，这么重的一件废铜应该能卖几个钱。为了携带方便，他挥锄就砸，砸成了十几块碎片。他把青铜碎片装在箩筐里，带回了家，然后，把它当作废铜卖给了当地的废品收购店。

　　不久，湖南省博物馆得到消息，说宁乡黄材又挖到青铜器，馆里急忙派人前往，得知此青铜的碎片已经随同其他废铜一起打包，运到了长沙。博物馆工作人员紧追不舍，此青铜碎片很可能在湖南省物资局毛家桥废铜收购中心的仓库里。经过交涉，博物馆工作人员进入毛家桥仓库，里面是堆积如山的废铜，有的还是刚从各地运来的未打开的包裹。他们不怕困难，不辞劳苦，终于在如山的废铜堆中，找到了 10 块青铜碎片。经过拼合，他们发现尚缺底部和一足，只好回过头去再找废铜，顺着废铜的收购转运路线，终于在株洲废铜仓库中找到了。

　　经专家精心修复，这件青铜碎片变成了举世罕见的珍宝——青铜人面方鼎，再现她昔日的辉煌。

　　现在回想起来，还有些后怕。假如，当日博物馆工作人员去迟了一步；假如，工作人员没有那么穷追不舍，那这件 4000 年前的世界级重宝，就被当作废铜投入了熔炉，化作了铜液，因此而与世永诀。

　　这件当今世界上唯一的一件人面纹青铜器方鼎，四面以浮雕式人面作主体装饰，面部写实，特征突出，十分醒目。人面表情威严肃穆，脸庞圆润，眉弯曲，唇紧闭、丰厚而无胡须，双耳肥大，耳垂下又有爪形坠饰，耳上的"几"形则表示头上有发饰或冠带存在。这人面相所表现的应该是一个高贵的女人形象。鼎腹内壁铸"大禾"两字铭文，因此，此鼎亦被称之为大禾方鼎。

　　这位高贵的女子到底是谁？是大禾女王？青羊公主？青羊王后？一时成为千古之谜。

　　我们把目光再回到那场泣鬼神、惊天地的"禹征三苗"之战。大禹对三苗部落进行血雨腥风的杀戮之际，大臣伯益提出要恩威并举，大禹接受伯益建议，撤退军队，实行文教德治，洞庭湖之南的三苗子民得以幸存。

伯益亦作伯翳，又名大费。《史记·秦本纪》记载是五帝中颛顼的后代，嬴姓的始祖。舜之时，伯益辅佐治理水土、开垦荒地、种植水稻、凿挖水井，得到舜赏识，舜将女儿玉嫁给伯益为妻（女英所生一儿一女，子名均，封于商，故叫商均；女名玉，嫁伯益）。

大禹继位后，伯益得到禹赏识，也得到百姓爱戴。禹开始举荐皋陶为自己继承人，然而皋陶未及受政而亡。禹又举荐伯益继位。此时，禹由于拥有天下九州之地，已俨然具有了后世国王的威势，已非部落联盟时氏族合作的形势，禹开始致力于培养自己的家族势力。他一方面欣赏伯益的贤能，表示要把天下传给伯益；另一方面却又注重培育儿子启的党羽，选拔启的手下充当各级官吏。

禹殁，伯益继位。三年后，启发动政变，启便"与友党攻益而夺之天下"，并将伯益杀死。这场启益之争，甚为惨烈。伯益世居之地东夷地区（现山东日照地区）的城池毁于一旦，荡然无存，伯益被族人葬于天台山上，后称"大王陵"。伯益部族及其后裔逃亡西北，东夷地区人口锐减。故后来伯益后裔的秦国人远在西北，不忘故土，墓葬的头向都朝着东方，这也是秦始皇登基后数次东巡琅琊的原因之一。

远在洞庭湖之南炭河里的三苗首领，听到伯益执政消息，甚为欣喜，但不久又听到宫廷政变消息，故立即派三苗王子带百余将士，日夜兼程，前往东夷营救伯益后人。

走至丹江口汉水河畔，见一部分衣衫褴褛之人，被人追杀，追者60余人，被追杀者仅20余人，中有一个10多岁女孩，另有4位年长女人守在其身边，其余男子正与追杀者搏斗。更为奇特的是，天空中有两只鹰在盘旋，一旦追杀者接近女孩，或者衣衫褴褛之人处于败风，鹰就会猛烈攻击追杀者。

三苗王子从小具有侠胆之心，命将士营救衣衫褴褛之人，一番搏斗，敌人只剩20多人，狼狈逃走。

被救下者正是伯益族人，小女孩是伯益小女儿，年方14岁的静静公主，也是舜和女英的外孙女。从东夷地区逃出后，与其兄长走散，一路往西南方向走，一直遭到追杀，200多人的队伍，仅剩下20来人，也幸亏有两只鹰的帮助，才得以逃亡至此。王子提议，邀请公主前往洞庭湖之南的三苗地界避难。公主与年长的将士商议后，答应前往三苗。

公主及其随从的衣服已经破烂，只好换上三苗将士带来的衣服。重新穿戴后的公主站在王子面前，只见端庄秀丽的公主，风姿绰约、美目流盼，穿着藏青色男子苗服，娇媚中更显一股英气。真个是"罗衣何飘飘，轻裾随风远；顾盼遗光彩，长啸气若兰"。王子怦然心动。

为避免路上查问，王子建议公主改个名字。王子心想，三苗先祖姜央，姓姜，从羊，而公主穿着藏青色服饰，更显妖媚，就叫"青羊"吧。公主听后，欣然同意。

从此，历史上就有了一个影响后世的青羊公主。

一行人沿汉水顺流而下，入长江，涉洞庭湖，再沿湘水逆水而上。洞庭湖流域是三苗地界，一路无险。进入沩水流域，沿途得到百姓帮助。

一路上，三苗王子只要靠近公主，空中随从的鹰就会发出"嘎嘎"叫声，但只要公主对鹰讲几句，鹰就停止发出叫声。王子心想，难道公主会"鹰语"？

还真是这样，伯益家族本是来自东夷少昊鸟氏族，传说伯益有知鸟兽之言，能与飞鸟通话，是所谓的"百虫将军"，于是舜任命他为虞官。《尚书·尧典》记载：伯益"佐舜调驯鸟兽，鸟兽多驯服"，而伯益后人，包括费昌、仲衍、造父、处父辈以长于训鸟兽成立于世，而作为伯益小女儿，自然也懂鸟语。

进入炭河里附近的枫树湾，三苗部落人员身穿金黄稻草衣，随着铜铙有节奏的音乐在跳舞（类似茅古斯舞），"呜呜呜呜"的牛角声响彻云霄，口中不停地喊着"大禾大禾，青羊青羊"。原来是三苗首领得到王子救下青羊公主并带回炭河里的禀报后，特意安排了这场欢迎仪式。这位三苗王子名大禾。

一年有余，年近二八的青羊公主，出落得亭亭玉立，更加楚楚动人，也无返回中原之意。大禾王子向父亲提出娶公主为妻。经与青羊公主随从的长者商议，按照三苗风俗，选定吉日，一场盛大的婚礼在炭河里枫树湾举行。

枫树湾北靠青山，成片成片的枫树林，在秋天染红了炭河里的天空，最大的几棵枫树是先祖姜央时留下的。

这一天，炭河里城万人空巷，百姓聚集到枫树坪。婚礼开始，一老者头戴棕叶帽，身穿稻草衣，举着枫木棒，对天、对地、对三苗首领，对大禾王子和青羊公主，口中念念有词，表达对上天的祈祷，对新人的美好祝福。

青羊公主头戴花冠，身穿彩衣，脸若红霞，美若天仙。

大禾王子举起枫木，对天言誓：

丹水波涛兮相遇，幽谷缥缈兮云缭绕；驾飞龙兮涉洞庭，青羊伊人兮袭予。笑靥醉人兮美丽，秋波流动兮蕴情；嫣然一笑兮媚生，仪静柔情兮惊雁；色如春花兮眉若画，手如柔荑兮肤如脂。忽闻声兮伊呃语，软语绵绵兮忘忧心；既含睇兮又宜笑，情切切兮意融融。今生情缘兮永不变，千载万年兮同晓梦；死生不渝兮共鸳盟，海枯石烂兮心不弃。

大禾王子如泣如诉、动人心魄的誓言，让听者心恍神迷。

这是史上最早的爱情誓言，这生死不渝的爱恋穿越时空，直到海枯石烂、地老天荒。

"咚咚咚"的大铜铙声随之响起，三苗青年男女，情不自禁，牵着心爱女子之手，在枫树坪翩翩起舞。

相爱男女，那些诉不尽的相思期盼，那些欲说还休的情绪，荡漾在千年的时光河流中，成了漫天闪亮的星辰，摇曳灿烂在4000年的银河岁月之中。

一对大鹰，随着音乐的节奏，在空中摇曳多姿。

婚后，三苗首领把资水流域的蚩尤祖居之地（现安化新化一带）划归大禾王子管辖，王子带着新婚妻子来到思尤村，在此筑屋住居，后人因此把大禾王子住居之地称为大禾凼（安化县乐安镇大禾村现合并为蚩尤村）。

再过五载，三苗首领殁，大禾王子继承王位，回炭河里城。后人把这段时期称为大禾方国。

青羊公主带来的随从多有能工巧匠，把带来的技术传授给三苗部落。

之前，因为饮水靠喝河水，三苗人员不得不靠近河流定居，但常受河水泛滥的威胁，一遇大雨天气，河水混浊，于是，随从把伯益发明的凿井技术传授给三苗部落。

三苗部落虽然也种谷物，但基本上还是刀耕火种，产量很低，青羊公主的随从又将伯益发明的谷物种植技术教会三苗，使三苗谷物产量大为提高。

三苗部落大多靠洞穴或者茅屋居住，一遇大风，茅飞四散。青羊公主的随从，将伯益发明的筑墙技术教会大家。将泥土和石头垒砌在一起，用大火烤烧，使其变得出奇地坚硬，这就是早期的墙。在墙的基础上堆放如稻草芦苇草之类的植物用以遮风避雨，这就是我国最早的屋舍。

东夷地区的烧陶技术本来就先进，各种造型都能烧出来，而三苗历来以冶炼技术见长，两者技术结合，三苗的青铜冶炼技术大大提高。

为了感激伯益发明的技术给三苗带来的美好生活，三苗部落后人把伯益当作"土地爷"加以供奉。至今在我国南方的农村，仍然可以见到一些简陋的神庙，被称为"伯爷庙"，里面供奉的土地公，就是传说中的伯益。农历三月廿九是伯益的生日，都要举行比较隆重的供奉仪式。

夏启结束了"禅让制"，开创了"家天下"之王权时代，不服者甚多，反叛力量此伏彼起。如有扈氏部落（在今陕西省鄠邑区）不服，启发兵攻伐，被有扈氏打败。启便严于律己，尊老爱幼，任用贤能，多年后再次出兵攻灭了有扈氏，巩固了王位。此时，启忙于巩固在中原的执政地位，也无暇顾及远在洞庭流域的大禹方国。

大禹在位五十年，青羊王后贤淑温良，大禹首领勤政爱民，大禹方国休养生息，百姓安定幸福，成为三苗后期繁荣鼎盛时期。

此时始，三苗都邑称为青羊，后人称此为"青羊镇"。

北宋王存撰写的《元丰九域志》记载："青羊山，有寺曰芙蓉寺……山下有青羊镇、青羊集。""青羊山"，又称"青阳山"，距离四羊方尊出土地不到一公里。

青羊镇即现今黄材镇，现黄材镇仍保存有上青羊村、下青羊村，其村名历经数千年。这些青羊之名，皆为纪念青羊公主而保留下来。

商初，三苗的青铜器铸造技术达到顶峰，各种头像为人和动物的青铜器大量涌现，皆栩栩如生。为了纪念青羊公主，大禾方国铸造了青铜人面方鼎，四面为美丽的青羊公主头像，鼎腹内壁铸"大禾"两字铭文。

青羊公主，嫣然一笑，把5000年南方青铜文明历史写在脸上，迷倒了来传奇之地、宁静之乡的八方宾客。

真可谓：

> 金玉良缘乱世逢，征途遍踏誓相从。
> 铜铙震宇联姻喜，枫火燎原比意浓。
> 博授井墙安处所，广传谷物壮田农。
> 豪居鼎盛青羊铸，历代尘烟断莫封。

10　青铜之魂

熊熊烈火，红彤彤的熔炉
远古的铜，锡、铅
熔为炽热滚烫的液体
沸腾着，流淌着
青铜的光芒，映红了洞庭之南的夜空
青铜的肤色，青铜的浪漫
融入三苗人的血液
青铜酒樽里，盛满血染的酒浆
苍劲大铙之声，和着远古时代的音符
构成一曲恢宏的交响
耀古烁今，气壮山河

禹征服三苗，一统天下，九州稳定，四海升平，赋税既定，朝廷和百姓日益富庶。禹四年，决定在荆山铸造九个大鼎，哪一州所贡之金属，就拿来铸哪一州的鼎，将哪一州内的山川形势铸在上面。大臣施黯负责这项工程，天下能工巧匠云集荆州。

从先祖蚩尤开始，三苗部落就擅长冶炼，三百名三苗冶炼工匠从洞庭出发前往荆山。来自各州的工匠，各有特长，设计的设计，绘图的绘图，造坯的造坯，锤炼的锤炼，切磋技艺，互相提高。

再过三年，天上忽然发现一种怪相：一连九日，大白天都能看见太白星在天空闪耀。满朝大臣纷纷议论，猜不出是福还是祸。

这天，施黯来报："九鼎铸成功了。"夏禹大喜，知道太白昼见是因为这个缘故，便吩咐将那九个鼎迁到夏邑来。人们这才明白，太白昼现，原来是九鼎铸成的征兆。

九鼎即冀州鼎、兖州鼎、青州鼎、徐州鼎、扬州鼎、荆州鼎、豫州鼎、梁州鼎、雍州鼎。鼎上铸着各州的山川名物、野禽异兽。九鼎象征着九州，其中豫州鼎为中央大鼎，豫州即为中央枢纽。九鼎集中到夏王朝都城，借以显示夏王大禹成了九州之主，天下从此一统。

禹见九鼎上面的图案铸造都非常精妙，遂对施黯及他手下的工匠师傅，一一优加慰劳、赏赐。

九鼎成为"天命"之所在，是王权至高无上、国家统一昌盛的象征。大禹把九鼎称为镇国之宝，各方诸侯来朝见时，都要向九鼎顶礼膜拜。因为禹铸造九鼎，直到现在，"一言九鼎""问鼎中原"等还是人们常用的词汇。

铸鼎大业完成，三苗工匠返回炭河里。这次，三百工匠前往铸造九鼎，学习了天下九州的冶炼技艺。大禾王国时期，青羊公主的能工巧匠们又带来了东夷的陶艺，多种技艺融合，三苗的青铜冶炼技术由此大大提高。

融合，创新，发展，一代代青铜大师把青铜铸造工艺推向顶峰。

在北方，在中原，夏启铸造青铜之剑，青铜成为战神的精魂。商汤铸造了青铜的战车、青铜的铠甲、青铜的盾牌，踩着青铜锋利的刃，在鲜血淋漓中，毅然前行，"鸣条决战"灭亡了暴政的夏桀，商朝傲然于世。

在南方，在洞庭，在炭河里，三苗方国，大禾方国，韬光养晦，休养生息。沩水之畔，架起了红彤彤的熔炉，冶炼青铜的熊熊烈火在燃烧。这是和平之火，这是文明之火，一把把铜斧铸造成功，作为劳动生产工具，劳动生产水平得到提高；铸造了华贵高雅的青铜酒具，有兽面纹瓿、癸卣、虎食人卣；铸造了礼乐之国必须有的大铜铙，有云纹大铙、兽纹大铙、象纹大铙；铸造有方鼎，以青羊公主为原型铸造的青铜人面方鼎，已经达到前所未有的青铜技艺高峰。

青铜器，用红铜（纯铜）和锡或铅的合金制造的器物。现代化学分析，青铜人面方鼎的铜占 76.06%，锡占 12.66%，铅占 11.94%。

炭河里的铜来自哪里？

三苗时期，其范围包括洞庭湖区的湖南、湖北和鄱阳湖区的江西。《战国策·魏策一》载吴起说："昔者三苗之居，左彭蠡之波，右洞庭之水。"

三苗先祖，发现了荆州冶铜中心（包括湖北黄石市大冶铜绿山铜矿和江西瑞昌铜岭铜矿），经长江，逆湘水，沿沩水，把荆州冶铜中心的铜运送到炭河里。大冶铜绿山铜矿和瑞昌铜岭铜矿，历经 3000 多年的开采，经久不衰。

禹征三苗后，荆州冶铜中心也为华夏提供铜资源。到商代，中原的铜资源比较贫乏，不断往南方掠夺铜资源。

《诗经·商颂·殷武》是《诗经》305 首诗歌的最后一首，诗曰：

挞彼殷武，奋伐荆楚。罙入其阻，裒荆之旅。有截其所，汤孙之绪。维女荆楚，居国南乡。昔有成汤，自彼氐羌，莫敢不来享，莫敢不来王。曰商是常！

诗的意思是："殷王武丁真威武，奋勇挥师伐荆楚。深入敌人险阻地，大败敌军捉俘虏。王师到处齐平服，汤孙功业胜往古。你们荆楚蛮夷国，一直住在我南方。往昔成汤势力强，就是僻远如氐羌，无人不来进宝藏，谁人敢不来朝王？都说尊尚我殷商。"

诗内容反映，荆楚（即三苗）相对独立于夏商，有时归顺商王朝，进贡宝藏，有时又不进贡。商王武丁曾大规模南征，一直深入到荆蛮腹地，而南征之目的，就是掠夺南方的铜材，进攻对象就是荆楚。"进宝藏"的宝就包括铜。

商代中期，三苗方国逐步失去了大冶市铜绿山铜矿和瑞昌铜岭铜矿，于是，他们到处找铜，终于在湖南怀化麻阳九曲湾找到了铜矿。麻阳，现在全称是"麻阳苗族自治县"，当时就属三苗方国疆域。麻阳水上交通自古便利，三苗人把九曲湾的铜材，通过锦江河借沅水河运到洞庭湖，转道湘江逆沩水到达宁乡黄材。这是三苗方国商周时期铜材的主要来源。

至于锡和铅，湖南历来有"有色金属之乡"的美誉，湘中和湘南到处有锡、铅、锌、钒和锑。湖南为锡矿主产区之一，衡阳、郴州有多个锡矿区。衡阳常宁的水口山铅矿历史悠久，被誉为"中国铅都"。

离黄材炭河里 10 多公里有个叫"铁冲"的地方，当地老人说，"铁冲"这个地名叫了几千年，现在还出产钒矿，钒铅矿石是一起的，也能提炼出铅。想来，"铁冲"的铅和钒是三苗方国铸造青铜器材质的主要来源。钒矿石的外表很像铁矿石，当地人误以为是铁，就称为"铁冲"。

商朝后期，三苗方国安居乐业，国力昌盛，国王筹划举行一次盛大的祭祀典礼，纪念先祖姜央。

此时，三苗青铜冶炼技艺达到顶峰，国王委托大臣施阳负责铸造盛大的盛酒器具和大铜铙。施阳是施黯的后裔，其先祖在商汤灭夏的动乱时期来到炭河里，一代代子孙从事青铜冶炼和铸造。施阳带领三苗的工匠们，历经半年的设计，又加上半年的试验，终于铸造出了中国青铜文明史上最杰出的珍品——"四羊方尊"。

四羊方尊为四方形，大口沿外敞，腹部鼓起，四形圈足。尊体上以四羊、四龙相对的造型，展示酒礼器的至尊气势。龙预示王者之气，尊的四肩各有蟠龙一条，其双角的龙头探出方尊表面，从方尊每边的右肩蜿蜒于前肩的中间，造型动静结合，寓雄奇于秀美之间，可谓巧夺天工。

尊的四肩、腹部及圈足设计成四个大卷羊角，羊角是事先铸成后配置在羊头的陶范内，再合范浇铸的，为了这一工艺，工匠们经历了九十九次的试验、失败、再试验，直到成功。

高超的技艺，令方尊浑然一体。四只卷角绵羊，那微张的嘴巴，那温柔的眼神，那自在的形态，把绵羊温驯宁静的性格刻画得淋漓尽致。羊的背部和胸部饰有鳞纹，腿上饰有凤鸟纹，圈足饰有夔龙纹、云雷纹，细部还饰有蕉叶、龙纹、兽面、长冠鸟等，纹饰的线条刚劲光洁。

三苗先祖姜央，姓姜，从羊，三苗部落以羊为图腾，四羊，寓意四方平安吉祥。设计新奇、匠心独具的四羊方尊，集线雕、浮雕、立雕于一体，把平面纹饰和立体雕塑结合起来，动物形象和器皿有机融合，体现出威严的气氛和华丽精美的装饰风格，彰显出极其成熟的金属加工技艺和出色的艺术感染力。

四羊方尊，是青铜之魂，是青铜器精至极致的典范，凝聚了中华民族三大先祖部落三苗、华夏、东夷人的智慧和精神，是中华上下五千年文明的结晶。

见到如此精湛的青铜酒樽，三苗国王欣喜不已，对工匠们大加奖赏。

同时，被后世誉为"中国铙王"的象纹大铜铙也铸造成功。

大铜铙高 103.5 厘米，为圆筒形中空，重达 221.5 公斤。外形酷似两片合拢起来的大瓦片，上宽下窄，下附圆筒形甬，也就是铙柄，铙鼓部位装饰着两头小象，做工细致，憨态可掬，它们相向而立，相互对视，张着嘴，用长鼻子互相触摸，好像在叫闹嬉戏，也好像在互相问候，"象纹大铜铙"因此而得名（1983 年 6 月在月山铺龙泉村出土，距离四羊方尊发现地仅 200 米）。其器表饰有粗大线条组成的兽面纹，整个铜铙纹饰细腻。这些极具感染力的纹饰具有通神功能，表达了先民对祖先、对自然的崇拜，对神灵的敬意。

青羊山下，壋溪河畔，一场盛大的祭祀典礼在此举行。

壋溪是沩水支流，下游在炭河里入沩水，上游连着现在的安化和桃江，上游 12 公里处，有一宽阔盆地，背靠青羊山，山上有成片成片的原始森林，其树四季常青，雄伟挺拔，大气磅礴，最长者有几千年，其树冠似座座宝塔，婀娜多姿，其木心黄色，木质紧密坚硬，高贵雅致，成为建造炭河里宫殿的重要木材。更为奇特的是，其树叶、树果一年四季清香四溢，香飘数里，人们因此称此树为香榧树，也称黄木（后世采伐此黄木为皇家贡品，通过壋溪河运到炭河里所在的青羊镇集中，再从沩水，到湘江，入长江运往外地，因此，后人将青羊镇改名为黄材镇，也称黄木镇）。

三苗国王认为，此处山高接天，黄木馥郁，香气缭绕，具有王者之气，是设立祭坛的最佳处所。

这一天，是始祖姜央诞辰日，月山铺转耳仑山头，四羊方尊盛装美酒，大小铜铙摆成一排，三牲祭品摆满案头。三苗方国大小首领，陈列祭坛广场。

大祭司代国王诵读祭文：

洞庭瀚瀚，沩山巍巍，沩水汤汤，香木苍苍，天地黄黄；铜铙鸣鸣，号角声声，吾祖赫赫，伟业煌煌。蚩公始祖，开辟洪荒，披荆斩棘，化血为枫，神功圣德，永世长存。姜央圣祖，沩水立根，资水拓疆，唯劳唯勤，率吾先民，作陶冶金，器具更张，稼穑耕耘，五谷丰穰，肇始文明，三苗繁昌，浩浩勋功，万古流长。大禾先王，懿德难忘，盛德烈烈，降福禳禳。青羊圣后，珠辉典雅，敦厚贤良，教民筑墙，台榭而居，凿井益民，冶炼青铜，三苗鼎盛，灿烂四方。三苗有幸，长发其祥，后世子孙，数典不忘。礼乐正酣，风拂旌旆，缅怀祖德，无上荣光，谨奠珍馐，伏维尚飨。

诵毕，钟鼓齐鸣，古朴苍劲的大铜铙之声，响彻云霄，众官吏分享四羊方尊醇香美酒，敬天、敬地、敬先祖，众祭司跳起傩舞，共庆青铜时代的辉煌，共祝三苗方国的繁荣。

四羊方尊，巍巍大鼎，高贵华美，屹立东方，"大禾"铭文，抒写青铜时代文明。

青铜之魂，是炭河里文明之魂，神秘久远，文脉绵长，从蚩尤，到三苗，到荆楚，在五千年历史长河熠熠生辉。

青铜之魂，是中华民族之魂，把中华大地部落族群、血缘祖先的智慧凝聚为璀璨光芒。

青铜之魂，穿越浩漫时空，几经沧桑巨变，万古如一，如高耸天际的巨型灯塔，在人类文明史上瑞彩灿灿，祥光闪闪。

真可谓：

> 历尽沧桑血染痕，遍燃烈火魄长存。
> 神州造鼎承天命，荆楚寻铜铸国魂。
> 宝象饰铙鸣雅乐，骄羊昂首捍方尊。
> 文明自古谁能没，惊世辉煌共酒温。

沁园春·炭河里

独立沩山，长望烟云，不尽激昂。念一方故土，曾经烽火，千年魂梦，屡历星霜。热血忠心，金刀木弩，北战南征捍鸷强。红枫染，更广围城邑，雄守苗疆。

无名史册何妨？自绝世传奇万代扬。看铜铙击乐，威惊天宇，方尊盛酒，情醉湖湘。人面祥和，四羊吉瑞，拂去尘埃放异光。堪为傲，愿炭河古迹，永续华章。

（注：人面，指青铜人面方鼎。四羊，指四羊方尊。）

三 家国春秋

岁月流逝，姜姓宗祠、姜公庙演绎了家国伦理、族学文化存在和发展的规律。

姜水、渭水、天水、赣水、沩水，流淌在五千年的漫长岁月；流向黄河、长江，奔入波涛汹涌的大海，融入这个古老的民族，一个个炎黄子孙的血液里。

千古春秋姜公庙

在宁乡民间流传一句口头语"巷子口罗难打，黄材姜难恰，唐市戴难冲，草冲何难过，道林蒋半都"，这是道出了宁乡各地著名的大姓、大族。

黄材姜姓人多，自古有黄材无处不姓姜之说。根据最新人口统计，六万多人的黄材镇，尽管有 209 个姓氏，但姜姓人口就有近两万人，占了近三分之一。

我虽然在黄材出生长大，作为姜姓后裔，说实话，对自己的老祖宗了解并不多。姜家祖宗到黄材也就 1000 多年历史，为什么就一家独大？历史上发生过什么事？从没有人去深究过。

2019 年，听黄材炭河里古城城主姜志强讲，他那有一套姜姓族谱，我想借来看看，可他也只有一套，不好借予我。他把复印件的电子版发给了我，内容还很丰富，有道光十四年（1834）的姜姓族谱、民国十八年（1929）的姜姓族谱、民国三十六年（1947）森荫堂本姜流光公祠志、道光六年（1826）钧璜堂本姜姓石桥志、民国三十六年（1947）森荫堂本姜公桥志，后来又见到了清光绪二十三年（1897）熟乐堂本姜姓族谱和云磬堂本姜姓族谱。都是从右到左的竖行排版，繁体字，没有标点和断句的文言文，扫描件很多地方又不清晰，读起来很难，只好慢慢"啃"。但越读感慨越深，感慨古人对家事、国事记载的具体和详细。尽管历史长远，但从第一代人开始，人物姓名、出生和离世时间、时辰，安葬于何处，对当地有过什么贡献，捐过多少银子，做过什么大事，家族出过什么有名人，写过什么诗文，有多大影响，黄材及其周围的风景、人文、地理、民情、风俗如何，当时国家、湖南、宁乡的时代背景，等等，都有详细记载。家族重要人物都有历史传记。

我是第一次看族谱，精练简短的文字里，看到的是鲜活的人物，尽管隔着那么多朝代，1000多年的风云变幻却仿佛跳跃在眼前。这些族谱和志书记载的不仅仅是一个家族的发展史，更是一个地方的人文历史，是一个民族和国家发展的微观史。

早先读过有人写姜公庙的文章，大多人认为姜公庙是为姜姓始祖而建的庙，看了族谱后才知道，原来大多数黄材人和我一样，对姜公庙的历史并不了解，甚至有的看法是错误的。但是，有一点是对的，姜公庙是办学的地方，所以很多写姜公庙的文章都是把它作为母校来回忆的。从私塾、族学到流光小学、黄材中学，1000多年来，这里一直是办学的地方，姜公庙，是族学文化的历史见证。

于是，我萌发了写写姜公庙的想法。

如今，坐落在黄材盆地熟乐田的姜公庙，距黄材古镇约1公里，距炭河里古城约500米。远处，芙蓉山、大沩山、侯家山，山峦蜿蜒；近处，碧波荡漾的青羊湖下，黄材渠道，一渠碧水，清澈、碧绿、恬静，带着青羊湖的温柔和美丽，洋溢着春色，唱着，跳着，向东边流去。

岁月流逝，姜姓宗祠、姜公庙演绎了家国伦理、族学文化存在和发展的规律。它已不仅仅是家祠、家庙的代称，而是黄材千年历史文化的见证，也是一代代黄材人的母校记忆。

今天，让我们跨越千年，去触摸那个时代的脉动，感受这片土地上先祖们的情感和执着。

1　奉诏移民

公元923年，李存勖称帝，沿用"唐"为国号，史称后唐。中华民族历史上是多民族融合，如唐太宗李世民是鲜卑族后裔一样，后唐李存勖是沙陀族后裔，都不是汉族。这时，一位跟随李存勖多年并立下汗马功劳的姜姓俊才得到重用，他名德厚，字流光，籍贯为江西泰和郡（吉州），唐末进士出身。

姜德厚出生于唐昭宗龙纪元年（889）三月初七。这是一个动乱的年代，中晚唐积压了100多年的问题，到了唐昭宗时最终演变成了一个无解的困局，唐昭宗被胁迫迁都洛阳，黄巢起义军席卷江南和江淮地区，加速了唐帝国的土崩瓦解。天祐四年（907），唐哀帝在逼迫下把皇位"禅让"给了朱全忠，盛极一时的唐帝国就此灭亡。接着是后梁，到同光元年（923），后唐灭了后梁。

此时，姜德厚刚刚35岁，正值盛年，面对多年的国家社会动乱，饱读诗书、满怀治国之志的他只想好好干出一番事业，做事能干而正直，很快官居后唐大理寺评事，后又升任御史大夫，这是国家监察机构和政法机构的最高长官，主管监察、司法及朝中重要文书，权力还是很大的，相当于我们今天的中央纪委书记和政法委书记，其职位仅次于丞相。

后唐是五代十国时期统治疆域最广的朝代，主要控制着中国北方地区，东接海滨，西括陇右、川蜀，北到长城，南越江汉；国土范围包括今天的豫、鲁、晋、冀、湘、渝诸省，陕、川、鄂之大部，宁、甘、黔各一部分，以及苏、皖淮北等地。

李存勖当上皇帝后，却贪图享乐，喜好演戏，自起艺名"李天下"，对唱戏的特别宠信，以致出现了戏子干政的古代少有的现象。唐末时宦官大批被杀，侥幸逃生的宦官多藏匿民间。李存勖登基后，宦官势力又死灰复燃。李存勖身边的宦官多达近千人。

河东大将李嗣源是李存勖父亲李克用的义子，追随李存勖浴血转战10余年，打败契丹入侵，协助李存勖建立后唐王朝，消灭宿敌后梁，统一了我国北方。李存勖当上皇帝后，听信谣言，纵容宦官，宠信伶人（戏子），杀戮功臣，李嗣源同样也因为位高权重受到猜忌。这一天，皇帝找借口要杀有功之臣郭崇韬和朱友谦，姜德厚当庭上奏述说这两位的功劳，结果当场遭到皇帝训斥，还是把这两位功臣杀了。

租庸使孔谦主持国家税政，横征暴敛，百姓怨声载道，民怨沸腾。

作为监察百官的御史大夫，姜德厚上奏弹劾孔谦，皇帝李存勖不但不听，反而认为孔谦理财有功，赐"丰财赡国功臣"称号。

这件事对姜德厚触动很大，从此心灰意懒，不能有所作为，不如回家种田。后唐同光二年（924）的某一天，他向皇帝递交辞呈，提出返回老家江西泰和。可是，皇帝却没有一下答应，李存勖知道姜德厚是一身正气的贤臣，一再挽留。过了几天，他再次提出辞职归田。

李存勖见姜德厚去意已决，于是道："朕知姜爱卿一心为国，正直有佳，劳苦功高，湖南为我朝南疆之地，地广人稀，当今正值我朝开疆拓土之际，朕命你移民至楚（湖南）。"

天下分久必合，合久必分。从907年大唐帝国灭亡，到979年宋朝统一安定天下的这几十年，藩镇割据，互为混战，是天下大乱的几十年，除了后梁、后唐、后晋、后汉、后周五代更替，先后还有前蜀、后蜀、南吴、南唐、吴越、闽、楚、南汉、南平（荆南）、北汉、武平等十余个割据政权各自为王，后世史学家统称其为十国。当时湖南由武安节度使马殷占据，自称楚国王，定都潭州（长沙），采取保境安民政策。后唐建立后，马殷自愿归顺于后唐，湖南境内免于战乱，相对安定。

姜德厚想，不能回江西泰和，去湖南也好。多年来，中原地区兵荒马乱，动荡不安，"皇帝轮流做，明年到我家"，朝廷更替频繁。而洞庭之南的湖南，百姓生活相对稳定，尤其是新康地区更为安宁。

在江西的父母已不在人世，姜德厚携妻子宋氏和家仆，从都城洛阳出发，舟车并用，过洞庭，沿湘江南上，从靖港入沩水，逆流而上达宁乡市区。

当时宁乡归益阳管辖，县令闻知当朝御史大夫奉旨移民而来，到城外迎接，县城流连一日后，县令道："宁乡县域广阔，呈东西长条形，不知姜大夫愿定居于哪，我当一切安排妥当。"

姜德厚心中一直崇拜一个人，就是博学多才、工于诗画、擅长书法，被称为"宰相沙门"的唐代宰相裴休。这位同样当过御史大夫，因为性格耿直而上谏，被贬为湖南观察史、潭州刺史的裴休，捐资并奏建了大沩山密印禅寺。裴休出生和成长在河南济源，这里离洛阳甚近，被称为洛阳的后花园，出过五十九位宰相的裴氏家族、济源裴村在洛阳声名显赫。姜德厚出生时，裴休刚刚过世 25 年，生活在洛阳这些年，自然听人们讲裴休的故事很多。但裴休晚年隐居于沩山，逝世后并没有回到自己出生地济源，而是把自己安眠于大沩山，那么，沩山到底是个什么样的地方呢？

还有，密印寺走出来的唐代诗僧齐己的诗句"前村深雪里，昨夜一枝开"，令人耳熟能详；唐代诗人刘长卿在大沩芙蓉山写的《逢雪宿芙蓉山主人》"日暮苍山远，天寒白屋贫。柴门闻犬吠，风雪夜归人"，温庭筠登上沩山吟唱的"苍苔路熟僧归寺，身去青云一步间"。芙蓉山、大沩山，该是一个多么环境优美、令人向往的地方啊！还是先往大沩山看看。

他向县令说了这一想法。于是，从县城沿沩江流域一路往西，一马平川，过回龙铺，已午时，在驿铺吃过午餐；再出发，过双凫铺，沩江两岸，山峦渐多，到横市已黄昏，夜宿一晚；第二天，风和日丽，蓝天白云，两岸青山如黛，风景秀丽，到黄材盆地，这里北、西、南三面环山，只从东边一个口子进入盆地，沩水两岸，土地肥沃，人口稀少，民风淳朴，这可不是陶渊明笔下的世外桃源吗？再往西走就是巍巍大沩山了。

《姜姓族谱》记载：姜德厚见青羊市（黄材镇）"山川雄秀，风气古朴"，于是，在此安居下来。

把房子建在哪儿呢？

从青羊市街上往西北方向约 1 公里，到栗山脚下的熟乐田，沩水从西流过，塅溪河从北流过，河水两岸一马平川，土地肥沃，如绿茵铺地的草地，郁郁葱葱。远处，芙蓉山、大沩山逶迤起伏，左边有侯家山，右转有扶王山，巍然对峙，蜿蜒数十里。

这真是一块风水宝地。

后来，姜德厚的后裔姜月山曾有一首词《浪淘沙·平原牧笛》形容这里的美景：

西塞栗山边，漠漠平原。人人驱犊牧山前。短笛长歌相断续，唱和相连。

漫道几经年，亘古为然。呼群逐队曲高喧。却惹骚人频感慨，兴寄诗联。

栗山下，辽阔的平原，牧童吹着悠扬的笛声，悠闲而过，如此美景，惹得文人骚客赋诗撰联，这是一种多么惬意的世外桃源生活啊。

就在此置上田土。历时1年，在熟乐田建了一个庭院，大门口牌楼撰有"姜坊"二字，故后人称熟乐田又名姜坊。

曾经的当朝御史大夫，成为黄材最大的官员。姜坊常常高朋满座，县令常来拜访，当地农人也喜欢到此，聆听姜大夫讲五代十国的时事纷争。

后唐明宗天成三年（928）正月初六，刚过子时，电闪雷鸣，戊子年第一声春雷，第一场春雨，淅淅沥沥下了一个小时，接着又天空明朗。

这第一声春雷、第一场春雨，惊醒万物，大地复苏，给姜坊带来了惊喜！

2　耕读传家

第一声春雷，第一场春雨，惊动了姜夫人宋氏腹中的宝宝。

一阵阵疼痛袭来，让宋氏痛苦难忍，姜德厚急忙派人冒雨去请接生婆刘氏，让女仆烧上热水。宋氏比他小7岁，出生于唐昭宗乾宁三年（896）十月十四日，这时已33岁，也属高龄产妇了。

从子时到丑时，一直到寅时三刻，"哇——哇——"的啼哭，划破了姜坊凌晨的夜空。

"恭喜老爷，喜得贵子！"女仆急忙到卧室门外告知姜德厚。

这是移民来黄材的第四年，年近不惑，喜得贵子，那种高兴之情难以言表。

他急急忙忙跑进卧室，从接生婆手上抱过刚包裹好的儿子，乌黑黑的头发，大大的眼睛，乌溜溜地转着，在打量着这个新来的世界。

姜德厚给儿子取名姜仲铨，字朝用。

"德、仲、季、杰、彦、明、舜、绍、伯、必……"这是姜家人早期的班派字，第二代为"仲"。铨，有衡量的意思，也指选用官吏；字朝用，是期待儿子将来为朝廷所用。可见，移民黄材，姜德厚似已归于宁静，却又不太甘心，他寄希望于儿子将来能选为官吏，为朝廷所用，能有所作为。

姜仲铨为独子，他的诞生具有重要的历史意义，黄材姜姓有了第二代传人。后来第三代两个：姜季兰、姜季蕙；第四代三个：姜仁、姜俊、姜杰，第五代，仅姜杰就有三子：姜彦巽、姜彦安、姜彦海；到第六代有十三个男孩。后来黄材姜姓开枝散叶，1000多年后的今天，姜姓成为黄材第一大姓，聚居于黄材，散居于宁乡各地，还有多支迁徙外地，一支移民宁乡道林，一支移民湘潭，一支移民益阳，一支移民陕西汉中，一支移民四川成都（明代一后裔为成都太守），清代一支移民金陵（南京）、一支移民上海。总数超过了十万人。

肥沃的土地，当地人种水稻颇有经验，春天，撒上稻种，秋天，金黄的田野，稻浪滚滚。百姓丰衣足食，日出而作，日落而息，却读书很少。

3岁的姜仲铨，父亲开始教他识字诵诗。但姜德厚感到，将来儿子读书是一件大事。

没有读书的地方，怎么办？那就自己建学校。他找来当地唯一的秀才潘先生商量，在熟乐田办一所私塾，招收黄材的孩子上学。

公元931年三月初七，正是姜德厚43岁生日。这天，他摆上酒席，免费宴请乡邻好友，对乡邻道："我姜某来黄材已八个年头，承蒙各位乡亲关照，今天特此表示感谢！同时，有个提议，我想在熟乐田办一所私塾，请潘先生做先生，我姜家提供房子作为教室，先生的一切费用开支也都由我姜家负责，只请各位乡邻多多捧场，送孩子来读书。"

能够有书读当然是好事，何况还是免费的。当年来读书的孩子就有二十多人，只是年龄参差不齐，小的五六岁，大的有十五六岁。

自此，黄材熟乐田有了学校。

有姜姓后人姜月山填词《浪淘沙·熟乐书声》，描写这里学校盛况：

烟火几家村，林木缤纷。书声嘹亮遏云行。恍与江流相赠答，断续遥闻。

朗诵古今文，婉转频频。踏青堤上渡行人。猛听吟哦相接处，清绝无声。

耕读传家，成为姜德厚对后人的谆谆教诲。耕，是本分，是安身之所在；读，是立命，是发展的前提。熟乐书声，千年不绝。

公元 935 年，河东节度使石敬瑭叛变，联合契丹进攻后唐，清泰三年（936）十一月二十六日，后唐末帝见大势已去，带传国玉玺与曹太后、刘皇后以及太子李重美等人登上玄武楼，自焚而死，后唐遂亡。

这个消息传到黄材，姜德厚没有吃惊，这个结局似乎是预料中的，他倒更加心安了，各种豪情壮志早已消退，再没有做官为朝廷所用的想法了。人生也过了大半辈子，他也不想再走远了，忽然觉得，黄材就是他世世代代安居乐业的福地，是他的世外桃源，在这安安心心地过田园生活。

他用历年攒下来的薪俸以及离开洛阳时皇帝的赏赐，在熟乐田周围又置了一些田产，特别是把大墓山的山土也买了下来。

私塾学生越来越多，在姜坊又加建了房子作为教室。他亲自给学生上课，讲《诗经》、唐诗，他最喜欢给孩子们讲陶渊明的诗：

种豆南山下，草盛豆苗稀。

晨兴理荒秽，戴月荷锄归。

道外狭木长，夕露沾我衣。

衣沾不足惜，但使愿无违。

他感到自己过的正是这样一种生活，与世无争，自然恬静。归来兮，归来，回归自然，回归内心，这才是生命的极乐体验。

后晋、后汉、后周，纷繁乱世，走马观花似的朝代更替。南方藩镇割据，湖南先后有荆南、楚、武平、南汉等国占据。兵荒马乱时代，也许让他见识了太多的官场沉浮，太多的生离死别，太多的爱恨情仇，他也不再要求儿子追求功名利禄，只需好好读书，好好经营家业，过上平平安安、健健康康的日子。

后晋开运三年（946），仲铨18岁了，潘先生做媒，介绍一位大家闺秀娄家的女儿。娄氏出生于后唐明宗天成三年（928）十二月二十八日酉时，而仲铨出生于后唐明宗天成三年（928）正月初六寅时。请来了算命先生合两人的"八字"。先生掐指一算，说道：虽然男女大属相都属鼠，但一个出生年初，一个出生年末，从出生时辰小属相来看，男属虎，女属鸡，虎和鸡性格上可以互补，婚姻能够非常圆满；男命的八字里五行木多，女命的八字里五行水多，木水相谐，非常合适的婚姻。

当年选定良辰吉日把婚事办了。姜德厚只想早点抱上孙子。在他年近花甲这1年，后汉乾祐元年（948）四月初一，终于抱上了长孙。又4年，后周广顺二年（952）七月初六，有了第二个孙子。也许还希望抱上孙女，他给两个孙子取的都是女孩子的名字，一个名季兰（字斯馨），一个名季蕙（字秀芳），兰质蕙心之意。

此时，湖南已属南唐管辖，公元951年，南唐趁楚内乱之际，灭了楚国，湖南归入南唐版图。

对于南唐，我们最熟悉的就是它那末代国主李煜，吟咏着《虞美人·春花秋月何时了》：

春花秋月何时了？往事知多少。小楼昨夜又东风，故国不堪回首月明中。

雕栏玉砌应犹在，只是朱颜改。问君能有几多愁？恰似一江春水向东流。

宋太祖开宝八年（975），南唐被宋所灭，李煜归降。当然，这是后面的事了。

湖南只被南唐管辖1年，楚将吴言起兵反抗，南唐又失去湖南一地。

后周世宗显德二年（956）十月十四日，是姜老夫人宋氏六十大寿，这天来了很多乡邻好友，摆了十桌，也是想给老夫人冲冲喜的意思。

六个月前，宋氏得了一病，先是腹痛，后来吃不了东西，常有胀痛攻窜两胁及背部，郎中说是六淫邪气犯胃所致的胃脘痛。可是，吃了半年中药，人未好，反而越来越消瘦，说话毫无力气，有时还昏迷不醒。这天，两个孙儿，一个8岁，一个4岁，在床前不时地叫着娭毑（祖母），宋氏苍白的脸上竟有了些红润，坐起来吃了半碗稀饭，对丈夫和儿子交代了一些事，晚上又喝了药汤，就安静地睡了。

第二天，也就是十月十五日，卯时，宋氏还在睡着。辰时，再去看时，开始喘着粗气，已无法说话。全家人围在床前，姜德厚紧紧握着夫人的手，这位和他一起从江西到河南，再到湖南，比自己小7岁而同甘共苦的妻子，却要先他而去，他紧紧握着她的手，不肯松开。可是，人生无可逆转，他感觉她脉息越来越弱，直至停止跳动。

在刚刚过了六十大寿的第二天，宁乡姜姓的始祖母宋老恭人就这样安详地逝去。

安葬地选在塅溪二渡水的陈田坡。

此时，姜德厚已过67岁。每天就是读读书，含饴弄孙，享受天伦之乐，他也喜欢一个人到附近走走。

公元959年秋的一天，他一个人来到大墓山下，遇到一位异人，正在围着大墓山上上下下察看。此人姓郭，自称是晋代风水大师郭璞的后人，唐时移民黄材。

姜德厚道："早闻郭先生大名，只是未得一见，今日巧遇，正好请先生看看大墓山的风水。"

郭先生道："我观大墓山久焉，后来听说这片山地被姜大夫买下。这可是一块风水宝地，其北山脉是侯家大山逶迤数十里奔腾而来，至白杨林，至纱帽仑；东有老虎窟、牛角湾和牛角塘，西有鸟聚山；南向一望无际，面向熟乐田、田坪院和沩江；西有塅溪水，东有横塘冲水，此二水如两锦带，也如两条青龙水，分布在左右两侧，绵延不绝，二水汇入南面的沩江，而入湘江、长江，而入大海。此处后有靠山，左有青龙和凤鸟，右有白虎和金牛，前有照，地势开阔，宽阔能容万马。东南西北正好对应了上天的青龙星、朱雀星、白虎星、玄武星；此处藏风聚气，纳福纳财，富贵无比，可致后代子孙鹏程万里，福禄绵延。"

当日，姜德厚邀郭先生到姜坊小聚并聊风水和诗文。

后周显德六年（959），周世宗柴荣于北征回京后不久驾崩，逝世前任命赵匡胤为殿前都点检，掌管殿前禁军。次年（960）元月初一，北汉及契丹联兵犯边，时任归德军节度使、检校太尉的赵匡胤受命前往御敌。初三夜晚，大军于京城汴梁东北20公里的陈桥驿发生哗变，将士将黄袍加身于赵匡胤，拥立为帝，史称陈桥兵变。大军随即回师京城，后周恭帝柴宗训"禅位"，赵匡胤登基，改元建隆，国号"宋"。湖南武平王周行逢自愿臣服于宋，湖南再次免于战乱。

宋太祖建隆三年（962），黄材发生夏秋连旱。六月起，滴水未下，田土干裂，沩水见底。八月初十午后，乌云起，雷声隆隆，久旱逢甘露，旱情缓解，农人们欢欣鼓舞。

这大半年来，姜德厚多年的哮喘病又犯了，连续吃了郎中开的药也不见好转。八月初十下午，雨后，他感到自己大限已至，是老天爷派船而来，要接他走了。

弥留之际，他把儿子、媳妇叫到身边，交代了三件事：一是逝后安葬于大墓山的纱帽仑，以后大墓山作为姜姓人的坟地。二是姜坊的私塾要世世代代办下去，作为姜姓人的族学，让子孙世世代代免费读书，把姜坊周围的部分田产作为族学助学之用。三是姜公渡和姜公桥由姜姓人世世代代修建下去。同时，后代子孙要秀读朴耕传家，谨遵家训：端品行、勤耕织、务读书、睦乡邻，好公义，守礼节、崇俭约、戒邪行。

当晚，他还想见见老朋友潘先生，把潘先生接来后，两人断断续续地聊了很久，聊起黄材以后和办私塾后的那些往事，气色和情绪竟又好些了。

八月十一凌晨，这位74岁的老人深深地睡了一个小时，因为气喘，好久好久没这样深沉地睡过觉了。醒来时，他对儿子说，梦里出去走了一圈，到了江西泰和老家，见到了自己父母亲，也到了洛阳，见到了皇帝。喂了一点儿红枣汤作为早餐，他开始喘着粗气，后来说不出话了，儿孙们守在床前。午时一刻，这位宁乡姜姓的始祖，就这样安静地睡着了。

按照遗愿，安葬在大墓山。

人生七十古来稀。巧合的是，裴休也是74岁逝世。一个任过晚唐的御史大夫和宰相，一个任过后唐的御史大夫；一个出生在河南济源，一个出生在江西泰和；时间相隔仅仅 98 年，一个安葬在大沩山，一个安葬在大墓山，两地相隔仅仅 20 公里。但姜德厚比裴休幸运，裴休孤零零地躺在大沩山端山上 1000 多年，在沩山和黄材难以找到其后人；而姜德厚躺在大墓山纱帽仑 1000 多年，香火延绵，其子孙占了黄材三分之一的人口。

我曾到过山东曲阜孔林，这是孔子及其后裔的家族墓地，已达 2000 多年，至今孔姓后人可以安葬入孔林。1994 年，孔林被联合国教科文组织列入世界遗产名录。

大墓山，作为黄材姜姓始祖及其后裔的墓地，已达 1000 多年。墓前建有牌楼，上书"进士第""山高水长"，牌楼两边对联为"德衍有余流长源远昭日月，厚德无限光前裕后启后昆"，对联中嵌入了"德厚"名、"流光"字；墓牌两边刻有对联"山高极顶探全局，水源溯头到此间"，横批"泰岳钟灵"，中书"唐御史大夫姜流光公墓"。

在宁乡，如此历史悠久而又保存完好的墓地已不多见。如今，也应该把它列入文物保护。

3　古桥风雨

姜德厚留下的遗愿之一就是要把姜公渡和姜公桥世世代代修建下去。

这还要从到黄材安居的第二年说起。

这年春天，一场大雨过后，天气转晴，远处青山，山花烂漫，映山红漫山遍野，正是踏青好时节。姜德厚雇了一辆马车，携夫人一起前往沩山密印寺。走到沩江边，只见河水泛滥，泛起泥沙，河水恣意汪洋，竟已无法过河了。

黄材镇，古称青羊市、青羊铺、黄木江镇。黄材镇西，有沩江、塅溪河、黄绢水、新桥河多条水合流，浩瀚而成大江，水深、岸宽，流势颇急，故素有"小黄河"之称。

而黄材又是通往涟源、宝庆（邵阳）、新化、安化必经之道，来往行人跨过沩江，成为一道难题。

姜德厚和当地人商议，在黄材设立渡口。

渡口选址在上青羊村，此处河面宽阔，水流平缓，河东是青羊市街，人繁物茂；河西是莲花山和石狮庵，常有善男信女要去对岸祭拜观音菩萨。

这莲花山和石狮庵也是颇有来历的。相传文殊菩萨的坐骑天狮，来到人间危害百姓，玉皇大帝派观音菩萨下凡，刚到青羊市，见天狮张口正要吃人，观音菩萨急忙将莲座化作一座山抛下，把天狮压在了下面，后人称此山为莲花山，天狮变成为山下的大青石，大青石有一洞口，正是当年天狮张口吃人还没合拢。为感谢观音菩萨，唐代开始人们在此建有石狮庵，石洞里面供奉观音菩萨。

姜家出资订购渡船、请来船工，修建渡口，自此，人们称为"姜公渡"。

后唐明宗天成三年（928），人到中年的姜德厚喜得贵子，他认为是上天予以的赏赐，更应广施仁德，多做善事。这年秋天，趁河水干涸之时，他出资组织民众在姜公渡处修建木桥，人们称此姜公桥。自此，舟桥并用，来往行人，河水浅时则过桥，河水深时，则用渡船。

历经宋、元、明、清，沩江滔滔，不知泛滥了多少次，姜氏子子孙孙，继承先祖美德，对姜公渡、姜公桥屡毁屡修，延续千年。

《姜公桥志》对清初到民国时的几次大规模修建进行了记载。

清乾隆丙寅年（1746）冬，姜家各大房聚资捐金六百余两，重新购置渡船，架设木桥。1747年秋，姜公桥修葺一新，水退用桥，水深则用舟，桥舟并用。

姜家在附近购买义田十五亩，由承包渡口的船夫耕种，船夫不用交田租，每年的田租税作为船夫的工钱和维护渡船、桥梁的费用，在河边还修建了两间房屋，作为船夫住所。同时规定，严禁船夫收取来往行人的钱财。

这便是古人的风范。这一点，我觉得古人比现代人做得好，修桥就修桥，修路就修路，目的是方便来往车马行人，做好事就做得完美，不要又堵起来收什么过路费。

乾隆甲寅年（1794）7月，连续十多天大雨，山洪从沩山而下，沩水暴涨，波涛汹涌，黄材盆地一片汪洋，姜公桥被冲毁，只留下桥墩，只得行驶渡船。

1年多后，大水洗刷的沙土在桥墩处不断堆积，渡船也不方便行驶，车马行人，伫立江边，徒起望洋之叹。其间，姜氏家族多次商议重修姜公桥，没有达成一致意见。

清嘉庆四年（1799）九月初一，姜氏族人在姜公庙祭奠九郎公，姜九郎为洞庭水神，历来非常灵验。再修姜公桥需要得到九郎公护佑。以打卦为准，人们双手焚香，虔诚跪在九郎公像前，询问是否可以重修姜公桥，打了一副圣卦，九郎公同意重修姜公桥，并予以保护。

于是，由姜佑书、姜光泗任倡修，姜璞山、姜式文、姜世醇、姜迎辉等八人分别任经理或督修，他们带头捐银，姜氏十二大公房共捐银一千多两，再修姜公桥。

这次，砌大石头为桥墩，大木板为桥梁。《宁乡县志》记载"历有姜家渡，置田十五亩。清嘉庆时，姜族以溪流湍急，伐石为墩，长十丈，高丈许。横铺大木板，宽六七尺，板面铺沙。费金千四百金，以渡田租息供葺桥之资"。

嘉庆六年（1801）四月，大桥建成，文人骚客撰诗赋词予以祝贺，当时编撰的《嘉庆渡桥志》收桥赋一首，诗词三十二首，其中本族人撰写的十八首。如，有一个叫何鼎的就写了一首词、两首诗，其中一诗为：

> 清流东注石狮边，自昔姜公古渡传。
> 市口旧梁新此地，沩川寻渭继当年。
> 迢迢雁阵双连岸，节节龟连九曲前。
> 为庆同人占利涉，往来何用更呼船。

大桥建成，举行庆典，也为了还愿，祭祀水神九郎公，人们集聚在姜公庙，唱了一天一晚傩戏。

黄材离安化不远，梅山文化习俗浓厚。宋代以后，傩戏、皮影戏盛行。《架桥》一剧是必唱剧目。傩戏开头，剧中主角姜良、鲁班领唱，乐手和旁人帮腔：

领：一进门来喜庆多，

众：真的喜庆多。

领：一朵金花配嫦娥，

众：真的配嫦娥。

领：嫦娥本是天仙女，

众：当真天仙女。

领：早生贵子去登科，

众：当真去登科。

合：金呀结籽花呢，银呀结籽花，散呀散仙花……

旁人问：二位先生到此何事？

二人答：今日到黄材，只因沩江上面要架桥。

旁人问：架的什么桥？

二人答：架的姜公桥。

接着二位架桥郎君带领大家东西南北山中找树、猜树，都不合适，最后寻到姜坊后花园，看到一棵沉香树，大家一起砍树、锯木、架桥。

桥架好后（用长板凳做的桥造型），二位架桥郎君唱道：

一祭祭桥头，子子孙孙无忧愁。

二祭祭桥尾，富从今日起。

左一祭，出万岁；右一祭，出皇帝。

皇帝万岁、万万岁！

再一祭，感谢九郎公，

九郎公护佑大家来过桥。

（架桥郎君领众人过桥）

老者过桥添福寿，少者过桥注长庚，

夫妻过桥同到老，孩童过桥养成人，

今夜过了姜公桥，子子孙孙无忧愁。

此场傩戏结束。

可惜，这些传统的风俗、表演，今天已经看不到了。

清道光四年（1824），沩水再遭遇山洪暴发，姜公桥又毁于大水。

道光六年（1826），姜姓族人商量，准备对姜公桥进行大建，为了达到一劳永逸的效果，决定全部修成石桥。

当时，黄材还有一大户人家，沈家，北宋时移民黄材，大多又住在青羊村，即在姜公桥东边河岸，提出要参与修建桥梁；还有何家，大多住离熟乐田不远的何家湾，历来和姜家关系甚好，也提出要参与修建。但被姜家人一口拒绝了，我姜家来黄材900多年了，修桥也修了900多年，现在更是人丁兴旺，不需外姓来参与。

由姜时越任主修，姜氏家族各大祠堂、各大房踊跃捐款，共捐银六万九千五百多两，钱三千六百四十元。这次的桥墩、桥台、桥梁全部用石建。桥墩的石头采自大墓山，桥梁的长条石则从长沙丁字湾购买而来。在桥头还立有石狮、石象各两个，桥中墩建有焚字亭。

寒来暑去，三个春秋，长虹卧波，一桥飞架东西，姜公桥以崭新面目展现在世人面前。自此，黄材古渡任它"浪涌波腾，莫阻日中之市；星轺月担，无烦夜渡之舟"。

在桥头建有牌坊、碑刻，上刻有宁乡县知事陈葭浦写的《桥叙》，文章盛赞姜公流光先生后裔复修姜公桥而"合族捐资，不惜巨万""姜姓者同心同德，利济巨川上，上纾国虑，下恤民艰"之义举，高度赞扬姜姓家族"姜家好义，重造桥梁""如山之寿，如水之长"。

此次，为姜公桥修成赋诗写词之人甚多，大多为宁乡文人科举士子，这些诗词装订成一大本予以刊印。如有一位江湘的诗人的一首诗：

黄材历有姜公渡，一桥新截江流处。
恍如吴猛画长江，幻出康庄任来去。
此间功比洛阳多，未免惊心瓠子歌。
何日狂澜回九曲，功成得似小黄河。

这首诗立意高，大气，用典也多。"恍如吴猛画长江"，讲的是晋代道士吴猛，江西人，他是个孝子，道术高强。有次，他要回南昌，而横隔的长江波涛汹涌，他用白羽扇一画，江水立即两边分开，中间有了一条过江的路。这里把建造的姜公桥比作吴猛画长江，在沩江上有了一条康庄大道。

《瓠子歌》是汉武帝刘彻亲临黄河决口现场的即兴诗作，气势磅礴，描写治理黄河的盛况。修建姜公桥比洛阳治理黄河的功劳还大，令人会在心中唱起汉武帝的《瓠子歌》。明代诗人张时彻有诗《渡黄河》"黄河回九曲，适郓乍经过"。沩江在黄材有"小黄河"之誉，所以引用张时彻诗句到此。

有一位名为范基树的诗人，写的春夏秋冬四季诗最有特色，流传甚广，其诗云：

春雨奔流石渡溪，石桥新建尽留题。
遥知渭水龙蟠峄，会见晴江鲤跃低。
碧草绿波花月夜，白沙黄菜钓鱼矶。
我来便似登台乐，柳色青青送马蹄。

夏山如滴锁长流，地骨横抛便泳游。
骑马客来从释褐，负薪人过尚披裘。
龙文缦缦云千岫，虹影重重月一钩。
最是黄材风景好，箫声吹上采莲舟。

秋浦澜翻叹望洋，何来此处达康庄？
填河仅鹊难驱石，掷杖虽仙不及姜。
几阵雁惊芦水月，半街人迹菜畦霜。
鱼龙莫便悲岑寂，东海苍鹰正待扬。

冬来范叔最多寒，到此方知石架宽。
赠我绨袍犹小惠，济人功德不偏安。

桥头题柱冰常结，坝上吟诗雪未干。

渭叟皤然能耐冷，年年独下钓璜竿。

此次修复后，坚固的姜公桥任凭风雨洪涝，历经百余年，岿然屹立沩江之上。

可是，到民国甲子（1924）、丙寅（1926）、辛未（1931）年，姜公桥又三次遭受特大洪水，桥梁、石墩多处被毁，姜家族人多次组织人员进行维修，但也没多大效果。民国二十四年（1935），姜姓族人再次决定重修姜公桥。由姜咏春、姜凤文、姜漱芬、姜亚勋等十二人力主其事，姜姓族人共捐银圆五千四百三十多元。

大桥设计为九墩八涵，长 75.74 米，宽 3.26 米，墩高 4.84 米，桥墩石头仍采自大墓山。从大墓山至姜公庙，靠人力抬运，从姜公庙到桥埠则用车运，每一百斤石头的运费四角到六角不等，共运了石头二十多万斤，砌石头用了石灰八万多斤。

桥梁用的每根八米多长重逾千斤的长条石，仍然是前往长沙丁字湾购买，每根价格银圆三十二元，其唯一运输方法是船运，船运的运费每根又花了银圆三十九元。船从靖港出发，沿沩江逆流而上，当时干旱了一段时间，沩江水浅，无法运载。姜姓合族斋戒三天，在姜公庙求神赐雨，九郎公再次显灵，天降大雨，沩江水涨，才得将石梁运回黄材。

有意思的是，《姜公桥志》还记载，这次修桥之时，正是中国工农红军从湘西到了安化东坪，宁乡境内流言四起（由于国民党政府造谣说共产党是匪，共产共妻），新化、安化县的富户逃往长沙，经过黄材，车马络绎不绝，黄材居民有的也准备逃离，影响了姜公桥工程进度，主事者提前预发工匠工钱，要求每日加班加点，提高效率。

历经 3 年，大桥建成，重建牌坊，北往南来，车马畅达，被人称为"沩西一伟大之名胜"。桥上刻有诗词碑记，制定有维护桥梁的制度，如桥上不许晾晒衣服被帐、不许拖树、不许劈柴、不许烧火等。在南岸碑亭边建有房屋一间，作为聘用看守桥梁之人居住，打扫桥梁卫生，维护桥梁安全秩序等。

我看到的 1935 年修桥捐款名单里，多的银圆一百元，少的一元，大多是十元、五元、两元，一元的居多。不过，按物价性价比来说，当时银圆一元相当于今天人民币三百元以上了。可见，捐款不在多少，关键是同心同德，人人贡献一份力量，不让外姓参与，而自己姜姓人家人人参与，包括居住在横市、移民到湘潭、道林的后裔都有捐款，这就是团结的力量。从后唐始祖姜流光开始，一代给一代的遗嘱，一代接一代的接力赛，家族繁衍越来越大，但持之以恒，历宋、元、明、清、民国，一直到中华人民共和国成立。不管朝代更替，不管社会动荡、风云变幻，跨越千年，一个家族始终为了一个世世代代投入的事业，一个有利于社会民众的公益事业，守约千年，矢志不渝。

这何尝不是一种美德呢？这是一个家族的美德，也是一个民族的美德！

4　倜傥才子

宋徽宗崇宁元年（1102）正月十五日，元宵佳节，黄材街上挂满了红灯笼，姜坊更是张灯结彩。

午后，一支刘家的龙灯队从青羊村出发，还有一支何家的狮队从何家湾出发，酉时一刻相约在姜坊，这成了近几年元宵节姜坊固定的一个节目。姜家是黄材大户，第五代姜彦巽、姜彦安、姜彦海三兄弟热情好客，尤其是小弟姜彦海最爱热闹。

狮队和龙灯队有个牵头人，称为"灯主"，也负责唱赞词。耍狮队和耍龙队刚到姜坊外屋坪，姜彦海早已到大门口迎接，长长的鞭炮声响起。灯主赞道：

> 麒麟狮子对门来，姜家备办喜炮接；
> 喜炮放得连连响，长长花灯进屋来。

看热闹的乡邻站满了地坪。

随着唢呐声，有节奏的锣钹声，狮队和龙灯队有节奏地舞着，耍着往里面走。灯主继续赞道：

> 送财送到槽门口，脚踩槽门扳起爪；
> 脚踩槽门八字开，箩大金珠滚进来。
> 送财送到阶基边，金银珠宝放进来；
> 脚踩阶基长又长，两边立起私塾房；
> 日里先生来写字，夜里学生作文章。
> 送财送到堂屋中，脚踩堂屋四四方；
> 屋石盖的琉璃瓦，屋金闪亮放堂光。

狮队和灯队便分别在神龛下面作揖恭拜。姜彦海给狮队和灯队发红包。

今年，灯主知道姜彦海的小妻已身怀六甲，接着就在姜彦海堂屋里耍起了观音送子。先是龙灯队表演，灯主赞道：

> 今日龙灯进了门，参拜姜家卧室门；
> 左边门上金鸡叫，右边门上凤凰啼；
> 金鸡叫来生贵子，凤凰啼来中状元。
> 今日姜家生贵子，明日便是状元郎；
> 状元郎来状元郎，皇帝老子收栋梁。

这时，狮队也不示弱，边耍观音送子，边赞道：

> 狮子一耍耳巴巴，耍起两边笑哈哈；
> 两边催动金锣鼓，堂前耍出福寿花。
> 狮子头上一点红，今日拜访姜府门；
> 不是朋友我不耍，伴着锣鼓来送子。

锣鼓齐响，鞭炮齐鸣。狮队继续赞道：

狮王狮王，听我端详；

玉帝王母，传旨于我。

今来姜府，麒麟送子；

早生龙凤，光宗耀祖。

子孙发达，百世顺畅；

福星高照，万代吉祥。

姜彦海又发了一轮红包。

姜彦海的小妻李氏挺着大肚子，站在门口看"观音送子"。突然，感到腹痛一阵阵袭来。丫鬟急忙把她扶进内室，并告知男主人，姜彦海的母亲杨老夫人马上安排人来给媳妇接生。

如往年一样，姜坊备好了狮队和龙灯队的晚餐。姜彦安、姜彦巽安排狮队和龙灯队喝酒吃饭。

戌时两刻，狮队和龙灯队晚餐还没吃完，就听到了"哇——哇——"的婴儿哭声。

生得好快啊！

这是李氏为姜家生的第二个儿子，也是姜彦海的第三个儿子，长子是原配妻子刘氏所生。

正月十五，明月高悬，元宵佳节，灯火通明。姜彦海给儿子取名姜明，字哲夫。哲夫，意思是足智多谋、才识卓绝的男子。

后人说，姜明是龙王和狮王迎接来这世界上的，果然是聪慧过人，精明能干。少年时，敏而好学，博闻强记。

他处在一个特殊的时代，北宋到南宋的动乱年代。大宋王朝经济发达，文化繁荣；但军事上屡战屡败，外交上丧权辱国。

宋靖康元年（1126）秋天，金兵南侵，攻破宋首都汴京（开封），挟宋徽宗、宋钦宗父子北去，北宋遂亡，这就是靖康之变。建炎元年（1127），康王赵构在南京（今河南商丘）即位，是为宋高宗，即为南宋。建炎三年（1129），金兵又大举南侵，高宗被迫南下出逃。绍兴八年（1138），宋高宗定临安府（杭州）为行都。

北宋时，全国的政治经济军事核心在中原，湖南处于南方偏远之地，不被重视。宋朝廷南迁后，改变了湖南在军事上的战略地位，使其成为极为重要的战略腹地。南宋占据半壁江山，潭州（长沙）处南宋版图的地理中心，如一道雄伟的屏障屹立在临安（杭州）西部，宋光宗赵惇不无感慨地说："潭州巨屏，得贤为重。"正是因为这个，每个皇帝都把当时最优秀的官员派到潭州当"一把手"。当时到潭州当知府的，规格高得吓人，即便我们今天看起来，都觉得有些不可思议。李纲、岳飞、朱熹、张孝祥（南宋状元）、辛弃疾、文天祥都到潭州当过"一把手"。

南宋绍兴三年（1133），南宋抗金派领袖，也是当时的丞相李纲派到长沙，职务是观文殿大学士、知潭州兼荆湖南路安抚使。知潭州就是潭州知府，也称潭州太守、荆湖南路安抚使，相当于省军区司令员，兼管潭州、衡州、道州、永州、邵州、郴州、全州七个州的军事。这就是说，到潭州当地方官的"一把手"，还要兼管其他几个州的军事，这个职务当然重要。李纲到湖南后，对各地武装力量，分别不同情况，采取不同对策。对"小民迫于衣食"者，以抚为主。不到一年，湖南"境内遂安，流移归业"。

潭州的城市建设发展很快，人口扩张，规模迅速扩大，经济贸易繁荣，南宋出现了世界上最早的资本主义萌芽。城市发展需要粮食、木材，寒冷的冬天需要大量木炭。

这一年，姜哲夫31岁。父亲姜彦海早已把家业交给他管理。

黄材历来为沩江上游的物资集散地，春汛来临，沩山的竹木通过沩江，月山的竹木通过塅溪河，龙田、沙田的竹木通过黄绢水、新桥河，竹木从四面的河水放排出来，汇聚到黄材，漂满一河，看上去黄黄的一片，于是人们把它唤作"黄木江"。黄木当然也都是用材，所以后来就叫成了"黄材"。

沩山、祖塔、月山、崔坪烧制的木炭从沩江、塅溪河集中到黄材，后人把集中木炭之地称为炭河里。

黄材历来木材丰富（现在还有湖南省林业厅直属管辖的青羊湖林场），姜哲夫把黄材大量的木材、木炭通过沩江、湘江贩运到潭州。经过10多年，积累千金，成为黄材首富。

这一积累千金的过程当然有很多艰辛，其中发生过很多很多的故事。在这样一个特殊的年代，湖南政治、军事、经济地位快速提升，长沙经济的快速发展，给了每个人发展的机遇，而宁乡黄材离长沙仅100公里，没有经历过战争的破坏，物产丰富，只要把握了机遇，就能有所收获。

四川绵竹人张浚，也处于这个年代，只比姜哲夫大5岁，他身为南宋丞相，多次奔波到湖南、宁乡，他也看上了宁乡西部这片美丽的河山，最后嘱托儿子张栻把自己安葬在黄材西部的巷子口龙塘。而这位著名理学大师、湖湘学派的一代宗师张栻也追随父亲长眠于这里。

姜哲夫奔波于黄材、宁乡、靖港、长沙之间，从沩江到湘江，哪处有浅滩，哪处有深潭，哪处有巨石；哪处集镇的旅店老板热情，饭菜好吃，他都清清楚楚。

经过20多年的奋斗，他成功了，成为黄材姜家的翘楚。当然，有这样的机遇，也不是每个人就能成功的，姜哲夫是姜家的第六代，共祖父的堂兄弟就有十三个，他的祖父是姜家第四代的姜杰，还有共曾祖父的兄弟更多。他的这一支姜姓，成为黄材的巨富，为后来姜姓在黄材的枝繁叶茂奠定了物质基础。

古人的理财方式就是购置田地。《姜姓族谱》记载：

明，字哲夫，倜傥有才气，家累千金，置煅溪赤浆山、大桃源、街后、社公湾、大蒿溪、华坊，美田三千余顷，富盛甲一邑，称黄材巨族焉。

煅溪流域，从头渡水到九渡水；大桃源在现在沙坪村的梅溪冲、桃源冲；街后在现在下河街、上河街、划船塘；大蒿溪就是现在蒿溪村，华坊就是现在沩滨村的华家坊。这些地方分布在黄材盆地东南西北。

现在黄材镇耕地面积为2253公顷，山林面积9866公顷。而姜哲夫当时已置"美田三千余顷"，难怪黄材古来有句口头语"黄材的水都姓姜"。

南宋绍兴二十五年（1155），对于已年过半百的姜哲夫来说，是该休息了，这么多年的辛苦，他也感到累了。他开始纵情于山水，流连于黄材的美景，这些地方也大多是他购置的田地之处。他突然感到，无论春夏秋冬，黄材的山川河流、田野草木，都是那样美，处处美景如画，他把每一景拟定名字，构成一幅幅美丽的画卷。

这就有了流传后世的"黄材八景"。

5 美景如画

到黄材，有几个地方是一定要去看看的，这就是黄材八景。

姜哲夫拟景的黄材八景，对他来说，是那么熟悉，有的是从他出生就朝夕所见的，有的是他新购买的田地所在，晚年，他流连于这些地方，所观、所思、所画。

后世姜月山（姜源治，字幼升，号月山）见到先祖姜哲夫的画，而这些画景又为自己熟悉之美景。于是，以《浪淘沙》为词牌，为黄材八景赋词八首，后收录于《姜姓族谱》，流传至今。

熟乐田，为姜姓始祖定居之地。从始祖姜流光开始办私塾、义学，传承不绝。对于姜哲夫和姜月山来说，在这里出生，在这里长大，琅琅读书声，不绝于耳。这就是黄材第一景，"熟乐书声"（其词见《耕读传家》）。

熟乐田所处的地方在栗山村，处于沩江和塅溪河之间，一马平川，春天，绿茵铺地，郁郁葱葱，油菜花开，金黄璀璨，"日暮平原风过处，菜花香杂豆花香"。这就是第二景"平原牧笛"（其词见《奉旨移民》）。

农人们在这一片田地里忙着农活，清晨和黄昏，牛背上的牧童，吹起牧笛，短笛长歌，互为唱和，这是何等惬意。平原、绿草，自然恬静，牧笛悠悠，自由自在，无忧无虑，吹出的是天真无邪，童趣无限。

这种贴近自然的田园生活，历来是文人骚客所向往的，赋诗撰联，写景抒情。如唐代诗人隐峦的杂言诗《牧童》"牧童见人俱不识，尽着芒鞋戴箬笠""三五个骑羸牛，前村后村来放牧"；杜牧的《清明》"牧童遥指杏花村"；宋代诗人杨万里的《安乐访牧童》"前儿牵牛渡溪水，后儿骑牛回问事。一儿吹笛笠簪花，一牛载儿行引子"；陆游的《秋思绝句》"烟草茫茫楚泽秋，牧童吹笛唤牛归"。借乡村牧童纯真质朴的天性，自由自在的生活，表达文人们寄情山水，亲近自然的人生理想追求。悠悠笛声吹出了上千年的情愫，然而，追逐着笛声的诗人们，却总是不能走进他们的理想。

第三景写的是"渔光夺月"，其词：

溪小赛渔乡，芦火茫茫，高低无数似萤扬。队队焰成云雾合，水碎金光。

聚散自成行，祗备有常，羊裘争似笠蓑长。夜夜滩头频灿烂，清色沧浪。

黄绢水从沙田到五里堆到井冲，迂回曲折，中途加入石笋水、松坑水等，在即将流入沩江之处有一个九十度拐弯，形成一个三角洲，即白沙洲。洲上芦苇丛生，夏秋时节，芦苇花开，欣欣向荣，那毛茸茸的芦苇花，白茫茫一片。近看，却又有不同颜色，白色的、淡青色的，那红色的如火一样；远看，高高低低如萤火虫闪亮，在河水的倒影中，呈现闪闪金光。

芦苇下鱼翔浅底，吸引着大量的垂钓者、捕鱼者。明月之夜，芦花飞舞伴随青青的沧浪之水，引起人们的返思和向往。仁者乐山，渔者乐水，星光灿烂、芦花如火，在这里，捕的不是鱼，而是这一片天地，一份心情，一份时光。

如果说"渔光夺月"写的是水，是低处，而就在离白沙洲不远处，还有一景，是高处，是高耸云峰的景，即第四景"云岑樵歌"，其词云：

日断白云峰，卉木葱葱，遥遥樵子各投丛。柯斧叮当歌一曲，群和皆同。

高唱响匆匆，入耳凌云，巴人杂调兴何穷。千古传来成感慨，无限情钟。

此景在黄材镇新桥村石岩头山，古时，此处古木参天，因海拔较高，雾布高枝，终年聚散，其势巍然。山中枯枝、杂树很多，砍樵之人，成群结队进入山中。叮叮当当的柯斧之声，如演奏的美妙音乐。樵夫唱着本地民歌，歌声高入云霄，这是对大自然的无限钟爱。

此情此景，令人想起唐代诗人刘禹锡的诗《杂曲歌辞·竹枝》："楚人巴山江雨多，巴人能唱本乡歌。"可惜，此处后因修公路劈开此山，已无法见到此景。

在黄材盆地东北方向，从侯家山而来，形成崔坪峡谷，崔坪峡溪河从北往南而来，经过㵲滨村金马流域时，形成黄材第五景"石溪钟鼓"，其词为：

怪石锁江横，曲折成情。一回飘荡一回濛，巨浪有时翻石壁，金鼓齐鸣。

莫作等闲评，雨骤风惊。游人欣美倦行程，坐听有神堪入奏，雅乐无声。

崔坪峡溪河到金马后，即将奔腾出峡谷，进入平原，其两岸青峰倚天而立，有巨石如鼓，河水推波助澜，拍打此"鼓"，发出震天声响，如同钟鼓齐鸣。特别是雨骤风惊时候，水流更急，游人停下来，坐听这大自然的钟鼓之雅乐，更是一种无限的享受。

现在前往千佛洞，要经过金马，人们不妨停下脚步，静听这"石溪钟鼓"。

第六景是"石殿夜钟"，其词为：

石殿立山前，庙貌千年，绵绵子孙世流传。敲动钟声长不断，云外高悬。

漫道扰人眠，一击流连，半疏半密势婵联。多少高人听仔细，猛省无边。

石殿，即现黄材镇姜公桥西莲花山下的石狮庵，据该庵现存石碑记载："（石狮庵）而唐、而宋、而元、而明、而清，立五朝于兹。"石狮庵里供奉的是观音菩萨，周围 40 里内的善男信女，常前往进香，佛殿上香烟缭绕，瑞气腾腾，戏楼上也演出木偶湘戏，庵里悠悠的钟声，深沉、洪亮、绵长，云外高悬，不时传进附近居民耳内。佛钟用于祈寿、感化、超度众生，给人警醒，"钟声闻，烦恼轻，智慧长，菩提生，离地狱，出火坑，愿成佛，度众生"。如此发心，福慧双心，功德无量。

唐诗中描写寺庙钟声的诗句也很多。如张继的"姑苏城外寒山寺，夜半钟声到客船"（《枫桥夜泊》）；王维的"古木无人径，深山何处钟"（《过香积寺》）；孟浩然的"东林精舍静，日暮坐闻钟"（《晚泊浔阳望庐山》）。在钟声中，一切迷惘顿时觉悟，幻化为空无的永恒。

钟声，成为连接山水世界和方外之情的重要桥梁之一。

第七景又是写的芦花，看来，姜哲夫特别喜欢黄材夏秋的景色，"梅山夏雪"，其词：

长夏日炎炎，芳草芊芊，梅山望处势巍然。一派影成凝聚散，空翠无边。

光逼蔚蓝天，掩映峰巅，遥遥今古漫相传。自是此都偏现瑞，多兆丰年。

这里的梅山，坐落在黄材镇沙坪梅溪、桃源。姜哲夫购置的大桃源就在这附近。此处山脉自侯公山逶迤而来，过郭公寨、大冲里、横冲里、正冲里，至沙坪大梅溪、小梅溪、大桃源。炎炎夏日，芳草萋萋，梅山远望，山势雄伟可观，蔚蓝的天空下，掩映座座山峰，梅溪丘陵，遍地芦花，在风的吹拂下，漫天飘扬，似雪花飞舞，瑞雪兆丰年。

可惜，因气候、生态改变，如今梅山芦花所存无几。

第八景是"雷泉丈瀑"，其词：

阡陌接荒郊，潦水萧萧，无端陇亩涨滔滔。赖有流泉成瀑布，灌溉佳苗。

汹涌过人眸，且近眉梢，漫言幽壑起潜蛟。且美彪池多异致，胜迹难描。

黄材镇姜公桥下游1华里处，有千金坪山，此处"木欣欣而向荣，泉涓涓而始流"。山上有一道瀑布，飞流直下，喷珠溅玉注入沩江，声如奔雷，因常年冲刷，使沩江此处成潭，该潭俗称"雷打凼"。深壑潭水有蛟龙潜水，如此美景，难以描绘。

千金坪山海拔较高，传说山顶很平整，可以停飞机。我少年时常在此山割草砍柴、摘乌泡（野草莓），因为好奇，想看看山顶到底有什么、山那边是什么，与同伴一起用三四个小时爬上过山顶几次，山顶确实有很宽阔的平地，长满灌木和杂草。

因为生态破坏、水土流失，千金坪山飞流枯竭，如今仅留下干涸的水道隐于杂草之中。

黄材八景，如诗如画；人文生活，独特迷人；秀丽山水，水秀山明。

前四景，即"熟乐书声""平原牧笛""渔光夺月""云岑樵歌"，是当时人们的生活写照，读书、牧牛、钓鱼、打柴，一幅幅生活的素描画面。细嚼其词，那学子的勤奋，那牧童的悠闲，那渔翁的潇洒，那樵夫的闲暇，活脱脱一幅幅读、耕、渔、樵的景面，构成了一幅人们梦寐以求的"世外桃源"之景，那是岁月沉香、梨花清韵、洗尽铅华、闲淡清馨后的生活感悟，"此时无声胜有声"并不逊于风景名胜实况。

后四景，即"石溪钟鼓""石殿夜钟""梅山夏雪""雷泉丈瀑"，因世易时迁、自然环境的影响而不复存在。但通过其词，那石溪钟鼓之恢宏，那石殿夜钟之幽雅，那梅山夏雪之奇观，那雷泉丈瀑之磅礴，如图似画展现在我们面前，令人神往。

"黄材八景"的词作者姜月山，其后裔多居住于埧溪流域，故后人将埧溪改为月山。

在明代《姜姓族谱》中还收录了"黄材十二景"，现附录于此。

长桥古道——咏姜公桥
长桥若垂虹，古道坦如砥。
如何透长安，家有读书子。

石屋仙居——咏石狮庵
仙人谁复见，石屋访遗居。
试问蓬莱水，深浅又如何？

黄鹤耕耘——咏黄鹤墩
仙迹遗熊楚，山人爱白云。
躬耕自怡悦，翱翔亦任君。

社圃书声——咏社学巷
社圃无余事，遗子唯一经。
人言小邹鲁，且听读书声。

龙洞清流——咏龙洞
清流汩涓涓，滴石石欲破。
苍生望甘霖，雷起神龙卧。

黄材砥柱——咏麻石峰
黄木古矶头，香泉日流注。
闻禅悟吾生，永作中流柱。

桃源胜境——咏井冲园村
西宁绕胜地，不减武陵源。
幽人杳何处，深山闻夜猿。

白沙钓月——咏莲花白沙洲
玉璜兆渭滨，琼叶似超越。
垂纶不在鱼，只钓波间月。

石崖樵歌——咏莲花之石岩头
石岩可攀陟，历险听樵歌。
莫观仙子弈，恐烂手中柯。

麻石回澜——咏雷打氹
水石日相击，回族自成澜。
穷源杳无际，玩赏有余闲。

石溪钟鼓——咏金马钟鼓石
怪石镇江横，惊涛拍岸鸣。
疑寻钟鼓处，雅奏却无声。

梅山夏雪——咏沙坪梅溪山
长夏日炎炎，芦花雪漫天。
金秋收作物，瑞雪兆丰年。

"黄材十二景"诗的作者在明代《姜姓族谱》中没有记载，因时代久远，已不知出自谁手，后世记录时也只存有了前十首。1988年黄材镇姜善良先生根据《黄材八景》之"石溪钟鼓""梅山夏雪"，冠以原题，作五绝二首，从而形成完整的"黄材十二景"诗内容。

6　根在何处

南宋高宗绍兴十八年（1148），春天来得格外早，三月，春风荡漾，沩水、塅溪河畔，桃红柳绿，油菜花染黄了熟乐田的原野。

三月初七，姜坊，人来人往，异常热闹。这天是始祖姜德厚 260 岁诞辰。午时始，姜姓子孙鱼贯而入进入祠堂，祭祀始祖。

姜哲夫感到，历经七代，姜姓人丁兴旺，现祠堂太小了。于是，他决定在姜坊旧宅处重建祠堂。

翌年春，新祠堂落成。祠堂两进三横：第一道为牌坊，上书"姜坊"二字，头门撰有"姜氏宗祠"；第二道门上书有"泰岳钟灵"；第三道门有"不忘其初"四字。

同时，首次修族谱，记载从后唐始祖姜流光迁徙黄材后事宜以及流派世系。

南宋高宗绍兴二十八年（1158）中秋后，姜哲夫感到身体越来越不适。此时，他的四个儿子中大儿子舜梅尚 20 多岁，已经成家，其他三个儿子还未婚，最小的儿子舜国仅 7 岁，最让他放心不下。

他给夫人罗氏交代，把街后和墩溪的田产分给舜梅，街后处于黄材闹市青羊村，还有店铺，让他住到那里去，好好经营；把华坊、元嘉山田产给二儿子舜雷；把大蒿溪和社公湾给三儿子舜臣；把祖居地姜坊以及大桃源给小儿子舜国。

人的一生不可逆转，俗话说"哪怕金银堆北斗，难免荒郊一堆土""人生百岁难免死，荣华富贵总是空"。九月二十日，下着绵绵秋雨，这位倜傥才气、具有传奇色彩的黄材首富，带着依依不舍，离开了人世，享年 57 岁。

姜哲夫创造的巨额家产，为子孙后代发展打下了坚实基础。

老大舜梅，字百魁；老二舜雷，字鸣夏；老四舜国，字良治；这三大支后世称为百魁公房、鸣夏公房、良治公房，成为姜姓繁衍最为昌盛的三大家族。而老三舜臣传二代绝后，其田产被纳入鸣夏公房和良治公房。

历经宋元明，姜氏祠堂立于姜坊，虽有损坏，但历有修缮，保持完整。

明末清初，宁乡遭受战乱兵祸，先有新化安化匪徒进入宁乡抢掠，无恶不作；后有张献忠兵攻入宁乡，进入黄材，再有明末官兵溃败经过黄材，烧杀抢掠，黄材人口十室九空。姜氏祠堂瓦破垣颓、彻底毁坏，只留下地基。

清乾隆十二年（1747）后，姜舜梅、姜舜国两支后裔在熟乐田合建姜氏祠堂（后称良治公祠）。到十七代后，姜舜国（良治公）宗分为五大房，即姜子福（字尔康）、姜子潮（字宗海）、姜子礼（字节文）、姜子兴（字星烂）、姜子武（字文叶）五房。

姜舜雷后裔在划船塘修建祠堂（后称鸣夏公祠）。姜舜雷后裔枝繁叶茂，到乾隆四十五年（1780），十七代孙人口众多，分为六大房，即姜蓉（字拒霜）、姜澄（字深静）、姜英（字崇望）、姜义（字崇德）、姜玺（字崇珍）、姜槐（字桂芳），在松华村上唐湾买下地基，再修建祠堂，即六祠。

从清初到民国初年，因为没有始祖专祠，对始祖的祭祀分散在各派分祠。民国十一年（1922）三月，姜姓子孙集聚在大墓山祭奠始祖，大家商议筹建始祖专祠。地址选在姜坊牌楼右、姜公庙后的原姜坊故居旧址。

姜姓子孙踊跃捐款，到1923年秋，费银7000多两，富丽堂皇的始祖专祠建成。祠堂建筑占地80亩，建筑面积2000多平方米，呈国字形，二进三横，雕梁画栋，规模宏大。四周深筑高墙，祠院石墙护门，门坊无数，院内亭台楼阁，阁宇纵横，庭深院广。

头门是一大牌楼，两边各有三根大廊柱，上书"大夫第""姜姓先祠"。正面两边有对联：

> 天初转运；
> 水运朝宗。

对联中嵌"天水"二字。姜姓来自神农炎帝，是中国最古老的姓氏之一。相传少典娶有峤氏，生炎帝，因炎帝生于姜水（今陕西岐山县西），以水命姓为姜。商末姜尚渭水垂钓，匡扶西周社稷，建立丰功伟业，后封齐国。西汉初年，姜氏以关东大族迁徙至关中，世居天水（今属甘肃），这一支族人便以"天水"为郡号，天水冀县曾有三国时蜀国名将姜维，"天水宏裔"记录着姜氏家族繁荣兴旺的发祥之地。

黄材姜姓为姜维后裔，七派以前，黄材姜姓堂号为"天水堂"。唐朝时，姜维的二十三代孙姜公辅（730—805），字德文，唐广德二年（764）进士，唐建中元年（780）状元，曾任谏议大夫、宰相等官职，后被贬为泉州（福建）别驾，吉州（江西）刺史。其后裔遍布江西、湖南、广西、越南等。

姜德厚为姜维第三十代孙，姜公辅第七代孙。如今，在江西的姜姓族谱里能找到姜维后裔第三十代"德"、第三十一代"仲"字派的记载，江西上饶的民国姜姓族谱里也收录了已经移民宁乡的姜德厚、姜仲铨内容。从姜德厚的曾祖父姜默开始，一代单传，祖父姜荣（字希颜）为泰州刺史，父亲姜华（字仲林），唐懿宗丁亥年（867）十月十九日生，母亲刘氏，唐懿宗戊子年（868）三月十六日生，再单传生下姜德厚，后唐同光二年（924）姜德厚移民黄材时，父母已不在了，也可以说是了无牵挂。姜德厚再生下独子姜仲铨，已经是四代单传了。到黄材后，子孙繁衍昌盛，黄材也可算是这一支姜姓的风水宝地了。

祠堂头门内柱对联：

> 诵圣言为道为义；
> 愿族众是训是行。

表示姜姓子孙要读圣贤书，讲究道义，谨遵家训，身体力行。
往里走是宣教台，外柱有对联：

> 肇基阅千载有奇子姓绳绳历有读耕传世业；
> 树人廷百年之计秀髦济济勉图建立迪前光。

表明千年来姜姓耕读传家，子孙人才济济。
两边廊柱有对联：

> 物自本天人本祖；
> 人能飨帝孝飨亲。

进入主堂，外柱上对联为：

百世不迁代代衣冠承祀事；
一阳来复年年礼乐荐馨香。

主堂门匾对联：

溯厥初是用孝享；
念尔祖跻彼公堂。

主堂内对联：

禋祀达微诚肃将芳沼频繁良畴稷黍；
书香绵世泽顾绍瀛洲学士台阁名贤。

大堂正面是神龛，有对联：

天产唐代名臣奉诏来宁大启尔宇；
水衍赣江宗派纠居成族长发其详。

表明始祖来自后唐名臣，其源头在江西赣江。

到民国时，姜德厚后裔的大大小小祠堂有一百家以上，但最有名的是在熟乐田的三个：始祖专祠、姜九郎祠（即姜公庙）、良治公祠。规模大的还有划船塘的鸣夏公祠，松华村的六祠。

宗祠文化是乡土之根，是家国情怀之源。民谚云："乱世砸锅造枪炮，盛世修谱建祠堂。"崇根敬祖，也是中华民族的美德。

同时，历朝历代多次修撰姜姓族谱。

南宋高宗时姜哲夫首修。南宋理宗时，第九代孙姜伯隆（字云叔）、姜伯凤（字仪叔）二修族谱。历经 162 年的元代不重视文化艺术，官方不修志书，民间也不修族谱，这一时间的历史，缺乏文字记载。直到明宪宗成化年间，姜禹绩为主三修族谱时，有些家族历史已经模糊。

明世宗嘉靖三十年（1551）某天，姜姓第十九代孙姜崖山在祖塔准备重建房子，在家宅地下挖出一个大型云磬，这个铜质的器皿上刻有很小的文字，仔细辨认，上面记载的是姜姓始祖来黄材后的经历。原来是南宋时姜舜梅、姜舜雷、姜舜臣、姜舜国四兄弟把父亲姜哲夫修的族谱内容篆刻在大型云磬上，也许还铸造了四个，四兄弟各保存一个，姜崖山发现的这一个为姜舜雷后裔保存。可惜，这些古云磬今天已不知下落。

看到古云磬上家族世系，姜崖山等兄弟马上决定四修族谱，纠正三修族谱的某些错误。

到明万历丙戌年（1586）姜姓二十代孙又五修族谱。

清乾隆十一年（1746）姜舜梅（百魁公房）、姜舜国（良治公房）两支后裔合修族谱，即熟乐堂本；姜舜雷（鸣夏公房）一支后裔单独修谱，即云磬堂本。到清光绪二十三年（1897）已经十修族谱。

非常奇怪的是，自1923年始祖专祠建成后，到民国十八年（1929），在大墓山初祖墓地的一棵百年松树，在离地四五尺处有了一个巨石嵌在树上，石头上面的树干分为三大枝，枝叶繁茂，如一把巨大的伞展开在墓地上。而在塅溪二渡水陈田坡初祖母的墓地，有一棵百年樟树，也是一干三大枝，枝繁叶茂。江西古称豫章郡（南昌市树为樟树），初祖和初祖母来自江西吉州泰和，故初祖母墓地长有樟树。祖有余荫千秋盛子孙，德高万代兴灵地青秀，两墓地一干三枝的松树和樟树，预示着先祖一直庇护着姜舜梅、姜舜雷、舜国三房后裔，人杰地灵，天人感应。

于是，1929年，这三房后裔把原熟乐堂、云磬堂合并，改称为森荫堂，并三房合修族谱，这就有了我们今天见到的森荫堂本族谱。

堂号是一个宗支或者祠堂的名称，都是有来历的。

明永乐三年（1405）姜舜梅（百魁公）后裔十四世孙姜以隆迁居道林；到第十七代，姜舜梅后裔又多支迁往益阳、桃江、桃源、鼎城、慈利、沅陵等地。

明嘉靖年间姜舜雷（鸣夏公）后裔二十代孙姜荣鲁、姜荣勇、姜荣会三兄弟迁徙到湘潭；还有几支迁往湖北恩施、四川广安、广西桂林等地。

姜德厚后裔在七派之前总称天水堂，散居各地后，各修有族谱，各有堂号，共有各类堂号十七个，如熟乐堂、云馨堂、莲花堂、森荫堂、钓璜堂、渭水堂、修吉堂、双河堂等，人口达十多万。

7　家族之神

在黄材姜姓发展史上，一直有个家族保护神，这就是姜公庙的主人，姜九郎。

《九郎公传》收录在姜姓族谱里，同时，在黄材民间流传很多姜九郎的故事，传得神而又神，那么，姜九郎到底是什么样的人呢？

南宋孝宗时期，姜德厚的第八代孙姜绍兴的妻子谢氏怀上了二胎，大儿子已满五岁，在堂兄弟中排行第六，称小六郎。中年再得子，全家非常高兴，

可是，谢氏怀胎已过十月，一点儿动静也没有。预产期过了二十多天，谢氏开始感到一阵阵腹痛，知道孩子快要生了，家人忙去请来接生婆刘氏，过了两天两夜，谢氏已是痛不欲生，孩子还没降下。

第三天午后，天空一声惊雷，只见一团火滚进了姜坊。孩子终于生下来了，却没有哭声，接生婆一看是脐带绕着了脖子，忙把脐带剪下，在屁股上拍了两下，还不见哭，家人正急。

这时，姜坊外面来了一青衣道士，在门口问道："贵府是不是有公子降生？"家人回答："正是，正是，只是还没哭声。"道士问："祠堂在哪儿？"到祠堂神龛前，道士焚香，作三揖，念叨："仙道茫茫，人道茫茫，进了姜府，正道茫茫。"

又是一声惊雷，暴雨倾盆而下。

"哇——哇——"伴着雨声，婴儿的哭声响彻姜坊。

道士看了一眼孩子，说道："六年后，我再来。"

因为在堂兄弟中排行第九，故称小九郎。

小九郎自幼聪明好学，2 岁就能认字，背唐诗，别的孩子教很多遍都背不下，教他一次就会。

九郎 6 岁那年，道士果然来了，说要带走孩子，母亲谢氏舍不得，硬是不答应。

道士悄悄对孩子祖父姜舜钟说："这孩子八字中有喜用神，却无力护主，和命主相克，我不把他带走的话，要么活不过 10 岁，要么会让家人蒙难。过了 10 岁，我定将送回。"

九郎的祖父是姜舜钟，曾祖父是姜琴；姜琴和姜明（哲夫）是共祖父（姜杰）的堂兄弟。

姜舜钟道："这孩子可能和常人不一样，当初也是道士救下的，就让他带走吧，也许这对孩子有好处。"

一晃四年，小九郎 10 岁生日那天，道士送回了孩子。

母亲谢氏看到久别的孩子，左看右看，个子高高的，比同龄孩子要高许多，只是显得有些清瘦。谢氏做了一桌好酒菜招待道士，特意煮了鸡蛋让孩子吃。

小九郎"体质清癯、风姿秀拔，飘然若仙"，且善观天象，经常说一些莫名其妙的话。

秋天的某日，艳阳高照，熟乐田的农户正晒着谷子，小九郎突然对众人喊道："快收谷子，快收谷子，马上就要下雨了！"

邻居们没有一个人相信，大家都笑，这孩子又胡言乱语了。

然而，一会儿，天空乌云密布，顷刻间，就下起了倾盆大雨。大家甚感惊异。

还有一日，小九郎午睡醒来，对母亲说："刚才洞庭湖水猛涨，雪浪浮空，有两条重载有豆和麻的船在波涛风浪中几乎要翻了，船上商人在哭泣，是我刚才救了他们，护送他们上岸了。"

母亲骂他："小孩子又胡言乱语什么！"

小九郎就提起鞋袜给母亲看，都是湿湿的，还从衣襟中拿出豆和麻，说是船上商人送的。

诸如此类的灵异事件很多，大家认为他从小外出学道，学到了真传。

18 岁那年，生日刚过两天，小九郎说，过两天要去洞庭湖云游，可能再不回来了。母亲以为又是孩子胡说，也没在意。

第二天早上，一直不见小九郎的房门打开，母亲进去叫他时，发现儿子端端正正盘腿坐在床上，已经叫不醒了，但面色未改，和活着一样。

母亲大哭。

正筹办后事，青衣道士又来了，说道："我来迟了，我来迟了！路上耽搁了，如果早几天过来把他带走，就不会这样了。"

道士又说："九郎不是死了，而是上了天。是上天打发他下凡短暂现身，现在重返仙班了。你们可以为他建庙，春秋祭祀，有事就来占卜吉凶。"

南宋孝宗二十五年（1187），姜姓合族在姜姓祠堂相连之地建立小九郎专祠，后人称为姜公庙，以姜九郎肉身塑成金身安放庙里。

姜姓族谱《姜公庙记》记载"姜公庙者，小九郎公祠也"。也就是说，姜公庙是姜九郎专祠，并非姜姓始祖祠堂。后人总是把姜公庙和姜姓祠堂混为一谈。其实，姜公庙只是和姜姓祠堂相毗连，但是，是两个不同的建筑，一个是供奉祖宗的，一个是供奉神的。

族人购田五亩，作为姜公庙田产，其租税作为姜公庙之用，雇用一人住庙里，负责司钟鼓、点香烛以及其他日常事务管理，每年三月初三、七月十四、九月初一、冬至日，姜姓族人都会在姜公庙举行祭祀，各种大事小事，也会来庙里占卜吉凶。

姜九郎经常显灵，渐渐成了黄材地方的保护神。农民们有去洞庭湖区扮禾、做生意的，在水上的船遇上大风大浪，只要喊一声姜九郎，便可逢凶化吉。其他各种船在洞庭湖经过时，遇上风浪，危险之时，也经常能见到一神人在空中护佑，他自称姜氏小九郎，见到他船就能在汹涌波涛中安全通过。后来，人们把他的功德上奏给朝廷，朝廷为褒奖其功德，封他为水神，并赠予冠带。

人们在洞庭湖以及河中有洲的地方建水神庙，里面供奉的神像就是姜九郎，每当船经过水神庙时，人们纷纷抛下酒与牲品进行祭祀。

历经宋、元、明，姜九郎在姜公庙的肉身不坏，坚如金石。

明代末期，隆回新化安化境内匪徒四起。一日，姜九郎托梦于族人说:"过几天,就会有匪贼到黄材,见到我真身,一定会残害于我,请你们早日把我真身藏匿起来啊!"

族人们还没来得及把姜九郎的身像藏起来,这伙匪徒就到了黄材。

匪徒在宁乡境内烧杀抢掠,无恶不作,黄材离安化最近,首当其冲,被杀的人众多。姜中洽率领姜姓族人以及乡勇奋起抵抗,每当危急时刻,姜九郎身穿红袍、骑着白马,时不时出现,攻击匪徒,族人得以被保护。

气急败坏的匪徒听说姜九郎的真身在姜公庙,转而攻入姜公庙,将满腔怒火撒在姜九郎的肉身神像上。匪徒把神像抛入塅溪水中,神像竟逆水而上,其肉身神像倒流三个河坝。后人将姜九郎肉身神像抛入的第一个坝称为"姜公坝",倒流至的第二坝称为"洗尸坝",倒流至的第三个坝为"红绿坝"。

匪徒退后,族人从河中收拾到姜九郎的遗骸,用木盒装好,埋入庙里原神像的底座下面,后来,又雕塑了一个木像立于姜公庙中。

呜呼,九郎的真形虽然不在了,但他的英灵永在,一直保护着族人和当地民众。

明崇祯十六年(1643)九月,张献忠部进攻长沙,不久进攻宁乡。

姜姓族人某公走在路上,突然遇到一特异之人,对他说:"又有贼兵快来了,不怀善意,你赶快通知族人躲起来,不然,会招致祸害。"某公问其姓名,他说:"我小九郎也。"说完就不见了。

某公甚感惊异,赶快把这消息传遍族人,让族人早做准备。但道林一支族人离黄材比较远,没有来得及通知。后来,居住于道林的姜自明等姜姓族人被张献忠的兵杀害的众多,而黄材的姜姓族人得以躲避了祸害。

明崇祯十六年(1643)十一月,张献忠的兵又占领宁乡,并进入黄材,一路上见物抢物,见人杀人,姜氏合族商议抵御兵难。所有姜姓族人躲进寨子山,然而,毕竟是老弱病残者多,身强力壮者少,况且没有打仗的武器装备,几日间便无还手之力。而寨子山却被张献忠兵团团围住,一山民众恰如待宰羔羊。

正在兵匪呼啸上山,刀光剑影威胁着一山百姓之际,人们记起了姜九郎，于是齐声呼喊："九郎！九郎！"霎时，只见一朵白云飘来，身着红袍，骑着白马的姜九郎从天而降，挥戈奋战，英勇无敌，围绕寨子山来来往往，指挥族人杀敌，一会儿迷雾重重，一会儿石如雨下，一次次击退了张献忠兵的进攻，寨子山牢不可破。

张献忠兵惊异道："这里有神人相助啊！而且整座山烟雾弥漫，大石头如雨一样地落下来，我们什么时候能够攻破呢？"于是解围而去，姜姓族人得以保存下来。

呜呼，仅明朝末年，黄材两次遭受大难，姜姓族人得以保全下来，都是因为有姜九郎的护佑，得以躲避祸害。九郎公的功德不朽！

《九郎公传》详细记载了这些神话故事。

1000多年前，姜德厚移民黄材时，这里还有很多其他的姓氏。从姜家最早的十代找的媳妇上来看，就有娄、华、喻、赵、杨、李、谢、陈、罗、吴、刘、黄、张、万、佘、贺、安、朱、苏、高、江、卢、范、彭、萧、周、林、伍、吕、尤、颜、余、袁、王、胡、陈、莫、文、金、宋、欧、秦等众多姓氏。2017年的人口普查，现黄材镇209个姓共六万多人，姜姓近两万人，为什么一家独大？其他姓氏的人呢？特别是娄姓，在前面姜家五代里，好几个媳妇都是娄氏，现在大蒿溪也有娄家山，说明当时娄姓还是挺多的，但现在黄材娄姓仅仅九人。

只有一个解释，就是在元明清的动乱年代，姜姓家族有姜九郎为保护神，护佑族人免遭灾祸。姜九郎是家族的精魂，人们每年在姜公庙祭祀，家族大小事情，在姜公庙占卜问凶吉，姜公庙是把这种家族保护神的崇拜仪式世世代代传承下去的地方。

但是，神话毕竟是神话，作为唯物主义者，我更相信历史事实。

那么，真正的原因是什么呢？

8　救民于火

"家国天下本一体，不忍看处藏真谛。"家和国的命运紧密相连，国家动乱，百姓遭殃。

我查阅《宁乡县志》，这属于官方历史，没有了族谱中神话内容，县志记载的宁乡这段历史与族谱一致。

《宁乡县志》记载，元末、明末、清初，宁乡遭受过多次大的兵祸，"明清间，官兵匪兵之祸，其惨为前代所无"。这里讲的有匪兵之祸，也有官兵之祸。被称为"贼"的匪来了要烧杀抢掠，被称为"官兵"的匪来了也是抢劫杀人，受罪的是老百姓。

明崇祯十五年（1642）三月开始，湖南干旱，民不聊生。四月，"邵阳梅山贼劫安化，遂掠宁乡"，这伙从隆回、新化、安化过来的匪徒，黄材是必经之地。

沿着沩江流域顺流而下，匪徒很快就攻入了宁乡县城，宁乡知县一家被杀。长沙知府堵胤锡带兵赶到宁乡，一路追击，匪徒边打边退，撤退到黄材，进入沩山后，凭借山区天然屏障与官兵对抗。长沙知府幕僚余升作为先锋带兵冲入匪徒中，"余升出战，手刃七贼，死"。余升虽然杀死匪徒七人，但寡不敌众，战死。

正在官兵危急之际，姜中洽带领黄材的乡勇赶到，冲入敌人营垒中。

"诸生姜中洽发乡团兵斫寇垒，尽歼之。"姜中洽把余升的尸体从匪徒中抢出来，匪徒全部被歼灭。《宁乡县志》里有《姜中洽传》，记载了这一事件，后来姜中洽等还把余升的尸体运送到长沙。长沙知府堵胤锡对他的英勇事迹给予奖励，并推荐授予云南都司的官职，但姜中洽推辞不就，仍然回黄材居住，直到终老。

这些和《姜姓族谱》提到姜中洽带领族人与匪徒作战，得到姜九郎的帮助相吻合。姜中洽是黄材姜姓第二十一代孙。

在县志中，张献忠当然是被称为贼，即匪兵。崇祯十六年（1643）九月，张献忠部进攻宁乡，宁乡知县邱存忠被俘，十月初八，张献忠部把邱存忠带到道林宗师庙，逼迫邱存忠投降，邱存忠坚忠不屈，被张献忠部杀害，"宁士姜自明、黄锦同死"，道林姜自明就是这次被杀的。姜自明当时是贡生，即秀才里的优等生，在县府任职，所以县志有记载。同时在道林被杀的还有明朝廷巡按御史刘熙祚，他是在永州被张献忠部所获，一直不肯投降，被囚带到宁乡道林，被马拖曳而死，身死无完肤。

《宁乡县志》记载："宁民被屠戮无算。"可见，道林姜姓族人和其他百姓被杀的确实很多。

十一月十六日，张献忠部再次攻入宁乡县城，命令愿意投降的就打红旗，不愿意投降的就打白旗，有一百三十六人打着白旗骂张献忠，全部被杀。这一百三十六人后来只有七十五人知道姓名，其中就有姜新命、姜文昌、姜新泰、姜新运、姜新祚、姜新绪、姜新祐等姜姓族人。张献忠兵到黄材，围攻寨子山，姜姓族人为主的百姓拼死抵抗，张献忠兵久攻不下，遂撤兵往益阳和常德。

崇祯十七年（1644）正月，明朝武昌都督左良玉带兵到长沙追击张献忠，正月十四日到宁乡，"焚索绅民金、粟。灼肤折胫，备诸惨毒"，向老百姓索取钱财、粮食，烧杀抢掠，这是属于官匪兵祸了。

清顺治四年（1647）清军攻陷湖南，明朝将领王进才等部溃兵十余万人，进入宁乡，"焚掠西乡十余日"。在宁乡西部的黄材等烧杀抢掠十多天。

明湖广总督何腾蛟带兵退至广西，守全州。顺治五年（1648）十一月，何腾蛟带兵反攻，收复湖南大部。不久，李自成的旧部将领李锦、高必正带领几十万部队逼近常德。何腾蛟命令堵胤锡（曾任长沙知府、南明兵部尚书）把他们招安了，何腾蛟得到李自成旧部农民军的合作，共同抵御清军。

但是，明军的纪律却是极端混乱的。堵胤锡命令驻守常德的马进忠把常德让给李锦、高必正，但马进忠不愿意，又不得不执行命令。

《宁乡县志》记载："进忠怒，焚积粟庐舍去，诸守将众数十万皆溃走。多奔集宁乡西南乡，连营益阳、湘潭间，焚掠宁乡。被杀男妇殆十数万，其僵卧雪中及饿死者又无数。黄材市千余家存者无几。"

这段文字，读起来就触目惊心、惨不忍睹。马进忠大怒，把常德积累的粮食和房子烧了，带几十万部队溃走，经过益阳、宁乡到湘潭去，在宁乡烧杀抢掠。宁乡被杀的男女十几万，尸体就僵卧雪中，无人收拾，加上饿死的人又无数，黄材市千余家人幸存者没有几家了。

这就是官匪兵祸，明末的官兵如此祸害百姓，不得民心，难怪会灭亡。

也许，何腾蛟还算一个好官。1649年正月，何腾蛟带领骑兵雪夜经过宁乡，看到路上尸骨遍野，乃低头哭泣，命令部下将其掩埋。同时，责怪堵胤锡"驱贼激乱杀百姓"，责怪堵胤锡不该怂恿部下乱杀百姓。后来，何腾蛟在抗清被俘后，誓不归顺，表现了不能恢复南明的遗憾和至死不渝的坚贞民族气节。他曾留下一首绝命诗：

> 天乎人世苦难留，眉锁湘江水不流。
> 炼石有心嗟一木，凌云无计慰三洲。
> 河山赤地风悲角，社稷怀人雨溢秋。
> 尽瘁未能时已逝，年年鹃血染宗周。

在历次的兵祸中，姜姓都有如姜中洽一样的人站出来带领族人进行抵抗、躲避灾祸，救民于水火。而在战斗中又以水神姜九郎为精神支柱，鼓励民众，从而奋勇杀敌，取得胜利，家族得以保存下来。在塅溪流域的姜姓，因为山区峡谷，得以躲避官兵匪兵之祸。

正如民族有信仰、有图腾、有神话、有英雄，家族一样有自己精神支柱，有自己的信仰，有自己的保护神。

我想，这就是黄材姜姓一家独大的原因。

清康熙二十二年（1683），姜姓族人捐资重新修建被毁坏了的姜公庙，雕刻了一座高大的姜九郎塑像立于庙中。

姜公庙建筑二进三横，头门上书有"姜公庙"三字。内有厅堂、戏台等建筑。大堂嵌有对联：

> 仙骨本来坚由宋及明阅世尚存真面目；
> 幽灵随处显自家而国至今群颂大慈悲。

神龛处有两副对联，外联为：

> 英灵有赫奉冠带祠春秋祖德宗功第一；
> 真精不爽跨洞庭吞梦泽水官菏泽无双。

内联为：

> 生为英没为灵德其盛矣；
> 近卫家远卫国威莫大焉。

这些对联准确概括了姜九郎的神奇故事。戏台也有一联：

> 古往今来只如此；
> 淡妆浓抹总相宜。

人生如戏，沧海桑田，几度春秋几度变迁。如今，姜公庙已毁。南宋时期刚建庙时所植的一棵银杏树还在，历经 800 多年，风风雨雨，历经沧桑，春天依然枝繁叶茂，秋天依然金黄满地，硕果累累。

我徘徊在银杏树下，当年的少年英雄何处寻？

耳边响起了田震唱的《千秋家国梦》主题曲：

背离了冥冥中的所有
离乱中日月依旧
告诉我你要去多久
用一生等你够不够
驱散了征尘已是深秋
吹落山风　叹千秋梦
前世天注定悲与喜风雨里奔波着
……
如今已沧桑的你
那去了的断了的碎了的
何止是一段儿女情
所有生命的传说里　因为你已变得
如此的美丽

就让我知道他知道天知道地知道你的心

当我再次看到你在古老的梦里

落满山黄花朝露映彩衣

9 书声嘹亮

姜姓人口越来越多，祠堂不断增加。以熟乐田族学为核心，熟乐书声，在黄材蔓延。

黄材镇下河街，处于新桥河入沩江之处，江面宽阔，水流平缓，依沩江而建的街道，店铺林立。南宋时姜姓第七代孙姜舜梅居住到此，遵照祖训，耕读传家，在这里办有社学，后人称此处为"社学巷"。

姜舜雷的后裔在划船塘建立起"鸣夏公祠"，这里的族学一直很兴盛，延续到新中国成立后。清代在松华村建的六祠，也办有族学。

1905 年，清朝政府取消科举考试，全国各地兴办新式学校。1910 年秋，姜姓各族长商议筹划在划船塘鸣夏公祠设立高初两等小学，经费由姜舜雷后裔的六大房分派。1911 年 10 月辛亥革命爆发，经民国县、省署备案，学校取名为"姜姓私立高初两等小学"，百姓称其为"流光小学"。1912 年春开始招生，当年招收高小一个班，初小四个班。民国时期的小学，一至三年级称为初等小学，四、五年级称为高等小学。

1914 年冬，高等第一班有二十多个学生毕业，当年招收高等第二班。1917 年冬，民国政府军来黄材，驻扎在划船塘鸣夏公祠小学，校园校舍被军队所占，1918 年春开学之际，学校只得迁到松华村六祠。

1923 年，姜坊的流光公始祖专祠建成，规模宏大的新祠堂，房舍较多，院内宽旷，各族长商议，认为始祖祠堂更适合办学，可以招收更多的学生。1926 年，学校搬迁到熟乐田姜坊的始祖祠堂，经县、省教育部门批准，学校更名为"姜姓私立复初流光小学"。学校所需经费由鸣夏公和良治公两房的祠堂田租中按比例抽取，姜流光后裔的公租田的租金也归属于族学之用，姜姓子弟免费上学，学校不得向学生再收取任何费用。1938 年更名为"宁乡县私立流光完全小学"。

"流光小学"，这所以姜姓族学为基础、以姜姓始祖名字命名的私立新式学校，成为黄材规模最大、学生人数最多的小学，在 20 世纪汹涌澎湃的革命大潮中，成为黄材革命活动策划地、人才培养基地。

姜亚勋，这位在新中国成立前夕在湘中卷起了一场"暴风雪"的姜姓子弟，1913 年 11 月出生在沙田乡五里堆村，1921 年入族学学习，1935 年湖南第一师范毕业后，到"流光小学"任教，1936 年任校长。谢子谷（谢觉哉之子）、谢东初（谢子谷之子）、黎运芝（姜亚勋之妻）等进步人士，先后在流光小学任教，他们以学校为基地，以教师身份为掩护，在黄材广泛宣传革命思想。

1936 年 9 月，姜亚勋考入国民党中央军校，1938 年 12 月，秘密加入中国共产党。后到重庆国民党中央军事委员会军令部一厅工作，任少校参谋，新 36 师 108 团副团长，济南第 10 兵站中校参谋，整编第 32 师副参谋长。

1948 年 3 月，姜亚勋离开山东国民党部队，回到长沙，找到要好的同学饶孟虎，饶是"宁乡四髯"之一的王凌波的内弟，相邀回宁乡组织武装起义。姜、饶两人到"流光小学"任教，以教师身份，秘密开展武装起义筹划工作。课余，以探亲访友之名，向农民宣传抗丁、抗粮、抗税和反帝、反封建等思想，很快在黄材团结了五十多人的革命骨干。

1948 年 11 月，姜亚勋、饶孟虎、陈仲怡（何叔衡外甥，时任黄绢乡乡长）相聚在流光小学，秘密策划在 1948 年除夕前攻打黄材警察所和大沩乡公所。后因保密不严，发现敌人加强了戒备，决定起义延期。12 月下旬，姜亚勋又认识了横市人李石锹，李是 1927 年就入党的老党员，曾在江西担任过红军营长，1946 年任湘中人民解放工作委员会书记（简称"解书室"）。1949 年 2 月 8 日，李石锹等解书室负责人在望北乡中心小学召开紧急秘密军事会议，决定 2 月 10 日凌晨在黄材、唐市两地同时发起武装暴动。

2 月 9 日（农历正月十二），五十来个农民，以吃春酒拜年为名，冒着风雪，陆陆续续来到五里堆姜亚勋家。深夜，陈仲怡率乡丁十余人，携带步枪十余支、子弹两担，冒雪来到姜宅。10 日凌晨 2 点，姜亚勋率三十余人，携短枪 4 支、长枪 11 支，经芭蕉仑至黄材集镇小河街隐蔽，拂晓时，直取莲花堂的黄材警察所。陈仲怡率十余人，携带短枪一支，翻越三星仑，经炭河里，沿河堤进入黄材集镇，袭击大沩乡公所。同一天，李石锹、饶孟虎率起义队伍袭击了唐市警察分所。

这就是震惊湖南、在宁乡革命史上写下光辉一页的黄唐起义。

1957 年起，姜亚勋任湖南省农业厅副厅长，1983 年任湖南省政协副主席。

族学和新式学校的免费教育，让众多姜家贫困子弟受益，他们接受新教育、新思想，从而走上革命道路。

与何叔衡、王凌波、谢觉哉并称"宁乡四髯"的姜梦周，1883 年 10 月 20 日生于沙田乡五里堆村，离黄材十多里路。他从小跟作为私塾教师的父亲读书，18 岁到宁乡县城读书，3 年后，辍学回家。1904 年，正值县里选拔生员应试，父母兄弟都劝他去科场夺魁，但他不感兴趣。这年冬天，他与何叔衡、谢觉哉、王凌波、何梓林、夏果雅等人结盟为兄弟，以见义勇为相勉。当时，邻居有个叫姜洪辉的农民被一岳姓豪绅骗去 4 亩土地的契约，又被诬为偷牛贼，将其毒打致死，埋尸荒野。姜梦周闻讯，极为愤怒，仗义为被害农民申冤。这场官司由县打到省，一直打了两年，最后由官府关押岳家三个家丁收场。打完这场官司之后，他被姜氏族人夸为"族中之雄"。长沙打官司期间，有机会读到《警世钟》《猛回头》等书刊，也看到省会各界为陈天华举行盛大葬礼的场面，他深深感到自己住在乡下太闭塞了，决心走出家门。1907 年秋，他来到长沙，考入宁乡驻省中学读书。1912 年春，受聘于宁乡县横市云山学校，1914 年，任校长。1922 年，由何叔衡介绍加入中国共产党，是"湖南入党的第十九名"。马日事变后，1928 年 10 月 15 日，因叛徒出卖，在宁乡县城被捕，受尽酷刑，坚贞不屈。1929 年 3 月 18 日，在长沙浏阳门外识字岭慷慨就义，终年 46 岁。

姜凤韶，1902 年生于黄材黄绢村的贫苦农家，得益于族学教育，后考上长沙甲种工业学校，1925 年毕业后回乡，利用小学教师身份，组织农民协会，不久加入中国共产党，1926 年，任宁乡县总工会委员长，组织工人运动。1927 年，马日事变后带领工人纠察队参加沩山起义。1928年，遵照党的指示，打入怀化会同县警察局做地下工作，由于叛徒告密，不幸被捕牺牲，年仅 26 岁。

姜凤威，1903 年出生在黄材月山八渡水，幼时家贫，家离黄材镇比较远，10 岁时才到黄材镇上的流光小学读书，当时还没有名字，人称"七伢子"（因他有五个哥哥和一个姐姐）。因为是姜姓第三十二代孙"凤"字派，族学老师姜漱芬就给他取名姜凤威，并加以解释和鼓励："祥麟威风，当世之英，勉之勉之，毋负我言。"1918 年秋，他考入云山高小十三班，班主任老师是谢觉哉。1926 年加入中国共产党，1927 年赴苏联莫斯科中山大学学习，改名甘泗淇。回国后，任红军军团政治部主任，参加长征，抗战时，任八路军第 120 师政治部主任，1949 年，任第一野战军政治部主任，抗美援朝时，任中国人民志愿军副政委兼政治部主任，1955 年授予上将军衔，其夫人李贞同时被授予少将军衔，是共和国第一位女将军，两人也是共和国史上第一对"夫妻将星"。

2020 年，正当医务工作者抗击新冠肺炎之际，令人想起 2003 年抗击非典时的英雄姜素椿。1929 年生于黄材崔坪村石龙洞的姜素椿，在流光小学高小毕业后，考入沩滨中学，1945 年又考入省立一中（今长沙市一中）学习，1950 年应征入伍，参加抗美援朝战争，1956 年，他从大连医学院毕业后，分配到解放军 302 医院从事传染病防治工作，成为著名传染病防治专家。2003 年，73 岁的他参加了北京第一位非典患者的抢救，并组织参加了北京首例非典死者尸检，自己不幸感染病毒后，冒着生命危险，用自己的身体进行血清注射实验获得成功，被中央组织部授予"全国防治非典型肺炎工作优秀共产党员"的光荣称号。

姜姓族学，书声嘹亮，延续千年。1949 年后，流光小学收为公办学校，1954 年改名为黄材高小，1958 年更名黄材完小，1970 年开始办初中，更名黄材中学，1974 年办高中，1979 年停办高中继续办初中，1987 年更名黄材镇第一中学。校址一直在"姜公庙"。

20 世纪五六十年代出生的这代人，大多在黄材中学上的初中或高中。但别人问起在哪里上学时，人们习惯于回答"姜公庙"，"姜公庙"成为黄材一代人的母校记忆。古人建祠堂的目的，既是祭祀，也是办学。尽管姜公庙已无祭祀之用，但毕竟发挥了它办学的功能。千年文化沉淀，成就了一大批新的黄材人。

2001 年，黄材中学搬迁到沩滨村的原 716 矿子弟学校。

时光荏苒，岁月沧桑。

我伫立栗山下熟乐田，荒草萋萋，面目全非。"舞榭楼台，风流总被雨打风吹去"，规模宏大、亭台楼榭的姜姓始祖专祠、良治公祠、姜公庙（九郎公专祠），建筑踪迹全无。2002 年，早已收为国有资产的"姜公庙"地皮，被相关部门卖给了某个体老板 50 年的经营权，仅剩的破败的古建筑全部被拆，此处一度成为石灰厂，满目疮痍，泥沙满地，白水横流。那是泣不能声的先人的泪水，水神姜九郎无奈的呻吟声不时从地下传来。没几年，这个石灰厂亏损倒闭。

"优秀传统文化是一个国家、一个民族传承和发展的根本，如果丢掉了，就割断了精神命脉。"2012 年，姜姓后人集资从石灰厂老板手上买回"姜公庙"土地的经营权，建有一栋简易的两层楼现代红砖水泥建筑，书有"姜姓民俗文化堂"，但已无古典韵味。

"陌上花开蝴蝶飞，江山犹是昔人非。"千年文化足迹，今何在？惆怅之感油然而生。

夕阳西下，那棵银杏古树，秋风吹拂，沙沙作响，黄叶满地。

10　时空隧道

伫立熟乐田，秋天的阳光洒满原野，那棵古老的银杏树呈现让人炫目的金黄，飘洒的落叶，铺成一地锦绣。

远处，大沩山、芙蓉山、侯家山、扶王山，巍然耸立，蜿蜒起伏；滔滔沩江，跨越远古，流经夏商周，见证炭河里古国的繁华；流经秦汉、唐宋、元明清，见证这片古老大地的烽火和宁静，见证一个家族的风雨和安详。沩水流淌，犹如生命的繁衍和律动，孕育生生不息的沩楚文化。

我仿佛走了 1000 多年，不知经历了多少朝代，又回到了这里。但是，更远的、更远的梦不断袭来，那是 3000 多年前的青铜魅影，那是四羊方尊的精致典雅，那是大铜铙之声的古朴苍劲，那是青羊公主的高贵华美，那是炭河里文明的璀璨光芒。

1938 年 4 月，黄材月山村的姜景舒、姜景桥、姜喜桥三兄弟山上种红薯，"叮当"一声，竟然挖出了后来成为中国国家博物馆的"镇馆之宝"——四羊方尊。

1959 年的某一天，黄材寨子山村一位姜姓农民上山开荒种地，一锄挖到了目前世界上唯一发现的、带着神秘笑容的、四面人面头像的商代青铜方鼎。

1963 年 5 月 17 日，一次洪水之后，黄材公社寨子大队炭河里生产队的会计姜伏宗经过沩水支流的塅溪河，捞出个绿幽幽的罐子，里面装满玉管和玉珠，这个罐子竟然是一只商代的青铜兽面纹提梁卣。

1983 年，黄材月山村一位姜姓村民种红薯，在离四羊方尊发现地仅200 米的地方又挖出了一件重达 221.5 公斤、目前世界上最重的、被誉为"中国铙王"的商代象纹大铜铙。

20 世纪 20 年代以来，在黄材及其周围，先后出土了 1500 多件商周青铜器，其中 300 多件造型独特、纹饰精美、铸造工艺精湛的商周青铜器，价值连城。如四羊方尊、人面方鼎、兽面纹瓿（内贮 224 件铜斧）、癸卣（内有环、玦、管等玉器 320 余件）、戈卣（内有珠、管等玉器1170 余件）、云纹铙（伴出环、玦、虎、鱼等精美玉器）、象纹大铜铙（重 221.5 公斤），等等。宁乡以"青铜器之乡"享誉海内外，被称为"中国南方青铜文化中心"。

2003—2004 年，湖南省考古研究所对黄材镇栗山村炭河里考古发掘，深藏于这块宁静土地下的 3000 多年前的古城遗址，豁然袒露于人们的视野中。"地上一无所有，地下气象万千"，这里有一片 23000 平方米的商周时期古城，宁乡炭河里古城被评为"2004 年全国十大考古发现"。

一个非常奇怪的现象是，今天姜姓人居住最密集的地方，如栗山村、月山村、黄材村、青羊村等，正是发现青铜器最多的地方，很多青铜宝贝也正是姜姓人所发现。而 1000 多年前，姜姓始祖姜德厚奉旨移民，所居住的黄材盆地的栗山下熟乐田，也正是炭河里古城遗址附近。

这是历史巧合还是另有其因？

有学者研究认为，黄材是蚩尤九黎和蚩尤部落的发祥地；尧舜禹和夏、商、周时期，黄材是三苗方国的都邑。蚩尤姓姜，而按照《苗族古歌》记载，苗族的先祖是三苗，其始祖是姜央。

中国亚太经济研究中心特约研究员，《洞庭湖区的龙文化》《洞庭湖区——文明的起源》的作者杨青认为，黄材九牯洞发现的石桌、石凳、石斧、石刀、石柱、石笋等，是1万多年前的人类居住遗址，是神农氏炎帝居住过的地方，石器时代，黄材有个栗山国，后有青羊国，无论炎帝还是栗山国、青羊国的国王，都姓姜。栗山村、青羊村之名保留至今。

于是，有了姜德厚移民黄材的另一个版本。

历史上，御史大夫的官职是不好当的。作为监察官，正直的御史大夫看到大臣为所欲为，肯定要去弹劾，看到皇帝的错误要指出来，但往往得罪人，也得罪皇帝，搞不好就会被免职甚至被杀。汉景帝时候的御史大夫晁错就是无辜被杀的。唐代魏征也当过监察御史，算是当得最好的，因为碰上了一个好皇帝——唐太宗李世民，但有时唐太宗也恨他恨得牙痒痒，非要杀了这个匹夫不可。姜德厚的七世祖姜公辅也曾任谏议大夫，还位居宰相，因为疾恶如仇，爱提意见，而被贬到福建泉州和江西吉州。

后唐，这样一个动乱年代，作为御史大夫的姜德厚，性格耿直，有一说一，有二说二，眼里容不得沙子。他多次向贪图享乐的皇帝李存勖进谏。魏征时的皇帝李世民认为"以铜为镜可以正衣冠""以人为镜，可以明得失"，但李存勖不是李世民，皇帝李存勖当庭对姜德厚的进谏进行训斥。姜德厚想辞官回老家江西，但皇帝又不肯，让他去偏远的湖南，也带有贬谪的意思，但皇帝毕竟还是顾念姜的好，下了一纸诏书，这才有了"衔诏移民"。

唐代开始，黄材塅溪和沩水流域，陆陆续续发现青铜器。姜德厚饱读史书，博古通今，他知道唐代宰相裴休支持下修建的沩山密印禅寺，在那安度晚年并安葬在此；更知道青羊镇的来历，黄材的古老历史。蚩尤部落在黄材，三苗都邑在黄材，栗山国、青羊国在黄材，但在历史战争的烟云中消失了。

南方的远古文明已经无文字记载。著名历史学家周谷城认为，中华文明起源于长江流域，只是人类历史上，农耕文明的地区由于自然条件更优越，往往被游牧民族所打败。湖南大学杜钢建教授认为世界文明起源于大湘西（大西南），中南大学黄石教授认为，中华文明起源于南方（湖南），湖南出土了最早的现代形态的人类牙齿化石（道县福岩洞）、世界最早的栽培稻稻种（道县玉蟾岩）、陶器（道县玉蟾岩）、稻田（澧县城头山）、宗教祭祀场所（怀化洪江高庙），也出土了众多的人类早期青铜器（宁乡黄材）。1万年前、5000年前、3000年前，宁乡黄材，这里到底有过怎么样的文明？历史，在这片土地上，做过一个什么样的繁华之梦？已经找不到有依据的文字。但是，从这里不断发现的30万年前人类使用过的石核，1万年前人类使用的石刀、石斧、石凳，5000年前人类使用的陶缸、陶罐、大量陶片，3000年前使用的四羊方尊之类的精湛青铜器，3000多年前规模宏大的炭河里古城，等等，无不诉说这里曾经的古老，曾经的繁华，曾经的辉煌。2004年发掘的炭河里古城，堆积了多层远古历史文化层，沩水的一次次泛滥，一次次地把历史湮没。

一座繁华的都邑，突然消失得无影无踪，在中外历史上还是很多的。如柏拉图《对话录》提到的阿特兰提斯岛，希腊诗人荷马的史诗《伊里亚特》记载的特洛伊，南美洲墨西哥的玛雅古城，柬埔寨的吴哥窟，《史记》里记载的丝绸之路上的楼兰古国，唐代皇帝让李白写回信的那个渤海国，等等。而黄材的青铜文明和炭河里文明似乎比这些古城历史还要早。

千古兴亡多少事，金戈铁马、战争烽火，远古的蚩尤部落、三苗人、栗山国、青羊国人被迫四处迁徙，从黄材出发，一路往西，往北、往南，不知散落于何处，以至于秦汉后，在黄材连一个后裔也难找到了。

中年的姜德厚移居黄材、定居黄材，就是来寻根的，就是来寻觅远古历史的。中华民族的三大始祖——黄帝、炎帝、蚩尤，其中有两大始祖都姓姜，而他们都在黄材留下过足迹。也许，那时的炭河里古城还有一点点痕迹，不像今天发掘时这样上面全是耕地。他把家安在了炭河里古城不远的熟乐田。

熟乐田，沩水和塅溪相汇的这片平原，美丽而富饶。塅溪水往上连接塅溪峡谷，连接青羊山古老的香榧树。沩水往下，连接湘江、长江而汇入大海。沩水和塅溪流域正是古老的炭河里文明的发源地。姜姓后裔就沿着这片古老的两水流域而发展，而生存，而繁衍开来，去寻根，去追寻姜姓远祖的踪迹，去寻找远古历史的碎片。

寻觅远古的炭河里文明，也许，才是姜姓始祖移民黄材的真实意图。

2013 年 12 月，规划面积达 1198 亩的"炭河里国家考古遗址公园"建设项目规划获国家通过，成为宁乡唯一纳入国家重点支持的文化遗产保护与利用项目，"姜公庙"旧址在规划范围之内。2015 年后，炭河里青铜博物馆、炭河里古城相继建成，2017 年 7 月正式对外开放。

有着千年历史文化的"姜公庙"也应恢复其原貌，成为炭河里古城核心区的一部分，辐射周边沙田红色文化区，沩山佛教文化区，巷子口状元文化区、湖湘理学文化区，千佛洞及月山香樟树自然景观区等所有景区，打造成为长沙西部历史文化旅游的亮点。

"高峡出平湖"，1958 年，截断沩水，修建黄材水库，让躁动的沩江变得安静而温柔。青羊湖，碧波荡漾，悠悠沩水，流过宁静的炭河里原野，流过古老的姜公桥，流过晨曦和晚霞，流过春天的花海，流过冬天的冰雪，流向梦想的远方。

姜水，渭水，天水，赣水，沩水，流淌在 5000 年的漫长岁月；流向黄河、长江，奔入波涛汹涌的大海，融入这个古老的民族，一个个炎黄子孙的血液里。

四 沩水泊岸

　　一川碧透的沩江，流淌着一腔脉脉的思念。

　　沩水悠悠，洗去世俗的喧嚣、人世的浮华，和清风、明月、鸟儿、鱼儿一起快乐在天地之间。

　　读诗品茗，饮酒作歌；耕田种地，挑水浇园。摘下片片花瓣，记下每一个温馨而浪漫的日子。

青羊湖之约

风，很轻很轻；夜，很静很静。

徜徉于炭河古城，漫步于青羊古道。

你说，相约千年，为了这千年的等待，我在苦苦修行。

3000 年岁月流逝，你却化为青铜人面的公主。

青羊山的香榧树，静静伫立，见证千年的浪漫。那场盛大的典礼，如在眼前。

千年的风，吹落香榧树千年的春秋，吹落高悬千年的月辉，却吹不落相思树上千年的等待。

千年来，一川碧透的沩江，流淌着一腔脉脉的思念。千年的等待，生命中不可舍弃的情缘，融化为青羊湖的碧波荡漾。

青羊湖，满含款款深情。湖水倒映青山流云，烟波浩渺，大雁翔飞。两岸山青树茂，草郁花馨。

千年的云，在湖上飘荡；千年的涛声里，如影相随。

守候千年，一路执着前行的脚印，有一种神秘的信息，牵挂千年的真情。

千年的轮回，在那春暖花开的季节，青羊公主，骑雁而来，古老的梦幻里，演绎千年神话。

驾一叶扁舟，在湖心荡漾。

沿幽幽折折的小溪，走向青羊湖深处。

溪深幽谷，哼着那支古老的青羊之歌，抛弃滚滚红尘，静静陪在你身边。

掬一把溪水，洗涤世俗。溪水里，埋着古老的月光，闪耀纯情的火焰。

夜色迷离的夜晚，你如瀑的长发，在朦胧的月色里，编织醉人的童话。

青羊湖的雾中行走，眸子像一扇虚掩之门，怀着昨日的思念，戴着灿烂的星光，走向黎明。

用生命的汁液，呵护前世之情，今生之缘。守护千年之约的不眠之夜，将爱融进彼此的心田，贯穿一生一世，成为永恒。

青羊湖之谷，碧绿的草地，烂漫的山花，彩蝶飞舞，蜜蜂嗡鸣。伐树采草，搭一草屋，耕田种地，挑水浇园，种下满园满园的玫瑰，摘下片片花瓣，记下每一个温馨而浪漫的日子。

读诗品茗，饮酒作歌。用诗为你裁剪罗裙，把赞歌送给欢快的百鸟，婉转山谷。

青羊湖之约，千年之约。在这心灵的净土，远离尘世喧嚣，抛却人世浮华，不问今生何世，今世何年。

大沩风范

对于沩山，早就想写点什么，对其熟悉又不熟悉，从小沩山的故事听得很多，而且知道它一直被称为大沩。

我小学时的母校是松柏学校，其前身就是建立于 1942 年的"大沩国民中心小学"，简称大沩完小，校址就在现在的宁乡市黄材镇沩滨村松柏垸子。当时的大沩乡行政管辖范围包括沩山、黄材、祖塔、月山、崔坪、沙坪、铁冲、横市部分村。

但是，真正去沩山又少，大沩的风景太多、太美，大沩的历史人文太厚、太重，我的笔太轻、太拙，无从下笔。

想来想去，觉得还是以"大沩风范"为题较贴切。

何谓大沩风范？

前清举人周在武有诗《大沩凌云》道：

> 大沩十万丈，上与浮云齐。
> 山势长不改，云飞东复西。
> 云去山有风，云来山有雨。
> 风雨无定期，云情竟如许。

如此气势磅礴，才是真正大沩风范。

1

大沩有大美的风景。

有十三座岩，即观音岩、文殊岩、优钵岩、香严岩、与峰岩、滴水岩、乳香岩、壁立岩、青龙岩、梵响岩、天花岩、云户岩、狮子岩。

观音岩在密印寺右，有古诗题《观音岩》道："春老枝头香欲滴，累累宝髻成狼藉。童子南询尚未归，倚云笑出风前立。"

有十二座峰，即毗卢峰、禅衣峰、象王峰、龟峰、天竺峰、一指峰、卧龙峰、扳萃峰、回亘峰、觌面峰、开云峰、七贤峰。

尤以毗卢峰气势更胜。明代陶汝鼐《沩山游记》写道"此毗卢一峰，百里外蜿蜒而至，特立云中，尊如万乘，千峦围绕之，如臣如仆"。这就是所谓的"千山万山朝沩山，人到沩山不见山"的圣境。毗卢峰下，就是有名的密印寺。

有十二座石，即送供石、晒衲石、盘陀石、御碑石、七星石、净盆石、悬钟石、天关石、安心石、油盐石、坠腰石、祖印石。

油盐石在密印寺内的齐堂后。相传建寺后，和尚众多，寺里吃的油盐供应不足，油盐石上有二孔，一出油，一出盐，源源不断从石内流出，供应数百和尚食用。不知何年何月，有一司厨偷些油盐送给他的情人，这样得罪了神灵，从此再也不出油盐了。

有九座山，即狮子山、东山、南山、佛牙山、玉屏山、熊子山、铁山、韦陀山、蜡烛山。

狮子山、禅衣峰、象王峰是位于沩水村的三座高山。

相传大唐时沩山发生地震，寺院僧人焚香求拜上苍，玉皇大帝闻之，遣人一查，是地龙作怪，即令李靖天王率神狮和象王前往沩山解难。神狮和象王镇守在离密印寺不远的地方，镇住了地龙，从此，沩山安宁下来。玉帝得知大象畏寒，特赐禅衣一件，为象王遮挡风寒，从此就有了狮子山、禅衣峰、象王峰。

有八条溪，即青莲溪、弄珠溪、八角溪、青蒿溪、长滩溪、小龙溪、白沙溪、千金溪。

有七座岭，即扶风岭、回心岭、九折岭、茶峒岭、大岭、油麻岭、飞凤岭。

有六个池，即莲花池、镜池、太液池、洋泉池、养龙池、青莲池。

有四座谷，即裴公谷、铁磨谷、高士谷、百鸟谷。

有四个洞，即乳香洞、白水洞、樊公洞、皮洞。

有四眼泉，即优钵泉、自来池、海眼池、醴池。

有三座寺，即密印禅寺、同庆寺、三塔寺。

有两个潭，即老龙潭、小龙潭。

相传有次灵佑禅师传道回来，路遇一卖泥鳅者，半篮泥鳅中，有一条深黑色泥鳅大得吓人，足有筷子长，须有一寸长。"阿弥陀佛，阿弥陀佛"，大师忙念，并把泥鳅全部买下，到沩江边，选了深潭，全部放生。

七天后的晚上，灵佑大师南柯一梦，一老龙跪地在拜，说他是那条黑色大泥鳅，是泾河老龙，被大师所救，已回归大海，日后将以德报恩。

多年后，沩山连续三月大旱，田地开裂，河流干涸。寺院和尚焚香祈祷，泾河老龙得知，率其儿子来到沩山。只见两个深潭冒上水来，一会儿，大沩山黑云笼罩，电闪雷鸣，倾盆大雨，足有两个时辰。庄稼得救了，大沩山民得救了。雨后，见两条黑龙从潭中冲天而去，消失在茫茫夜空，于是，人们把这两口潭叫作"老龙潭"和"小龙潭"。

有古诗提《龙潭》："十里光芒剑气寒，白云生处老龙蟠。自涵星月辞风雨，水定岚清总宴安。"

有一条江，即沩江。

有一口井，即神木井。

这是一口神奇的井。

相传建寺时，需大量木材，派人前往四川峨眉山采购，峨眉山下一大庄园主积善好施，听说是修寺院所需木材，同意将山中没有尖子之树全部奉送。说来奇巧，当夜狂风大作，山中所有树被狂风吹断了树尖，庄主也不好反悔。而峨眉山有一条阴河直通沩山，山下有一口来木井，木材从阴河源源不断运往沩山，从来木井运出。寺院建成，问主修木材还要不要。主修说，够了，不要了。最后一根木材顿时卡在井口进不得、出不来，如今还堵在井口。

明代姚汝霖有诗云：

分明古木倚蛟宫，谁信沩山与蜀通。

亲到龙潭方广彻，长留一柱砥虚空。

2

到了大沩山，一定要去沩江源。

以往到沩山是走马观花，没机会去沩江源，这次，虽是炎炎盛夏，但我坚持要去沩江源看看。

走在通往沩江源的山路上，并不觉得累，因为心中一直有种向往。这种向往，是对千万年来养育宁乡人民的母亲河源头的探寻，更是对宁乡人文历史源头的探寻。

沩江源，是大沩文化历史沉淀的秘境与情结。

通往沩江源的山路，沿小溪逆水而上，两边树木茂密，蝉鸣不绝于耳。路上铺就的麻石，告诉你这是一条古道，这是一条绵延的崎岖之路，这是一条通往古今的小路，这是一条通往先民的生命之路。

芳草侵古道，飞马长嘶叫。马铃声声，清脆于耳。我在古道寻觅。

在这条路上，我仿佛看到了 4000 多年前的爱情故事。

从三苗都邑黄材炭河里出发前往蚩尤故地，这是一条必经之道。我看到青羊公主和大禹王子从炭河里出发，沿沩江逆流而上，前往他们的封地大禹凼（现安化县安乐镇蚩尤村）。五载时光，在这条古道上来来往往，走累了，王子牵着公主，是否在这石岩上坐下休息，是否在哪棵树下歇息乘凉。

在这条路上，我仿佛看到了 3000 多年前的炭河里先民，肩挑手提，来来往往，从炭河里出发，从古道翻越大山，前往蚩尤故地（现在安化和新化）。

那一年那一月那一日，又到了一年一度祭奠蚩祖的日子，三苗首领用一对虎食人卣盛装美酒，带领一队人马前往蚩尤屋场，沿着羊肠小道，刚过沩江源，电闪雷鸣，暴雨骤然而至，山洪带着泥石流瞬间而至，这一对举世仅有的虎食人卣不慎跌落山涧，跌落到了3000多年的历史长河里。到20世纪初，这一对虎食人卣才被人在沩江源的山涧里发现。

沿古道到一分岔口，往右有一段陡峭山路，约100米，有一大石头上篆刻"沩江源"，前有一石砌水池，第一滴泉水从此开始，汇集成144公里长的滔滔沩江水。

从岔口往左走，到山顶是沩江另一源头。这里是沩山、巷子口与安化的交界之处，有一凉亭。

山这边，沩水流域，远古炭河里文明熠熠生辉。

山那边，资水流域，蚩尤故里、蚩尤传说、梅山文化，绽放古老神奇的光芒。

在这里，我仿佛看到了830多年前一位读书郎的身影。

他从巷子口走来，前往安化走亲戚，走到沩江源，有点累了，想休息了。在此一目三界地，凉风爽爽，风景秀美，他坐在凉亭，从背包拿出书来，尽情地读着，竟忘了时间，直到妻子寻他而来。

这位读书郎，就是宁乡历史上唯一的状元公、官至南宋礼部尚书的易祓。

我对易祓印象最深的是他和他妻子的诗词，他妻子肖氏也是南宋有名的"文艺女青年"。

早年，易祓在杭州读太学，一去10年，杳无音信。留在巷子口老家耕种并照顾老小的肖氏，填了一首词《一剪梅》寄给丈夫：

染泪修书寄彦章，贪却前廊，忘却回廊。功名成就不还乡，石做心肠，铁做心肠。

红日三竿未理妆，虚度韶光，瘦损容光。相思何日得成双，羞对鸳鸯，懒绣鸳鸯。

词里有责怪、有思念，更是妻子对丈夫的一片深情。易祓坦诚地给妻子回了一首词《喜迁莺》：

帝城春昼。见杏脸桃腮，胭脂微透。一霎儿晴，一霎儿雨，正是撺花时候。淡烟细柳如画，雅称踏青携手。怎知道，那人独倚阑干消瘦。

别后，音讯断，应是泪珠，滴遍香罗袖。记得年时，瞻瓶儿畔，曾把牡丹同嗅。故乡山遥路远，怎得新欢如旧。强消遣，把闲愁推入，花前杯酒。

丈夫一首真情的词，自然得到了妻子的谅解。
夫妻的词双双收入《全宋词》，这也是中国文学史上的佳话。

3

站在大沩山回心桥，望着回心岭，我一直在想，当年，灵佑禅师到底遇到了多大的困难，才使他如此灰心丧气，一定要离开沩山。

《大沩山古密印寺志》记载：灵佑"元和八年（813）八月十五日入沩，结草庵翳荟中。是山峭绝，漫无人烟。猿猱为伍，橡栗充食。经于七年，绝无来着"。

在这样一个杳无人烟之地，住草棚，野果充饥，只有猿猴为伴，一晃7年，无一人来听他讲经，自然心灰意懒。

7年前，百丈禅师留下灵佑在沩山弘法，此时，灵佑的信念也动摇了。他决定离开沩山，走到山口，却见蛇虎交错挡在路口。

灵佑心中暗暗叫苦，是不是身家性命都要留在沩山了？他对虎蛇道：汝等诸兽，不用挡住我的行路，我若与此山有缘，你们各自散去，我自会留下；我若与此山无缘，任由你们吃掉。

说完，众兽各自散去。灵佑重新回到草棚，潜心修行。

不是我灵佑要留在沩山，也不是我灵佑要在这里讲经弘法，而是沩山是个好地方，与佛有缘，与我有缘，连蛇虎都在留我，为什么这里的人就不来听我弘法呢？

果然，大沩山民受到感动，纷纷上山帮助灵佑建设寺院。这才有了后来的密印寺。

后来，人们在灵佑回心转意的地方修建了石拱桥，取名"回心桥"。

我想，回心桥的传说反映的是沩仰宗和密印禅寺初创时的艰难，更反映的是大沩山人不怕艰难困苦、不屈不挠、坚忍不拔的性格。

这种性格，在诗僧齐己身上反映得淋漓尽致。

齐己是地地道道的大沩人。公元863年，出生在大沩祖塔，俗名胡得生。

论出身，他父母是同庆寺的佃农，家境贫寒，父母早逝，他7岁时到同庆寺放牛。

论学历，他是自学成才，连"全日制的小学文化"都没有。

论成就，在熠熠生辉的唐代诗歌里，他大名鼎鼎。

《全唐诗》收录了他诗作800余首，数量仅次于白居易、杜甫、李白、元稹而居第五，湖湘文化历史长河中排第一。

唐代诗人有名号的不是很多，如"诗仙"李白、"诗圣"杜甫、"诗豪"刘禹锡、"诗鬼"贺知章、"诗佛"王维，而齐己被称为"诗僧"。

在同庆寺放牛时，他一边放牛，一边读书，经常拿竹枝在牛背上比画作诗。几年后，能够吟诗作赋，寺院长老收他皈依佛门，更是发奋学习。

我们最熟悉的是他那首《早梅》。

冬日，一场大雪覆盖了大沩山。清晨，齐己打开寺院门，白雪皑皑，银装素裹，几枝红梅灿烂地开着。齐己诗兴大发，回到禅房，写下《早梅》：

万木冻欲折，孤根暖独回。

前村深雪里，昨夜数枝开。

风递幽香去，禽窥素艳来。

明年如应律，先发望春台。

齐己拿这首诗去江西宜春拜访诗人郑谷，虚心请教。郑谷道：既为

"早梅","昨夜数枝开"不如"昨夜一枝开",更显其早了。听郑谷一言,齐己叹服不已,遂拜郑谷为"一字师"。

读万卷书,走万里路。诗才横溢的齐己带着他的诗云游天下,边走边写。登岳阳,涉洞庭,过江西,又到长安,遍览终南山、华山名胜。这一段经历,大大丰富了他诗作的题材。

不畏艰难、坚忍不拔,是齐己成功的秘诀,也是今天大沩人的性格。我见到的今天的大沩山人,热情好客,有坚定的毅力、不屈不挠的精神。

其实,这也是宁乡人的性格和精神。发源于沩山的沩江,千万年来,哺育的千万宁乡儿女,如今,正以这种奋发有为、坚忍不拔的精神,建设美丽新宁乡。

4

炎炎夏日,在密印寺内走累了,我们一行正走到大雄宝殿左侧坪中的银杏树下。凉风习习,银杏叶"沙沙"作响,似风铃般清脆。

此树名裴休树,是公元807年唐朝相国裴休亲植,与密印寺一起走过了1200多年风风雨雨。

银杏树高约24米,枝叶繁茂,绿叶之中藏着一个个白色小果。经历千年的风霜雨露,苍老的银杏依然苍劲有力,郁郁葱葱,生机盎然。

坐树下歇息,坐你身边,仿佛穿越千年,任何烦恼烟消云散。

我一直想不明白,作为一位河南人,身为大唐宰相的裴休,为什么对大沩山、对大沩禅宗有如此深的感情。

可以说,没有裴休,就没有密印寺。

灵佑禅师苦心经营草庵七年,想逃离大沩山,却又被一伙狼虎挡回来,在百丈禅师帮助下,建立了应禅寺。

唐武宗李炎登基,深恶佛教,解散寺院,此即为历史上有名的"会昌法难"。在这次运动中,全国共损毁寺庙4600多所,26万僧尼还俗,没收庙产良田数千万顷。沩山的应禅寺也没能躲过这场劫难。灵佑与众僧留发还俗，藏匿民间。

绝望之际，裴休来了。

唐宣宗继位后，解除了对佛教的禁令。此时，裴休正任潭州节度使，他亲自请灵佑出山，把自己的车舆让给灵佑坐，亲手为灵佑剃发。

大中三年（849），裴休奏请唐宣宗御赐寺名"密印寺"，自此，大沩才有了"密印寺"。他捐资置田3700亩，2万7千丘。鼎盛时，密印寺僧侣达3000多人。现在沩山乡的耕地面积也只有6500多亩，也就是说，当时沩山一半以上的田土属于密印寺。

裴休还把自己的二儿子送到沩山。当时，太子李恒得了重病，裴休听说后，向皇帝启奏，愿意让二儿子、高中状元点翰林的裴文德代太子出家。皇帝大为感动，以重礼相待。裴休将儿子送上沩山，灵佑赐其号法海。

密印寺现在还存留着裴文德代皇子出家的寺碑和简单的记载。

裴休为儿子送上《警策笺》和《偈语》诗，其一：

> 含悲送子入空门，朝夕应当种善根。
> 身眼莫随财色染，道心须向岁寒存。
> 看经念佛依师教，苦志明心报四恩。
> 他日忽然成大器，人间天上独称尊。

然后，又亲置银杏树，对儿子说：见树如见父，安心礼佛。

我不知道，这位已高中状元的裴文德当时是否心甘情愿出家。从京城繁华生活跌入大山里的寂寞，伴随青灯、木鱼、袈裟、佛像，并不浪漫。

注定法海是不会安心沉寂于沩山的。

后来，法海禅师走出密印寺，云游大江南北，他来到杭州，创立了金山寺。在西湖正巧碰到了许仙，又多管闲事，一定要把许仙和白素贞夫妻拆散，致使白娘子水漫金山，最终把白素贞镇压在雷峰塔下。

在这流传千年的凄美爱情传说里，法海成了扼杀爱情的"凶手"。

世事悠悠，裴休和他的儿子都已成为泥土，只有千年的银杏依然生机勃勃，见证了密印寺的历史。夏日，为人遮阴纳凉；初冬，身披黄甲，寒风一起，金黄满地，让人惊艳。

裴休晚年常居沩山，逝后，没有叶落归根回到故乡河南济源，而是葬在大沩之端山上，当地人称其为"裴仑上"。

在炎炎盛夏，我曾经怀着虔诚的心去拜访这位唐代大相国、沩山密印寺大护法的墓地。

沿着羊肠小道，在茂密的树林中穿行，两边荆棘丛生。没有向导是很难找到这位大相国的墓地的。

为我做向导的是沩山中学的刘丙坤老师，他是一位诗人，热情的文学爱好者。

爬了 30 分钟的山路，快到端山峰顶的山脊上，终于见到了这位唐代相国的墓冢。比想象的要小，很普通，有些陈旧，是湖南省重点文物保护单位，墓碑上书有"唐相国裴休墓"，两旁石柱上刻有墓联"亮节高风乾坤并老，慈怀道气天地长存"。

1200 多年来，这位权倾朝野的大相国，就寂静地躺在这高山的密林里。

但这里站得高、望得远。前面是起伏如涛的山岭，天晴气爽，还能看到一泓碧水的青羊湖。从前人们都说这是一块宝地，"日有千人朝贡，

夜有万盏明灯"。

裴休为什么对大沩情有独钟？

据史载，裴氏家族是中国历史上声势显赫的名门巨族。先祖为秦国嬴氏，嬴氏先祖为舜禹时期伯益。伯益的女儿逃难来到三苗都邑炭河里，即为青羊公主。

裴休是否因为追寻先祖青羊的足迹而独钟于大沩呢？

5

在沩水源村，有郁郁葱葱的桃树，那沉甸甸的黄桃挂满枝头。

作为精准扶贫的项目之一，沩水源村已发展生态果园 1400 多亩，其中黄桃及白桃 1000 亩。富硒富锌土壤，处于"南天门"之上的大沩山黄桃营养丰富，被称为"养生之桃"。

大沩山还有一项传统的优质农产品，就是沩山毛尖。

20 世纪 60 年代，在密印寺大佛殿中大佛体内发现茶叶 30 余斤，揭开时清香扑鼻，令人惊奇。

相传唐代密印寺内有一老禅师善于制茶，并能识别何处土壤宜茶，何处产茶最好，并首创沩山茶。唐代开始，密印寺和尚就开始种茶、制茶、喝茶、参禅，可谓"茶禅一味"。

禅宗认为，茶可提神、可助清化、可寡欲；参禅讲究清神、静虑、修身，以求得智慧，开悟生命。茶的清洁之性与禅的追求境界相似，茶境禅味融为一体，饮茶成为至高宁静的心灵世界，成为禅的一部分。

茶是什么味道，要自己喝了才知道。禅宗修炼亦如此，通过修炼，发现智慧，让内心更有力量，有能力去感化、影响更多的人，让世界更美好。

大沩山为雪峰山脉，海拔 800 米以上的崇山峻岭中，常年云雾缭绕，林木繁茂，瀑布飞泻，昼夜温差大，土地肥沃，湿润阴浸，空气清新。这里的茶树叶片厚实，叶质鲜嫩，富含硒、锌微量元素，成为沩山毛尖的上乘原料。

用沩山清泉泡出的沩山毛尖，味道妙不可言，有"仙茶"之称。南宋庆元元年（1195）后，沩山茶被定为贡茶。不过，当时纯正的贡品茶仅二三十斤。《宁乡志》记载"沩山六度庵、罗仙峰皆产茶，唯沩山茶成为上品"。

1981年，沩山毛尖被评为湖南名茶，1988年获中国首届食品博览会铜牌奖。

大沩山的发展，需要打造品牌效益，让沩山毛尖发扬光大。

何谓大沩风范？

气势磅礴的风度，大美的风景，厚重的人文，坚毅的性格，不屈不挠的精神，优质的产业，构成了今天的大沩形象。

明代黄庭臣有诗《游大沩》云：

南楚万年称福地，长沙千古重名山。
天连绝顶青霄上，日耀诸峰紫雾间。
野鹤巢深松偃蹇，毒龙潭古水清寒。
登临不尽山中兴，尽日忘归独倚阑。

是为大沩风范。

状元故里读书声

1

沩水滔滔，唱着一首不老的恋歌。沩江，流淌的是生命的血液。我的灵魂，已经融入你云海的澎湃和浪涛的悠扬。

少年时，伫立沩江边，总是思考，它流向何方？它的源头在哪儿？中年时，厚重的宁乡文化，总是思考，为什么说宁乡人一是会读书，二是会养猪？

会养猪好理解，宁乡是生猪大市，宁乡花猪是湖南省农产品公共区域品牌，更是有名的生猪地方品种，其原产地就在沩江支流的楚江的上游、流沙河镇的草冲村。

宁乡人会读书，怎么来理解？

从古代以来，"朴耕秀读"的观念，在质朴的宁乡人心中代代传承。宁乡人对文化重视与推崇，尊重读书人、敬佩读书人、仰望读书人。

千百年来，沩楚大地，书香四溢，人才荟萃。

宁乡人会读书，是什么时候开始？源头在哪里？

我想，探寻文脉源流，总是离不开大江大河。

水势滔滔的尼罗河，孕育了灿烂的古埃及文明；幼发拉底河的消长荣枯，影响了巴比伦王国的盛衰兴亡；流淌在东方的黄河与长江，滋润了蕴藉深厚的中原文化和神秘灿烂的楚文化。

从巍巍沩山奔腾而来的滔滔沩江，养育了一代又一代的宁乡人，滋养了绚烂多姿的宁乡文化。

宁乡文脉源流，即是沩水文脉源流。

当我伫立沩江源，远处，连绵山峦，气势磅礴，"山势长不改，云飞东复西"；毗卢峰下，密印寺里梵音袅袅，唐宋大诗人齐己、温庭筠、皮日休、陆龟蒙、刘长卿、王维、张继、陆游、张栻等在这里挥毫赋诗，弦歌不断，千年不绝。

近处，一位读书郎，从巷子口走来，前往安化，他坐在一目三界的沩江源凉亭，竟忘了时间，因为他手上捧着圣贤书。

只要到了沩江源，这位状元郎的踪影总是挥之不去。

沩江源，宁乡母亲河的源头，也是宁乡文脉的源头。

从沩江源，沿九折仑约 20 里路程，就到巷子口。沩江有南北两源，南源就在巷子口，唐宋时巷子口又称"沩源里"。

我知道，这位沩江源的状元郎，是宁乡文脉的内核，是探寻宁乡人会读书的关键。

2

巷子口，距宁乡市城区 73 公里，又号称状元故里。从我的老家黄材镇到巷子口镇只 20 多公里路程。

经过状元桥，到镇中心的状元广场，这里有南宋状元易祓的雕像。

但我更想寻觅那心仪已久的"识山楼"，那里，还会传出琅琅读书声吗？

易祓（1156—1240），南宋淳熙十二年（1185）中进士，殿试第一，时称"释褐状元"。官至礼部尚书、翰林院大学士。封宁乡开国男，为孝宗、宁宗、理宗三朝重臣。

在戏曲或者小说故事里，我们常常看到，书生进京赶考，没有了盘缠，流落到某员外家，员外家的小姐喜欢上了书生，不仅馈赠信物和盘缠，甚至还会以身相许，书生金榜题名，高中状元。在书生离开之后，小姐便独守空房，日夜思念。某日，外面忽然传来敲锣打鼓声音，原来是书生信守承诺，回来迎娶自己心爱的娘子，从此，二人便过上了幸福恩爱生活。也有书生始乱终弃的，成为遭世人谴责的"陈世美"。

这美好的故事只是每个读书人的向往，或者是贫困潦倒学子的美好想象。

实际上，哪有那么多状元？自隋朝到清末1905年科举制度被废除，全国共产生了700多个状元，但湖南的状元只有寥寥5人，如果还加上2位外省移民到湖南参加考试的，也只有7人。

宁乡甚至长沙地区历史上考出的唯一的文状元就是易袚。

在巷子口镇巷市村，有一户易姓人家，世代务农，主人叫易几先，非常勤劳，家里条件还算好。

20岁就结婚的易几先，却多年未得子，直到27岁那年，继配王氏才怀孕，十月之后，又经过了两天的难产，在公元1156年三月初四凌晨，喜得一男孩，孩子的哭声打破了边远山村的宁静。

一家人欢天喜地，最高兴的要算孩子的祖父易妙，他是易家读过一点书的，并当过靖州永平县令，告老还乡后，早就想抱孙子了。易妙为孙子取名易袚，字彦章，号山斋。

一天，易妙带着几岁的孙子在门口玩耍。当地一位会看相算命的先生经过，见这白白胖胖的孩子，非常好奇，拿起孩子双手，左看右看。先生说："易公，巷子口这地方，山清水秀，沩水源头，几年前，我就看过天相，迟早会有一文曲星下凡，今天看了你孙子的手相，感觉他就是下凡的文曲星。"

易妙听后高兴得不得了。从此，一门心思放在培养孙子读书上。

少年易袚勤奋苦读，天资聪颖，读书过目不忘，8岁就会吟诗作对，15岁通晓四书五经，有"神童"之称。

后来，易袚又遇到了一位当时最好的老师，这就是著名理学大师、湖湘学派的一代宗师张栻。

易妙早年在外做官，与张栻有交游。当易祓 14 岁时，祖父易妙送他到张栻创办并主讲的长沙城南书院就读。

易祓成为当时城南书院内最小的学生，他的聪明好学得到张栻的赏识。

城南书院就是后来毛泽东就读的湖南第一师范的前身。

接着，张栻主持岳麓书院七年，易祓又随张栻到岳麓书院深造。

朱熹也曾到岳麓书院讲课两个多月，与张栻进行学术交流，这就是历史上有名的"朱张会讲"。可以说，岳麓书院是当时全国最好的书院，汇集了许多志向高远、才华卓著的求学者。后来，岳麓书院逐步演变为湖湘文化的源泉，成为湖南人的精神圣殿。

易祓到了全国最有名的大学，得到了最好的老师的教导。他在张栻的门下勤奋苦学，得到真传。

易祓和张栻不仅是师生关系，还有另外一种特殊的交情。

张栻的父亲张浚，曾经是南宋的丞相，逝世后就安葬在宁乡巷子口的官山（当时称龙塘），与易祓家相距甚近。张栻每次去父亲墓前祭拜，就邀易祓策马同行，还常常在易祓家里住上几天。

张栻离开岳麓书院后，从外地来宁乡巷子口官山凭吊父亲，易祓得知也会赶回巷子口与恩师见面，在易祓家里住上一两天，然后，又会陪同恩师前往长沙。

长沙、宁乡、巷子口，师生一同来来往往。现在从长沙开车去巷子口也要三个小时行程，那时骑马要两天时间，乘马车至少要三天时间。路上要找店歇息，一路上，张栻就学问、做人的道理，品德思想，等等，对易祓教诲很多。

从思想、学问到人格，易祓从恩师张栻那里得到真传。

勤奋，加上天资聪明，加上最好的老师，成就了后来的状元郎。

可惜，张栻在 48 岁（1180）时英年早逝，没有看到自己得意门生高中状元。但张栻逝后也安葬到了宁乡巷子口官山其父亲身边，让易祓常常可以回家后到恩师墓前凭吊。

3

易祓是在他 29 岁那年高中状元的。他通过殿试考得第三名，负责考试的官员将前三甲名单和他们的考卷呈送给孝宗皇帝赵昚来钦点状元。

考卷就是写一篇文章。那天，孝宗皇帝赵昚认真地看着考生的考卷，可看了前两位写的文章，并不对胃口，几乎不想看下去了。

赵昚喝了一口茶，耐着性子再看第三篇，突然眼前一亮，真是好文章！一看作者，是湖南人易祓。

"帝甚嘉之，赐封释褐状元。"

这篇令孝宗皇帝眼前为之一亮的文章，到底写了些什么呢？

这篇御试论文，标题是《萧、曹、丙、魏就优论》，全文 1300 多字，讲的就是萧何、曹参、丙吉和魏相四位名臣的治国之道。

开头是这样的：

大臣之用天下，当维持天下之治体，而末节不与焉。即区区之末节，而较其一时之所长，则其著见于事业者，固不能无等级之辨，然非所以论大臣任天下之道也。

看起来就是大话套话开头的"八股文"啊，不过，科举考试就是考的"八股文"。

接着进行论述：

治天下有定体，大抵宽大乐易者有经久之谋，而刚锐果敢者皆迫切之计。为大臣者，固当培植国本，固结人心，使天下之治，至于千万世而不穷焉可也。苟惟治体不察而一切严毅者，究心焉则其目前之效非不耸然，其可嘉也，而治道之元气索矣。昔者汉家之治，源流深长，诚不可以一时之严毅为之也。萧何之画一，曹参之清净，丙吉之长者，是固足以维持汉家仁厚之政。

易祓认为治国之道最根本的就是要"培植国本，固结人心"，施行"仁厚之政"。

通读这篇令南宋皇帝甚为欣赏的文章，其核心内容就是要推行儒家的仁政。当然，这种观点也是从恩师理学大师张栻那继承下来的。

但这种观点很合当时皇帝的胃口。

孝宗赵昚是南宋第二任皇帝，也是南宋一朝最有作为的皇帝，在他时年36岁即位后，给岳飞平反，又将秦桧制造的冤假错案，全部予以昭雪。重用主战派，重新拜张浚（张栻父亲）为相，整顿吏治，积极备战。重视生产，劝课农桑，兴修水利，出现了天下康宁的升平景象，史称乾淳之治。

孝宗皇帝要凝聚已经四分五裂的人心收复北方失地，举的就是仁政的牌子。

所以，写文章要有主旨，要迎合时代潮流，才能得到赏识，也许历朝历代都是这样的，但这样的文章不一定能够流传千古。

4

易祓为什么叫"释褐状元"？

原来宋代的科举状元有两种，一种是经过乡试、会试、殿试后的第一名，称为制科殿试状元；另一种是经过太学学习后，选拔优等生参加殿试的第一名，称为释褐状元。两种状元的待遇相同。

释褐，原意就是脱去布衣，换上官服，从平民百姓到朝廷官员。

易祓是经过太学舍试后参加殿试的。

易祓在20岁那年完成了在岳麓书院的学业，以省试第一名的成绩进入国子监深造。国子监是宋代的教育管理机构和最高学府，也称"太学"。

易祓从长沙出发，来到京城临安（今杭州），在这里寒窗苦读近十年，以太学优等生直接参加殿试，获得状元。

金榜题名，还是头名状元，免不了在京城有各种各样的庆祝活动。

这样一晃就是两个月，这可急坏了独居宁乡巷子口的妻子萧氏。

萧氏是长沙县人，其父亲萧老先生是岳麓书院的老师，也是易袚的恩师，萧老先生看中了易袚的才华，将自己年仅 15 岁的爱女许配给了自己的爱学生。萧家没有儿子，只有两个女儿，萧老先生从小就把这女儿当作男孩子培养，教其诗词书画。

这位萧老先生还是有独到眼光的，选中的女婿成为长沙历史上唯一的状元。

我想到 700 多年后与城南书院一脉相承的湖南第一师范，有一位姓杨的老师，也把爱女嫁给自己的学生，这位学生后来成为中华人民共和国的缔造者。

婚后，易袚在京城杭州读太学，萧氏留在巷子口，长期两地分居。这一年，易袚已高中状元，可两个多月过去了，迟迟不见回家，还杳无音信。

萧氏不高兴了，特意写了一首词《一剪梅·染泪修书》：

染泪修书寄彦章，贪却前廊，忘却回廊。功名成就不还乡，石做心肠，铁做心肠。

红日三竿未理妆，虚度韶光，瘦损容光。相思何日得成双，羞对鸳鸯，懒绣鸳鸯。

这首词很有意思，开头就是写妻子对丈夫的伤心、期盼、嗔怨、责怪：我含泪给你写信，你在京城是不是被西湖美景迷住了？连回家的路都忘却了？功成名就了也不还乡，真的是石做的心肠！铁做的心肠！

下阕写自己的相思之苦，用鸳鸯的真心相守表达对夫妻恩爱的渴望：太阳升上三竿了，我也懒得去梳妆打扮，孤独地虚度光阴，人也瘦了，面容也憔悴了。日日相思，到什么时候才能成双成对？见到那一对对的鸳鸯也感到惭愧。

读来真是令人泣咽悲戚，掩卷长叹。

易袚收到妻子如泣如诉的词，深深理解妻子的一片爱心，坦诚地回了一首词《喜迁莺·春感》：

帝城春昼，见杏脸桃腮，胭脂微透。一霎儿晴，一霎儿雨，正是撵花时候。淡烟细柳如画，雅称踏青携手。怎知道，那人独倚阑干消瘦。

别后音讯断，应是泪珠，滴遍香罗袖。记得年时，胆瓶儿畔，曾把牡丹同嗅。故乡山遥路远，怎得新欢如旧。强消遣，把闲愁推入，花前杯酒。

这一唱一和，冰释了小夫妻间的嫌隙，萧氏也理解了丈夫。

但到第二年秋天，还不见丈夫回来，她的思念之情更切，于是，又写了一首词《长相思·寄彦章》：

朝有时，暮有时。潮水犹知日两回，人生长别离。

来有时，去有时。燕子犹知社后归，君行无定期。

第二年春节，易袚才从杭州回到宁乡。

这种诉说离愁别恨的夫妇唱和之作，贯彻他们一生的每次分离。

30年后，年近花甲的易袚，历经官场沉浮，被贬到广西任职。萧夫人已是四个儿女的母亲，独居宁乡巷子口。

当一场大雪覆盖小山村时，面对飘飞的雪花，这位南宋才女忍不住对远在异乡丈夫的思念，作《对雪》诗寄丈夫：

纷纷瑞雪压山河，特出新奇和郢歌。
乐道幽人方闭户，高歌渔父正披蓑。
自嗟老景光阴速，谁使佳时感怆多。
更念鳏居憔悴客，映书无寐奈愁何。

在诗里，诉说独居的寂寞和愁闷。虽是老夫老妻，离愁别恨之情不减当年。

萧氏被称为南宋第二大女词人（李清照是第一大女词人）。易袚夫妇的词，双双被收进《全宋词》，在整个中国文学史上也是罕见的。

易袚一生效司马光拒绝纳妾，始终就是这位才女妻子。他的身体力行和谆谆教导，也深深影响着他的子侄们。两个儿子易霖、易霜及众多侄子都为官清廉，也没有一个纳妾的。

5

金榜题名就意味着可以直接做官。由地地道道的农家子弟步入仕途，没有任何政治靠山，易袚只有凭自己的勤奋努力、尽职尽责而又小心谨慎，才能走好官场每一步。

30 岁的易袚第一个官职是文林郎，属于秘书省的一个职位，相当于九品官。

经过 20 年的奋斗，到 50 岁时，官至礼部尚书，已是朝廷二品大员，这 20 年也算顺风顺水。

在南宋这样一个**特殊朝代**，内忧外患，朝廷一直有主战派和主和派之争。

易袚力主抗金，谏言"敌国有必犯之势，中国有必胜之理"，"敌国为外强中干之人，仅延喘息"，一直站在主战派一边。其好友姜夔、陆游、辛弃疾等，皆为主战派。

51 岁那年，一场北伐战争的失败，主和派占了上风，易袚被贬出京城，到广西融州任职。

这一贬就是十年，**满腔热血，报国无门**。

61 岁那年，他辞官回到长沙，与妻子相濡以沫，在长沙药王街隐居，过起平民生活。

距居住地半里之遥就是贾谊故居，常常流连于贾谊旧宅，自己的经历与这位古人何其相似啊！

贾谊因为贬谪到长沙，潜心于汉赋创作，著名的《鹏鸟赋》就在这里完成的。也许受其启发，易袚决定回归故里，专心学术研究。

本来参加科举考试是为了做官，谁知这官却又如此难做。

博学多才的易袚，流传于世的更多的是晚年隐居故里 25 年留下的文章。

6

63 岁那年，易祓回到宁乡巷子口。

当年，14 岁翩翩少年，从沩水源出发，长沙、杭州、广西融州、全州，绕了一大圈，走了那么远，如今，已是早生华发，又回到原地。

从懵懂少年，到"春风得意马蹄疾"的状元郎，从二品大员的礼部尚书，到回归布衣百姓，人生的真谛是什么？

也许，更向往着宁静，更向往着在这世上能留点什么。

于是，在扶王山与沩山之间，新筑一座优雅的宅院，取名"识山楼"。

山楼朱红廊柱，青色屋顶，楼上为藏书楼，楼下为读书堂，廊柱上有一自撰楹联：

> 尺寸井然身有主；
> 行藏定矣梦无惊。

这是自己心态的写照。

宅院占地 10 余亩，其中水池约 3 亩，名"步月池"，院中一水井，名"识山泉"。

"识山楼"坐南面北。虽是隐居，却似乎又不甘心，时刻胸怀天下，想着南宋失去的北方大好河山。

为何取名"识山楼"？

易祓自写《识山楼记》，精心雕刻于一木质屏风上，立于楼堂里，阐明其筑"识山楼"之意图。取苏东坡"不识庐山真面目，只缘身在此山中"诗意，取名"识山楼"。

"三十功名尘与土，八千里路云和月。莫等闲，白了少年头，空悲切"，这是与易祓同时代而又稍早的岳飞发出的感慨。

从 29 岁高中状元，30 岁开始做官，到 61 岁退居，不也是 30 年吗？本想自己一番作为，本想收复北方失地，却反遭诬陷和贬谪，大宋王朝，依旧是山河破碎。

不如筑楼识山，面对历史，面对未来。

识山，其实是识事、识人、识人生。

其后20多年，在"识山楼"里，易祓开启他的经学苦旅。

虽然后来也曾恢复官职，但也"无班可上"，仍在识山楼里冷眼官场，苦心研读，著书自娱。

这就有了中华文化瑰宝中两部重要的经学著作，即《周易总义》二十卷、《周官总义》三十卷，此二书后来皆编入《四库全书》。另外还有《禹贡疆理记》《汉南北军制》《易学举隅》《周礼释疑》《山斋集》等书传世。

公元1240年的春天，来得很迟，冬旱连着春旱，已经农历三月了，还是草木枯黄。

易祓走完了他85岁的人生。下葬之日，云雾升腾，干旱几个月的巷子口下起了毛毛细雨，如丝如网，不紧不慢，飘了三日三夜。

乡民们传说，这是文曲星陨落，惊醒了龙王，惊动了上苍，普降甘霖，救济众生，沩水文脉，一定会延续后世。

7

我徘徊于巷子口镇巷市村古壶山下，寻寻觅觅，却不见"识山楼"踪影。

当年的"步月池"依然在，池边翠竹丛生，建有农家两层小楼房。

当地老人回忆，800年前的古楼在1949年前还有建筑遗存，直到1959年大炼钢铁时才全部被毁。

历经宋、元、明、清、民国，近800年存在的"识山楼"，其保存的意义不在于这座房子，而是几百年来读书之风气。

从布衣百姓到今科状元，易祓的成功之道，激励着宁乡一代代学子。

"识字楼"的琅琅读书声，鞭策着宁乡学子克服困难，一心读书，立志成才。

耕读为本的平民百姓，要出人头地，要有所作为，就要努力读书。

从南宋理学家胡宏来宁乡朱良桥创立灵峰书院，到明清时期宁乡创办玉潭书院、南轩书院、云山书院等，加上各种私塾学堂，沩楚大地，晴耕雨读，爱读书、会读书的风气逐步形成。

千百年来，宁乡人读书蔚然成风。最偏远的山村，最贫困的家庭，也要喂上一两头猪，卖猪的钱用来送子女上学读书。会养猪的目的是会读书，会养猪才能供子女读书。

从南宋到清末的几百年间，在易袚故里巷子口这样一个偏远的小山村，居然出了约 20 名进士，被人们称为"世科里"。世科里，就是世代科举均得功名，而宁乡境内共考出 50 多名进士。

沩水悠悠，从沩江源出发，宁乡人才辈出。

从唐代诗僧齐己，到宋状元易袚，宋进士易开、罗仲儒、雷志勤、易丙、龙亮、易楠、刘彦举、袁仕文，到元代蒋彦明，到明清周堪赓、周采、袁经、王文清、陶士偰、陶汝鼐、黄遇隆、袁名曜、梅钟树、童秀春、王坦修，到近现代陈家鼎、周震鳞、刘少奇、谢觉哉、何叔衡、姜梦周、王凌波、甘泗淇（姜凤威）、廖树蘅、陶峙岳、周光召等。

他们，是沩楚大地耀眼的璀璨群星，照亮宁乡一代代学子勤奋读书、开拓前行。

沩水文脉，绵延至今，继续演绎着"宁乡人会读书"的传奇。

古桥忆事

桥，是水上的飞虹。

悠悠沩江，从西到东流经宁乡中部，不知有多少座飞虹贯通南北、东西。

沩江上游，有这么一座桥，以家姓命名，在其走过的千年光阴里，历经风雨沧桑，演绎历史风云。

这，就是黄材镇的姜公桥。

1

说起姜公桥，还得从黄材的姜姓始祖说起。

"黄材姜难恰，草冲何难过。"这是楚沩大地流传的一句顺口溜。草冲在楚江上游的流沙河镇，是宁乡花猪的原产地，这里何姓人多。而黄材镇位于沩江的上游，姜姓人多，自古有黄材无处不姓姜之说。

今天，你到了黄材，随便遇到一当地人，你可以问，是不是姓姜，一般不会错。根据最新人口统计，现在黄材镇有人口6万多人，共有209个姓，而姜姓有近2万人，占了近三分之一。

黄材的姜姓先祖从何而来？从什么时候开始？

根据姜姓族谱记载。黄材姜姓始祖姜德厚，字流光，原籍吉州（江西）泰和郡。晚唐进士出身，官居后唐大理寺评事，后升任御史大夫，其职位仅次于丞相。

后唐是中国五代十国时期的一个朝代和政权，它取代了后梁，而其后不久又为后晋所取代。

后唐皇帝庄宗在位，贪图享乐，宠信宦官，不理朝政，加之朝廷内部倾夺异常剧烈，苛捐杂税严重，老百姓生活痛苦不堪。作为御史大夫，姜德厚目睹这风雨飘摇的后唐江山，原想整顿朝纲，铲除奸党，为朝廷干一番大事业，因势单力薄，无力回天，便有了隐退归田的想法。

公元 924 年，他毅然决定抛弃仕途。从河南洛阳出发，舟车并用，沿长江至湘江，再逆水而上，进入沩江，逆沩江而到黄材盆地，见这里三面环山，土地肥沃，民风淳朴，可谓是世外桃源之地。因地理位置关系，湖南新康（宁乡）相对中原地区而言，其兵荒马乱、动荡不安的局势没有那么严重，人民生产生活比较稳定。故率领全家在此安家落户，过起了平静的隐居生活。

也许，还有一个原因，德厚公早就知道黄材为蚩尤故地、三苗都邑，三苗始祖为姜央，故寻祖而来，定居于此。

德厚公在这里安家落户后，随即发展生产，建设家园，传播文明，发展教育，繁衍子孙后代，黄材逐步变得生机勃勃，繁荣起来。年深日久，姜氏后代子子孙孙、一代接一代地发展成长，姜姓便自然成了黄材的大姓。

姜德厚急公好义，置津渡、修道路、建桥梁，办学校，扶贫困，广施仁德。

黄材，古有青羊市、青羊铺、黄木镇之称。沩江自沩山发源，流经黄材镇西，有塅溪河、井冲河等多条水合流，浩瀚而成大江，水深、岸宽、流势颇急，这里又素有"小黄河"之誉。

而黄材又是通往巷子口、沙田，安化、涟源的必经之道，来往行人跨过沩江，成为一道难题。

于是，德厚公率领族人在此设置渡口，安排渡船，始称"姜公渡"，后又在水浅之处修建木桥，始称"姜公桥"。

2

千年以来，沩江滔滔，不知泛滥了多少次，冲刷着古桥的荣辱历史。

姜氏子子孙孙继承先祖美德，于黄材渡口"浅则架桥，深则用舟"，屡毁屡修，延续千年。

《姜公桥志》记载，自清初起至民国，不到 200 年间，姜公桥大规模的修葺就有四次之多。

第一次是乾隆时期的公元 1746 年，姜氏族众共捐金 600 余两，购置渡船，架设木桥，将姜公桥修葺一新。还置有义田 15 亩，在渡口营建房舍以候送迎。自此渡桥并设，深则渡，浅则桥，往来行人无不称便。

1794 年 7 月，山洪暴发，沩水暴涨，大水将姜公桥冲毁，只留下桥墩，只得行驶渡船，1 年有余，大水洗刷的沙土在古墩处不断堆积，船亦难渡，车马行人，伫立江边，徒起望洋之叹。

1795 年，已是清朝嘉庆年间，姜氏族人第二次大修姜公桥。由姜佑书、姜光泗任倡修，姜璞山、姜式文、姜世醇、姜迎辉等 8 人分别任经理或督修。姜氏十二大公（支）房捐银 1130 两，砌石为墩，锯木为梁，历时 3 载。桥成后，编撰有《嘉庆渡桥志》。

道光年间的 1824 年，桥再次毁于大水。1826 年，姜公桥第三次修葺，由姜时越任主修，姜氏家族十九大公（支）房捐银 69500 多两，钱 3640 余元，为了达到一劳永逸的效果，这次的桥墩、桥台、桥梁全部用石建，在桥头立有石狮、石象各两个，桥中墩建有焚字亭。

历时 3 年，姜公桥以崭新面目展现在世人面前。在桥头建有牌坊、碑刻，上刻有宁乡县知事陈公葭浦题额撰记，盛赞流光公后裔复修姜公桥而"合族捐资，不惜巨万"以"上纾国虑，下恤民艰"之义举。同时，撰有《道光石桥志》。

此次修复后，坚固的姜公桥任凭风雨洪涝，历经百余年，岿然屹立沩江之上。

为什么在姜公桥中要建焚字亭呢？而且古人为什么总喜欢在桥上或

者村外河边建焚字亭（也称敬字亭、惜字亭）。

原来这是源于我们古人"敬惜字纸"的文化传统理念。古人认为，字纸其实都有"魂魄"，学子所写之字、带字的纸片、废旧书本都凝聚着古圣先贤们的智慧和心血，每一张写有文字的纸片都是神圣而富有灵性的，不能随便亵渎和丢弃，在科举时代，人们又认为"敬惜字纸"是一种积德善举，能福佑家中子孙将来文笔纵横，科场得意。于是，凡属字纸，哪怕是路上见到的，也要捡起来，送入焚字亭焚烧，通过焚化让孔子"收回去"，这也是古人表达对孔子的尊重、对儒教敬畏的一种行为。

3

黄材水库修建以前，沩江就像一条孽龙，经常泛滥成灾。

1924、1926、1931 年，沩江上游三次山洪暴发，古桥姜公桥三罹大水，桥墩、桥梁多处毁坏。

1935 年，由姜咏春、姜凤文、姜漱芬、姜亚勋等 12 人力主其事，姜姓第四次大修姜公桥。姜氏族人捐银 5430 余元，费时 3 年，大桥告竣。

远望大桥，长虹卧波，一桥如砥，北往南来，车辆行人，川流不息，构成了"沩西一伟大之名胜"。

大桥九墩八涵，长 75.74 米，宽 3.26 米，墩高 4.84 米，墩石共重 20 余万斤。据说，其桥 8 米多长、重逾千斤的石梁自长沙运来，当时唯一运输方法是船运，但是，沩江水浅，无法运载。姜姓族人斋戒 3 天，求神赐雨，果然感动上天，天降大雨，沩江水涨，才得将石梁运回。

桥中礅上仍建有焚字亭，桥两端各有麻石狮一对；桥面是清一色长沙丁字湾麻石条铺成；桥墩中腰刻有"杨泗将军斩孽龙"的故事，并浮雕蜈蚣以护桥；桥东端立有两丈余高的牌楼，上塑"八仙过海""天官赐福""渔、樵、耕、读"等故事。

牌楼上有国民党元老于右任先生撰写的对联：

利涉已多年垂名有自；

功成虽一姓济物无私。

于右任（1879 年 4 月 11 日—1964 年 11 月 10 日），陕西三原人，是中国近现代政治家、教育家、书法家。于右任早年系同盟会成员，长年在国民政府担任高级官员，曾任国民党监察院长，是复旦大学、上海大学、国立西北农林专科学校（今西北农林科技大学）的创办人，私立南通大学校董等。

于右任为什么为姜公桥题联？

我想，这里有两个原因。

第一个原因是大桥修成后，正值抗日战争爆发，黄材姜公桥为长沙、宁乡通往涟源、娄底、新化、邵阳的交通要道，为南来北往、运送抗日物资作出了重要贡献。日本侵略者进攻宁乡县城时，县政府曾迁到黄材。

第二个原因和一个宁乡人有关。这个人就是何汉文，别号何雪山，1904 年出生，宁乡县沙田乡人。他 1910 年起在家乡读了 9 年私塾，1919 年入云山高等小学，1922 年考入湖南省立第一师范，可以说是毛泽东的师弟。1926 年秋通过考试，由国民党湖南省党部选送入苏联莫斯科中山大学学习。1928 年 10 月，由中山大学同学王陆一引荐，何认识了当时国民党中央常委于右任，并在于的安排下，到南京国民党中央党部训练部任总干事。1938 年 6 月，何进入国民政府监察院担任监察委员，而当时监察院长就是于右任。1945 年抗战胜利后，何顶着巨大的压力，查办了一些国民党政要的贪污案件，并以贪污事实弹劾宋子文等人，当时被各界誉为"铁面御史"。1948 年 8 月应程潜邀请回到湖南，出任国民政府湖南省经济委员会主任委员，参与了湖南和平起义。新中国成立后，任湖南省人民委员会参事室参事。

何汉文从宁乡回老家沙田乡，黄材姜公桥是必经之道。于右任应该随何到过黄材和沙田。

何汉文曾经亲自为姜公桥的建成撰写《桥叙》，文中写道："余近岁历游内地各省，足履著名桥梁甚多，如江西南昌之中正大桥，袁州之万年桥，福建泉州之洛阳桥，安徽歙县之薇州大桥，云南澜沧江之会通桥等。

皆为著名钜构，然或由政府出资，或假权位势力，或为豪富慕名而成，能如姜公桥，其始祖一人创之，而子子孙孙历千百年而能赓续修缮巩固日新，合一姓之人力物力而利济于乡邦者，诚罕见也。"

何在文中将姜公桥和他在各省所见的一些著名桥梁相比，对姜公桥由一姓子孙修建大加称赞。

当时，湘楚文人争相为姜公桥重建赋诗作贺，这些诗词碑记刻于桥上，成为姜公桥的一大景观。其中以四季写桥诗尤有特色：

桥　春

春雨奔流石渡溪，石桥新建尽留题。
遥知渭水龙蟠笋，会见晴江鲤跃低。
碧草绿波花月夜，白沙黄菜钓鱼矶。
我来便似登台乐，柳色青青送马蹄。

桥　夏

夏山如滴锁长流，地骨横抛便泳游。
骑马客来从释褐，负薪人过尚披裘。
龙文缦缦云千岫，虹影重重月一钩。
最是黄材风景好，箫声吹上采莲舟。

桥　秋

秋浦澜翻叹望洋，何来此处达康庄？
填河仅鹊难驱石，掷杖虽仙不及姜。
几阵雁惊芦水月，半街人迹菜畦霜。
鱼龙莫便悲岑寂，东海苍鹰正待扬。

桥　冬

冬来范叔最多寒，到此方知石架宽。
赠我绨袍犹小惠，济人功德不偏安。
桥头题柱冰常结，坝上吟诗雪未干。
渭叟皤然能耐冷，年年独下钓璜竿。

《桥春》《桥夏》《桥秋》《桥冬》，构成了《黄材十二景》之《长桥古道》。

4

古桥，曾经的人来人往，承载着人间的悲欢离合。

如今，在姜公桥头西建有黄唐起义纪念碑。此碑 2010 年清明节前落成。

黄唐起义的主要发起者和组织者也正是 1935 年重修姜公桥的主事之一的姜亚勋。

姜亚勋（1913—2004），宁乡黄材人。毕业于湖南省立第一师范，1938 年 12 月加入中国共产党，后遵王凌波之嘱，打入国民党军队，抗战期间国民党反动派掀起的几次反共高潮，使他同党组织失掉了联系。因不愿打内战，于 1948 年春回到家乡，和同窗好友饶孟虎、黄绢乡乡长陈仲怡（何叔衡的外甥）一起秘密策划发动反对国民党反动统治的武装起义。并与横市滩山铺的"湘中人民解放委员会书记室"（简称"解书室"）及其负责人李石锹等取得联系，相约一同举行武装暴动。

起义计划酝酿成熟后，决定先从黄材警察所和大沩乡乡公所下手。大沩乡乡公所在姜公桥东的黄材镇上繁华区，警察所在姜公桥西的莲花堂，桥东、桥西，相隔甚近，必须同时下手。

1949 年 2 月 9 日即农历正月十二，雪花飘飘，参加攻打黄材警察所和大沩乡公所的 50 余人，以吃春酒拜年为名，顶着风雪，集结于五里堆姜亚勋家。10 日凌晨，陈仲怡带领 10 余人袭击桥东的大沩乡乡公所；姜亚勋、喻迈常率领 30 余人攻打桥西的黄材警察所。

小时候常常听长辈说起黄唐起义、姜亚勋的湘中游击队的传奇故事。在我听说的故事里，姜亚勋的人员先化装农民报人命案，骗开门警开门，姜亚勋用墨水把手涂成黑色，当作手枪，用手抵在门警后腰，缴了警察的枪，充满传奇色彩，如同贺龙的两把菜刀闹革命。

现在查资料，记载的是姜亚勋用木柄手榴弹朝门警头部一击，将其打晕。喻迈常进入所长室后，所长在床上正要翻身，喻的马牌手枪响了，一枪将所长击毙。

同一天，李石锹率领的队伍袭击了唐市警察所。

这就是在宁乡人民革命史上留下辉煌一页的黄唐起义。

姜亚勋后来担任湖南人民解放总队湘中第 1 支队的司令员，共辖 6 个团、1 个直属大队、1 个机炮队。

1957 年起，姜亚勋任湖南省农业厅副厅长，直到 1983 年任湖南省政协副主席，才离开农业部门。

有幸的是，我后来到省农业厅工作，常常听到年长的同事、退休的老同志说起这位我的家门前辈、我的老乡在农业部门工作期间的故事。

今天，在姜公桥头，伫立着高达 8 米的黄唐起义纪念牌，上面刻了 63 位参加黄唐起义的烈士姓名以及 82 位参加起义的革命战士姓名，并刻有碑记。

黄唐起义，高擎赤帜；古桥巍巍，沩水悠悠。凭吊历史，凭吊先烈。

5

古桥下流经的玉液琼浆，滋养过多少旺盛的生命。

我家里离黄材镇有一公里多，去镇上称为"上街"。儿时，逢年过节，最喜欢上街玩耍。

由东往西，过了南坪桥，走到姜公桥，就到了街上最繁华的地方。

在水运为主要交通工具的古时，繁华店铺皆沿河而建。

姜公桥的西边不远是连绵的山，桥东边是宽旷的黄材盆地，故黄材镇的繁华街道集中在姜公桥东的沩江边上。这里一直称为青羊村，至今还是属黄材镇青羊村。一个延续了几千年的古名，一个和三苗文化、炭河里古城、青铜文明、大禾王国、青羊公主、四羊方尊等，有着千丝万缕联系的古名。

以姜公桥为界，上游称为上河街，下游称为下河街。

在 20 世纪二三十年代，上河街除了有商铺，最有名的当数"划船塘"。

《宁乡县志》记载"乌舡造于黄材者良"。黄材划船塘制造的木船，都是乌篷船，又称乌舡子。工艺注重质量，也很讲究信誉，畅销省内外。上河街往上一公里内，就有王二十阿公船厂、王召木匠船厂、沈乔四阿公船厂、谢记船厂等多家有名船厂。

下河街古来为黄材镇最繁华地段。

沩江从上河街过姜公桥到下河街，正处沩江在盆地直流后的一个大转弯，江面宽阔，水流平缓，正适合建码头港口。

20 世纪 80 年代以前，下河街一直是黄材地区行政、经济、贸易、商业、文化、娱乐、宗教等的核心之地。

下河街从姜公桥往南依沩江而建，街道两边，店铺林立，商业浓厚，异常热闹。同时，分布着牌头巷、唐公巷"二巷"，关圣殿、财神殿"二殿"，万寿宫、南岳行宫"二宫"，水府庙、杨泗庙、灵官庙"三庙"，慈善堂、莲花堂、观音堂、天主堂、育婴堂、福音堂"六堂"。这些巷、殿、宫、庙、堂文字记录最早可溯源到唐朝。

每一个古名，都有其历史的人文故事。

如牌头巷的故事。道光年间，姜母何氏清贫守寡、守身如玉，潜心送儿子姜渎阶读书，后来，姜渎阶中了秀才。姜姓族人将何氏的情操懿德呈文呈报朝廷，经道光皇帝核实，于道光四年（1824）传旨何氏，在石山修建"贞节牌坊"。当时，姜渎阶任教于下河街射圃巷姜姓义学。姜姓族人为嘉奖何氏母子，在该巷建立巷道牌坊，并将该巷改名为"牌头巷"。

随着公路交通的发达，20 世纪 80 年代后，各种金融、医院、邮电、行政、公共事务所、商业店铺等搬到宁黄公路、黄材大道两边，下河街走向沧桑和衰落。

古桥静卧，见证沧桑。

6

"闲云潭影日悠悠，物换星移几度秋。"任时光流淌，听岁月潮起潮落。

1957年，宁黄公路修建，用姜公桥原礅，桥面易石为木。1965年，仍用原礅建成水泥结构的桥面。

2004年元月，姜公桥改建工程启动，废原九礅为五礅。桥全长80米，宽12米，于2004年7月底竣工通车。姜公桥改名黄材桥，但当地人仍习惯称其为姜公桥。从黄材远行的游子，只知"姜公桥"而不知"黄材桥"。

古桥、古名，凝聚的是一种历史，一种文化，一种精神依托。

千年古桥——姜公桥，承载的历史太厚、太重。

增强民族自信，我们需要拯救的不只是这些建筑，而是我们厚重的历史文化。

花开花落，云卷云舒。古桥流水，静默千年，牵手光阴，在岁月的画册里，留下永恒。

古老粮仓

1

生活在老粮仓的人自称仓里人，一旦远走他乡，自称为出仓。

这个仓，自然是粮仓。

我一直在想，为什么这里称为"老粮仓"，不但称为粮仓，还要加一个"老"字。

这里粮仓的历史一定很悠远。

初秋时节，随文友至宁乡老粮仓。

伫立于老粮仓盆地，广阔田野，纵目望去，一片片稻海泛起绿波，展现的是"水满田畴稻叶齐，日光穿树晓烟低"的美景。

"绿树村边合，青山郭外斜。"四面是山，清清的河水穿仓而过。

老粮仓盆地，四面环山，从地形来看，就像一个粮仓。

穿仓而过的河流是楚江，一个古老的名字，一条古老的河。

楚江，滋润着这片古老的大地，母亲河，以其博大的胸怀和乳汁养育着仓里人。

楚沩大地，有沩江、楚江、乌江、靳江。沩江、靳江为湘江一级支流，而楚江、乌江是沩江一级支流。

楚江，全长 48 千米，流域面积 412 平方千米，其源头在龙田镇东南扇子排北麓的黄泥村，沿途流经青山桥镇、流沙河镇、老粮仓镇等，在横市镇汇入沩江。

仓里人要想出仓不容易，必须沿楚江顺流而下，从滩山铺进入沩江。

在楚江出口处，是十里"烂山峡"，当地人称为"烂山锆子"，"烂山"意指山坡陡峭、山体犬牙交错。两岸青山，奇峰突兀，山岩高耸。楚江东岸一条羊肠小道，自古就有"剑阁峥嵘而崔嵬，一夫当关，万夫莫开"之势。

老粮仓易守难攻的战略特点，也许正是古人以此作为储备粮食仓库的原因。

十里烂山峡，风景美如画。

峡长的天空，白云悠悠。山上松树倒悬石壁，仿佛欲飞的山鹰。左侧的三牛坳，有清泉倒挂山涧，奔流而下，飞花溅玉，有"连峰去天不盈尺，枯松倒挂倚绝壁；飞湍瀑流争喧豗，砯崖转石万壑雷"的气势。

唐代时，居住于大沩山同庆寺的诗僧齐己，从沩山出发，云游天下。他途经"烂山锆子"，正是秋雨后，苍穹峡谷，云雾缭绕，美景如画。夜过三牛坳，听远处泉声如雷，清澈悠远，顿时诗兴大发，提笔而作《听泉》：

> 落石几万仞，冷声飘远空。
> 高秋初雨后，半夜乱山中。
> 只有照壁月，更无吹叶风。
> 几曾庐岳听，到晓与僧同。

"落石""冷声""秋月""无风"，尽是冷冷的禅意。既然是无风的半夜，飘向"远空"的是什么声音？正是那清冷悠远"几万仞"的飞瀑溅石之声。

如今的烂山峡，早已不是羊肠小道。仓里人要出仓，有伴江而行的省道宁娄公路，全是沥青路面，它是青山桥、流沙河、老粮仓通往宁乡、长沙的必经之路。

3

古老的江，承载古老的历史。

春秋战国时期，宁乡是楚国的腹地。是先有楚国后有楚江，还是先有楚江后有楚国呢？不得而知。

楚国是先秦时期位于长江流域的诸侯国。《史记·楚世家》载"周文王之时，季连之苗裔曰鬻熊。鬻熊子事文王"。鬻熊是芈姓季连部落酋长，在商衰周兴时，审时度势，率族及时投靠周文王，参加了灭商的斗争，受到周王室的重视，给予"子"的封号，臣属于周。鬻熊是楚国的最早缔造者。楚人后来感念其功，把他与祝融一样，作为祖先祭祀。

或者，楚国就是以楚地而命名的，楚地就是因为有楚江。

楚族的族源来自何方？或者原本就是楚地土生土长的民族，历来众说纷纭，莫衷一是。周谷城在其《中国通史》指出，楚人之自称"蛮夷"。胡厚宣在《楚民族源于东方考》一文中进一步提出"楚之始祖为祝融"。此外，许多学者认为楚人属于苗蛮族。

在老粮仓有圣帝的传说，这个圣帝是谁？其实就是楚之始祖祝融。

远古时，世上荒凉，人类饮毛茹血。昆仑山上有座光明宫，住着火神祝融。祝融很慈祥，也很有同情心，看到人类如此，就传下火种，教人用火的方法。

人们从光明宫里取来火种，把打来的野兽放在火上烤熟再吃，这样不仅好吃，而且也能不生病，所以，大家都非常崇拜火神祝融。

祝融受帝喾高辛氏委托，到南方传播火的文明，他寻找有一百座山峰的地方，作为住居之所。他来到洞庭湖之南，雪峰山脉南端，在沩江和楚江之间，发现有一座高高耸立、气势雄伟之山峰，伫立于此，环顾四周，数来数去，只有九十九座山峰，于是，只好继续南飞，停留于南岳衡山，在此昭显天地之光明，以火施化，为民造福。后来，祝融回想，在楚江之畔，他忘记了数自己站立的那座山峰，于是，就把此峰称为望百峰。而后人则把衡山最高峰称为祝融峰。

望百峰为宁乡中部最高峰，峰顶远眺，四周峰峦叠翠，丘陵起伏，沟壑纵横，杨柳荷塘，竹掩农舍。山上苍松翠竹，野花芬芳，山谷险峻。1992 年，宁乡县第一座多功能电视差转台落户于此，盘山公路蜿蜒而上直达峰顶。

祝融为楚之始祖，楚江悠悠，千万年来，养育着楚之先民。

从 20 世纪 50 年代至 90 年代，望百峰群山的山巅或山坡里，相继出土了商代象纹和虎纹大铙、编铙、编钟及青铜鼎，更印证了这里古老的历史。

望百峰下，有一座山叫"师古寨"，这座其貌不扬的小山，却因为"大铜铙"的发现而声名远扬。1959 年、1993 年在师古寨先后共出土了19 件商代大铜铙。其中象纹大铜铙高 70 厘米、重 67.25 公斤，在目前国内所有出土铜铙中重量、大小排第二（排名第一的是 1983 年在黄材发现的大铜铙，重 220.76 公斤），是迄今所见器表装饰最繁复、精美的器物，成为湖南省博物馆镇馆之宝。

师古寨出土的编铙，是目前国内出土，可供演奏的唯一一套最大、最完整的铜铙，为国内乃至世界考古界所震惊，因此，老粮仓堂而皇之地戴上了"南中国青铜文化之乡"的桂冠。

铙是古代打击乐器，用于军旅，类似铜鼓的作用。古文献记载："击鼓山顶，足以号召部众，指挥军阵。"也用于祭祀和宴乐。

古代的礼乐是国家权力的象征，沉睡于地下达 3000 多年的大型礼乐青铜器在老粮仓频现，无不象征着这里在历史上地位之高，在祭祀、军乐、宴享之文明鼎盛，足以说明此地是某个历史时期的政治中心。

距离老粮仓 20 多公里就是黄材盆地，从 20 世纪 20 年代开始，相继出土了四羊方尊等300多件青铜器，2004年在黄材发掘了炭河里古城遗址。黄材炭河里在商周时期是一独立方国的都邑，也是三苗时期的都邑。

《民国·宁乡县志》云"羊角寨即师古寨"，所以"师古寨"又名"羊角寨"。相传师古寨是几千前祭祀祖先之地。宁乡口音中"师"与"思"同音，"师古寨"实际上是"思古寨"，其意是专门思念古人（祖先）的地方。谁在此思古祭祖呢？根据出土的大铜铙系商代铸造，应该是商代或稍后西周时期的人们在此思古祭祖，当时此地生活的是三苗人。三苗的始祖是姜央，而"姜，从羊"。羊，是三苗人的动物图腾，祭祖就是祭奠三苗始祖，祭祖之地被称为"羊角寨"。

三苗时期，作为都邑的黄材盆地虽然土地肥沃，物产丰富，但毕竟地域受限，于是又在离黄材盆地20多公里的望百峰下建立起第二个基地，这里有雪峰山余脉的庇护，易守难攻，主要储备从各地征集来的粮食和武器，用于备战备荒，所以称老粮仓。同时，也把此地作为大型祭祖之地。

2001年修建洛湛铁路时，在老粮仓桥梁村洞嘴冲发现了一个很大的战国墓群，出土了战国铜剑等文物，推动了青铜文化史上又一次重大发掘，再次证明了老粮仓在古代的历史地位。

古老的江，承载古老的文化。这一系列的历史印证，我想，也许是先有楚江后有楚国。

4

古老的江，诉说古老的故事。

楚江，又称流沙河。

这里一直有"流沙之谜"。在这一区域有很多沙子形成的"沙山"，青山桥，流沙河，老粮仓区域有巨大的河沙存量，这里由河沙地质构成。

有意思的是，《西游记》的故事，在这里流传盛广。

《西游记》第二十二回有这样的描写：唐僧师徒三人行过黄风岭，来到一片平阳之地，只见一道大水狂澜，浑波涌浪，师徒们惊叹不已。但见岸上有一块石碑，上有三个篆字，乃"流沙河"，腹上有小小四行真字："八百流沙界，三千弱水深；鹅毛飘不起，芦花定底沉。"这是小说中对流沙河的描写。小说是可以虚构故事情节的，更何况是神话小说，人们当然不会以此去现实中也寻觅那宽800里的流沙河。

根据小说情节，人们推测的全国被称作"流沙河"地方有六处之多。别的地方不说，宁乡流沙河，唐僧师徒都在这留下痕迹。

卷帘大将沙僧堕落流沙河，忘形作怪时，有时也做好事，在白山坳盖了一处茶亭，招待来往行人。

天蓬元帅猪八戒与卷帘大将沙僧在流沙河大战二十回合不分胜负，孙悟空让八戒佯装失败，把沙僧引出水面，悟空则立在岸边山峰等候妖怪露出水面，悟空伫立的山峰，被称为猴子峰，后人改"猴子"为"罘罳"。如今，罘罳峰上古木参天，巨石耸立，峭岩清涧，风景独秀，山顶曾建有金风禅院。

八戒的九齿钉耙在流沙河里掀起巨浪，也把烂山峡的巨石打落到了河里。如今，你行走在烂山峡岸边，河底的石头清晰可见，钉耙留下的岩纹历历在目，河水在石上旋跃，卷着浪花，唱着欢歌。

平时好吃懒做又好色的八戒，在流沙河除妖的战斗中格外勇敢，取经结束后，他和白龙马又回到过宁乡流沙河。宁乡花猪的原产地就是流沙河的草冲、老粮仓的唐市一带，据说，它们都是八戒的后裔。

唐僧师徒四人取经完成后，白龙马独自一人四处游历，在宁乡地界遇见妖怪祸乱百姓，于是在当地一座古桥上舍身除妖，从此之后，这座桥就叫作白马桥。人们在桥边立了一座塔，并逢年过节焚香祭拜，感谢白龙马。小白龙和白马分身，龙欲南行，等白马不及，留下一条"龙等桥"。白马在花桥铺子对面为王，修有"白马庙"。小白龙回头张望的地方叫"回龙山"和"回龙铺"。群神迎接玉帝圣旨的地方叫"候旨亭"。后来当地就以桥为名，唤作"白马桥乡"。

美丽的传说，神秘的流沙河。

神话毕竟是神话。那么，从科学的角度分析，楚江流域的流沙到底从何而来？

有人提出，从地质构造上看，远古洪荒时代，老粮仓盆地是个内陆湖，如此巨大的河沙量，可以推测这个内湖存在的长久时间。

后来，地壳运动在云山与望百峰山脉之间撕裂一个狭长的口子，湖水从口子奔腾而出，将断裂带两边山体削蚀，形成了今天"V"字形峡谷，这就是十里"烂山锴子"。湖底的河沙露出，退水后的盆地土质肥沃。7000多年前，人类开始在这一区域开垦、生活。

沧海桑田，楚江上游，流沙河镇、青山桥镇一带河沙地质形成山、川、田、土，这里的河水带沙而流，就有了"流沙河"这一名称。

5

真正有据可查，史料记载"老粮仓"之名，始于唐代。

唐代时，宁乡还称为新康县，贞观之治的休养生息政策，使人民安居乐业，老粮仓盆地一带成为重要的产粮区，有楚江的运输便利，朝廷在望百峰下、楚江之畔修建了大量粮仓囤积官粮。

屯粮重地，官兵和来往商人众多，各种店铺林立，商业繁荣茂盛，形成了繁华集镇，始称"唐市"。1941年《宁乡县志·村市》记载："唐市，或曰市始于唐时，或曰因唐公得道而名。"

官兵平时守粮枯燥，便时常与周边百姓进行蹴鞠比赛，老粮仓一带于是蹴鞠盛行，时至今日，老粮仓人仍旧保存此项传统。

古镇，贩粮商人来来往往，熙熙攘攘，好不热闹。粮店、绸铺、银铺、青楼等等，我无法想象当时的唐市有多繁华。

这些官兵、商人在返回故乡时，总想给家里的女人们带点什么，而携带最方便的是戒指等金银首饰，也是最受女人们喜欢的。

于是，在唐市街上，加工金银首饰的店铺林立，一代代相传，加工戒指、项链等的匠人越来越多。到宋代，这些匠人们挑着担子、握着锤子、带着模子，走出老粮仓，走出宁乡，走到大江南北。

千余年来，打金银首饰成为唐市人养家糊口、发家致富的技艺，他们被人们称为"章子客"。如今，"唐市章子"的名号遍布大江南北，全国各地县级以上的城市，几乎都有老粮仓人的珠宝店。"章子客"更

"打"出国门，"打"到了俄罗斯、蒙古、越南、老挝、马来西亚等国家。著名的金银首饰品牌张万福、克拉海洋、李家福、长沙银楼、金六福等的创办者都是从唐市的"章子客"起家的。

古老产业只有"走出去"，才能"请进来"。

"唐市金银首饰加工技艺"被列为长沙市非物质文化遗产，2003年，老粮仓被誉为"金银首饰文化之乡"。

2010年起，在老粮仓建设"珠宝产业园"，将"中国·老粮仓珠宝产业园"发展成为中国中西部一流的珠宝产业基地。

古老产业，焕发勃勃生机。

6

楚江潋滟山水翠，稻花香里话丰年。

金色的秋阳下，走在老粮仓盆地，稻浪滚滚，橙黄橘绿，民居秀美，庭院花香，青山绿水，风景如画。

不禁令人想起宋代的一首词"十里西畴熟稻香，槿花篱落竹丝长，垂垂山果挂青黄。浓雾知秋晨气润，薄云遮日午阴凉，不须飞盖护戎装"（范成大《浣溪沙·江村道中》）。

古老粮仓，生态立镇、产业强镇、教育兴镇。

一条条通到农家屋场的水泥路，一排排别墅式的农民新居，一个个农民休闲广场，一张张开心的笑脸，让人真切地感受到，美丽乡村建设，在这里融入农民群众的生活，正在改变着古老粮仓的面貌。

产业兴，农民富。珠宝产业、宁乡花猪产业、中药材产业，让美丽乡村成为创业乡村、富民乡村。

楚江悠悠唱欢歌，古老粮仓换新颜。

老屋，时光里的嘘叹

1

父亲说，好久没回家了，想回家看看。

随父到家，过第一道门，正厅，过天井，至第二个正厅，再是天井，至最里面厢房，母亲坐老式雕花床上，我喊"妈妈"，她不答。

突然意识到，母亲过世多年，怎么又回来了？我连连大喊：妈妈，妈妈！她不答，转身往里走，往那幽深幽深的老屋走。我急，妈妈，妈妈！一直大喊。

妻推醒我。

又快农历七月半了。常在这样的日子，梦见逝去亲人，梦见老屋。

想着，母已逝 30 多年，父跟我们在长沙生活 20 多年，逝后，几次梦见，父总说想回老家看看。

灵魂深处，特殊的日子，亲人总在提醒。

梦里，总是在老屋，这个我 14 岁前住居过的地方，如今，早已踪迹全无。

儿时生活的地方，却总是静静地徜徉在时光的隧道里。

2

樟树湾，处于一高坡上，坡下是辽阔的黄材盆地。

金黄的稻谷，田田的莲叶，静静的村舍，依次在视野打开；远处黄材镇、青羊湖大坝、千金坪山等，一览无余。

滔滔沩水，从千金坪山脚从西往东流向远方。

在宁乡，聚居的老村大多称湾，唐家湾，新屋湾，松树湾，枫树湾，等等。一个湾就是一个村民小组。

老屋建筑坐北朝南。

村口第一道大门，称朝门。斑驳的旧门楼，年代久远，小黑瓦，陈旧的门框，朝门东留下一段残垣断壁，爬满枝叶茂盛不知名的藤，结出一种绿色的圆圆的可以吃的果实，小时叫它"棒棒"，至今我不知其学名。

过朝门，是一大坪，西头水泥坪，生产队晒谷坪，坪最西边为生产队队屋。

大坪东，长长石板路，二十多米，由南往北，通往第二道朝门。门框和门槛麻石砌成，两边各有一竖立的石鼓，被摸得闪光发亮，石门槛也被我们坐得锃光瓦亮。

20世纪70年代初，那个人民公社的饥荒年代，单瘦单瘦的弟弟，常坐石门槛上，盼父母收工回。邻居龙大哥生产队收工回，问弟："吃饭没有？"弟答："吃了。""吃什么？""吃汤。"不管吃没吃饭，弟都答吃汤。长大后，一直被龙大哥作笑话讲。

大门两边是厢房，正面露天天井，天井东西两边是堂屋，连着厢房，天井北为正厅，实为公共场所，家族祭奠和活动的地方，也是我们儿时玩耍之处。此为老屋第一个四合院。

从正厅后门，进入第二个四合院，结构如前。从第一个四合院，从南往北，分别住着我大伯、二伯、三伯家，我父母及祖母住第二个四合院最北边。每家三到四间房子，加上共用的堂屋、杂屋，大大小小加起来有近二十间房子。

紧邻我们的有龙家、另外一家姜姓的几个四合院，这些，一起构成了这个老村的结构。

3

老屋厢房，有一间肯定是姑妈住过的。姑妈做闺女时的故事是在她逝后才听到。

90 年代，80 多岁的姑妈病逝。当晚，我住堂兄家，一位远房长辈亲戚也住这。他对我说：其实你姑妈的大儿子不是这姑父的，你姑父追你姑妈的故事很有传奇性。

姑妈之前还结过一次婚吗？我一直不知道啊！很奇怪，怎么没听父亲说过呢。

远房亲戚说：也许你父亲并不知晓，那时你父亲还很小。

父亲是家中幼子，上面还有三个哥哥，两个姐姐，其二姐出嫁不久就病逝，自然我没见过；姑妈，是父亲大姐，比父亲大了 18 岁。

远房亲戚说：你姑妈是长女，也是你祖父的掌上明珠，到了出嫁年龄高不成，低不就。当时，在你祖父家做长工的周家小伙暗暗喜欢你姑妈，担心你祖父不同意，也不敢提出来。

那一年，来了一支部队，住厉家祠堂，有个连长看上了你姑妈，连长姓贺，家里就是邻村的，贺连长委托其父母来提亲。

祖父时，家里并没有自己的田土，只是承包了厉家祠堂的几十亩水田，上交租金给厉家祠堂，每年负责厉家的祭奠活动，只能算是厉家祠堂的佃户，这也是土改时没有定为地主的原因之一。几十亩田，平时请了两个长工，农忙时节还要请短工。祖父善于经营，做点小生意，所以家境甚好。

听父亲讲过，每年过兵时候，常有部队住厉家祠堂。

祖父打听到，这贺连长是读书去长沙的，抗日战争爆发后，投笔从戎，是一上进青年。于是，同意了这门亲事。

姑妈结婚时，我父亲还只有 3 岁，锣鼓唢呐，大红轿进门，热热闹闹，最高兴的是我父亲，他钻进大姐的大红轿里不肯下来，一起抬到了贺家。这事一直被作为我父亲小时候的笑话，被人提起，直到他结婚后才很少人说。

新婚后，丈夫去了长沙，姑妈大多时间住娘家，一年后，生下一儿子，这就是我的大表哥，只比我父亲小四岁。

1944年初，姑妈丈夫回来一次，多住了几天，临走时依依不舍，说又要打仗了。

长沙战事吃紧，姑妈丈夫却杳无音信。

年底，乡公所送来通知，说贺连长在长沙保卫战中牺牲，也有人说是在宁乡牺牲的。

姑妈带着幼小的儿子，住在娘家，常常暗自流泪。

周家小伙一直暗恋着姑妈，默默照顾着。

1945年秋天，是一个丰收年，稻子收割时节，家里多请了几个短工。

祖父习惯于早起，看看哪丘田里的稻子熟了没有，是否可以收割了。

这天凌晨还没起床，就听到外面吵吵吵闹闹的，走出一看，只见周家小伙儿被同伴五花大绑。伙计说，周家小伙儿昨晚在姑妈房子里过夜。

祖父气得发抖，操起身边的扁担就要打。这时，姑妈从房子里面跑出来，挡在了前面，跪在自己父亲面前："要打，您先打我吧！除了他，我谁也不嫁。"

祖父见生米煮成熟饭，同意了这门婚事。

后来知道，其实，周家小伙并没有做这出格的事，都是这帮同伙替他出了这么个鬼主意。

在我印象中，我的姑父，一直对姑妈很好，家里大小事都是姑妈管事，姑父只管做体力活，姑父尽管年龄比姑妈大，但身体结实，80多岁还在做农活，还能挑100多斤的担子。姑妈晚年眼睛不好，后来瘫痪了几年，都是姑父细心照顾。姑父到98高龄过世。

不知姑妈当年嫁贺家，是否愿意，是否幸福，那是一段短暂婚姻。

也许人生姻缘上天注定，缘由天定，分属人为，天给机会，人做抉择。后来姑妈嫁周家小伙是自愿的，一生是幸福的，有三个儿子，两个女儿。

4

"袅袅炊烟，小小村落。"雨后，炊烟萦绕着老屋青瓦。

50 年代初，轰轰烈烈的土改运动开始了。

农会主席认为：我祖父家这么多房子，还请过长工，应划为地主。

祖父去邻乡乡政府找到何某，让何某帮说上一句话，应该划为贫农。

何某对农会主席说：贤六阿公家为革命做过贡献，可以划为贫农。祖父的名字里有个贤字，排行第六，被晚辈叫六阿公。

1949 年 2 月 10 日凌晨，大雪纷飞，共产党人姜亚勋、陈仲怡带领起义人员攻占了黄材警察所，大沩乡公所。同时，李石锹带领起义人员攻击了唐市警察所，这就是宁乡革命史上有名的黄唐起义。

一个星期后，起义队伍遇国民党保安队"围剿"被打散。3 月 5 日，姜亚勋重新集合了一支 200 多人的队伍，成立湘中游击队第一支队。

五月的一天，游击队正在黄材聚会，被叛徒告密，遭保安团"围剿"，队伍兵分两路撤退。

一支队伍从樟树湾到老鸦冲、到大冲里，再到城墙大山集合。边打边撤，刚撤到樟树湾，游击队员何某大腿中弹。

外面枪声正浓，我二伯和家人躲家里往外张望，见被搀扶着一拐一拐的伤员正是他小时的朋友何某，于是，一把把他拉进房子。祖父见此，连忙把他藏到地窖里。

保安团追至此，问见到被追的人没有，祖父说，见到几个人，还有一个受伤的往厉家祠堂的后山去了。保安团一直往老鸦冲方向追去了。

何某在老屋一直把伤养好才归队。

这次撤退，是一次非常惨烈的战斗。另一支队伍，往沩滨中学后面梓树山撤，往崔平冲，到城墙大山集合。刚到梓树山，遭保安团大部队追击。机枪班长沈子桂留下阻击，不幸被敌人子弹打中胸口，当场晕倒在荆棘里。敌人搜山时发现了他，把他活活刺死，并割下一只耳朵回去领赏。

何某对农会主席讲了这段经历。

小时候，常听父亲给我讲起这段往事。

何某还说，请的长工也是姜家自己的女婿。何况，自己家里又没有田地，只是厉家祠堂的佃农。打开粮仓，空空如也，只有家里十来口人的口粮。

但还是有人不同意，有人说，毛主席那么大领导，家里有房，也是富农。

有人提出，划为中农。当时阶级成分划分，有贫农、下中农、富裕中农、地主，最后，定为富裕中农。

这样，老屋得以完整保留下来，如果是地主，就需分给他人。

老屋房子木材极好。听父亲讲，房子原来是铺满了楼板的。1959 年至 1961 年人民公社大办公共食堂期间，房子重新分配住。祖母带着全家住到了离老屋一公里多远的松华河边，而老屋分配到了别的社员住，1961 年解散食堂再回到老屋时，楼板被当柴火烧了。

5

梦里总少不了老屋的雕花床。床前面是踏板，两端放床头柜，床架是双层镂空雕花，两边各有一只蹲着的小狮子，栩栩如生，小时在床边蹦蹦跳跳，最喜欢摸着狮子头玩，狮子头被我和弟弟妹妹摸得光溜溜的了。床前上面的雕花物有花有鸟，往外伸出三层，一直伸出到踏板外面。后来，床上面的雕花雕像慢慢往下掉，只剩下里面一层。

印象中，几个伯父家都没有雕花床。雕花床应该是祖父母留给父亲的。

土改后不久，祖父过世，不久，大伯父也病逝，父亲尚只 16 岁。家里的主心骨没有了，大家庭分崩离析，有人提出分家，祖母不想，但二伯母要求强烈。老屋分成四份，成家了的大伯、二伯、三伯各一份，父亲和祖母一起一份。

我没见过祖父，常听邻居大伯说起祖父，为人豪爽，好善施，好赌。好赌的例证就是一个晚上输了七十担谷。

1949 年的某个早上，一夜未归的祖父带回来十多个人，打开粮仓就往外挑谷，他对祖母说，昨晚输了七十担谷。

看着空空的粮仓，善良的祖母不吵不闹，偷偷抹着眼泪。

有人说，这个晚上祖父带着自己的大儿子，也就是我的大伯父在外面赌博，父子俩一晚上输了七十担谷，也有人说，是我祖父故意输的。

自此，祖母对儿孙的家训就是不准赌博。

老子曰："祸兮，福之所倚；福兮，祸之所伏。"父亲常对我说起，如果没有输这七十担谷，也许被划为地主了。

祖父的性格，从我舅父那得到印证。

父亲 16 岁失父，小学四年级后缀学，背着富农成分，26 岁尚未婚。母亲是贫农出身，新中国成立后读书到初中肄业。60 年代，19 岁的母亲怎么会嫁给父亲呢？我一直感到奇怪。

后来，我问过舅父。舅父对我说：我祖父一家租种厉家祠堂水田，常常资助厉姓人家困难户。外公姓厉，新中国成立前上无片瓦，下无立锥之地，靠外公帮人家酿酒为生，常常家无隔夜粮，有时需外婆带着年幼的舅父和母亲讨米，才能维持生活。每次到我祖父家，祖父母对他们极好，总要资助。1949 年后，通过土改外公家分了田地，舅父和母亲才得以上学，舅父入了党，当了干部，但外公不幸病逝了。当媒人做介绍时，长兄如父，大母亲 7 岁的舅父做主，同意了这门婚事，舅父认为我祖父母一家人好。这就是"赠人玫瑰，手有余香"吧。

我不知母亲心里怎么想的，从没问过。小时候，不懂这些，我 19 岁时，母亲不幸病逝，让我再也无法问及母亲。在我少年时的心里，认为母亲是受了委屈的。在那特殊年代，一有政治大事，父亲就被召唤去"接受教育"，大年三十，正月初一，作为富农子弟的父亲常常被叫去集体劳动，母亲带着年幼的我们在老屋担惊受怕，等父亲回。

小学作文，都是母亲一字一句教我写的，数学也是母亲教我。

谢老师，我的小学班主任，一位我崇敬的语文老师，评优、评三好学生时只看成绩，不看家庭出身，一到四年级，我期期被评为三好学生。五年级换了班主任杨老师，一位体育老师，尽管我成绩第一，得票第一，因为家庭出身富农，三好学生被取消了。母亲给班主任写了一封长长的信，大意是母亲家里出身贫苦人家，新中国成立前同样受尽磨难，对下一代以家庭出身来评价是不公平的。母亲让我把信带给班主任，我不愿意，母亲就委托邻居家的孩子、我的同班同学带去。班主任看了这封信后，改变了做法。

6

家庭成分，对于我，以及弟弟妹妹、堂弟堂妹们，影响不大，但对于我那些四五十年代出生的堂哥、堂姐，影响深远，甚至几代人。

堂姐敏英，大伯父的女儿，前年，70 岁生日，她远在湖北的两儿一女一个都没来。

我多次问过她，当年，为什么要远嫁湖北，嫁了就嫁了，有两儿一女，又为什么一定要抛夫弃子，再跑回湖南再嫁呢？

每次，堂姐都欲言又止，似乎不愿提及这段往事。他回湖南结婚后，生有一子，现在孙子也有几岁了。

2019 年，堂姐的湖南丈夫突发急病去世，过了几天，我去看她，又问及往事，她才缓缓说起往事。

50 年代初，大伯父病逝，大伯母含辛茹苦抚养着年幼的两儿一女。由于家庭成分不好，各个方面受到歧视，特别是 1966 年后，大伯母常受到批斗。

逃离现实，嫁得远一点，再远一点，这就是她当时的想法。

1969 年 8 月，宁乡暴雨成灾，一场洪水席卷全县，1000 多人死伤，缺衣少吃的灾民有的远走他乡。这时，黄材村元家山有一媒婆介绍了几个年轻姑娘嫁到湖北天门、汉川，嫁过去的人又回来再介绍新的人过去。

回来的人带着诱人的米糕、油炸的干鱼，把湖北描绘成了天堂。"那边是一望无际的田野，鱼米之乡，吃不完的白花花大米，嫁过去以后还有工资发。"受这样的诱惑，堂姐没告诉自己母亲，就跟着介绍人偷偷地离开了家，经过一路颠簸，又坐车又坐船，把自己嫁到了湖北汉川。

湖北的姐夫我见过，仪表堂堂，比堂姐高很多，有 1 米 8 的个子，脸黑黑的，年龄也大很多。每年春节，堂姐、姐夫从湖北回来，带着米糕、爆米花、干鱼，从一个孩子，到两个、三个孩子。童年的我，挺高兴地跟在堂姐、姐夫后面跑，带着侄儿侄女玩。在我的眼中，觉得堂姐还是幸福的。

80 年代初，媒婆把一个有夫之妇，还有精神病的女子介绍到湖北，两边的丈夫都告状，媒婆作为人贩子被抓坐牢。有几个远嫁湖北的女子陆陆续续跑回了宁乡。

堂姐说，嫁过去的女子有一种被骗的感觉，虽然天门、汉川是平原，耕地很多，但哪有什么工资发啊，也是农村里，没结婚的大龄青年有的是家庭困难，有的是家庭成分不好。她嫁的丈夫家是地主成分，原本想嫁远点，找个家庭成分好的，哪晓得是从米箩里跳到糠箩里。自己坐车又晕车，每回湖南一次不容易，看到自己母亲年纪越来越大，身体越来越不好，每次回来都舍不得她走，那边是孩子，这边是母亲，真是两难啊！看到别的女子一个个跑回来再嫁了，她也就忍心丢了那边的孩子，偷偷跑回了湖南。湖北的丈夫带着孩子来湖南找过她几次，她都躲着不见。

我问起湖北的孩子情况，堂姐眼眶里泪水在转："这一生感到最对不起的就是那边的儿女了！偶尔有电话联系，都结婚了，女儿女婿在深圳打工，小儿子全家住县城，过得还好，大儿子全家住乡下，困难一点儿。"

在儿女们心里，对忍心抛弃他们的母亲总是有心理隔阂。

也许一个时代有一个时代的活法，我不好评价堂姐他们这代人的对和错。月有阴晴圆缺，人有悲欢离合。他们这么做，也是在特殊年代追求自己的幸福。

我的另一个堂姐，三伯父的大女儿远嫁湘潭，一直生活在那里。两位堂哥结婚也很迟。

7

住在老屋，父亲总得病，我和弟弟也病，有一次，我和弟弟同时病了，父亲用箩筐挑着我俩，去镇上卫生院看病。

老屋旧了，破了，只想搬离老屋。

1978 年，集体经济有所好转，原来一天的工分只有几角钱，这时可以接近 2 元一天了。我家拆了老屋的两间房子，用这些木材到新的地方建了四间平房。

老屋的砖缝里有光绪年间的字样。

那些老土砖敲碎以后，运到田里做肥料。

以后，伯父、堂哥以及邻居陆陆续续一个个拆了老屋，大部分人家搬离了老村，在离公路近的地方建了新房，少数在原地重建了独立的楼房和平房。

老屋的四合院消失了。

8

老屋村口的坡上有两棵老樟树，树干要几个人才能合抱得下，枝叶交叉，重重叠叠，树冠像一把巨伞，遮阴避雨。有人说这是夫妻树，这树至少有 200 年以上。外出的村民回村远远看到老樟树，就到家了，就心安了。

夏日，全村的人喜欢坐在樟树下乘凉、聊天，地上常常铺满了一层黑黑的樟树籽，凉风习习，树叶婆娑，树顶上常有用干樟树枝搭建的喜鹊窝。如果一夜大风，早上可以在樟树下捡上一大篓干树枝。

大人说，这是一棵神树，树皮可以做药，可以醒酒，所以，常常见树干的树皮被人割走。

夜晚，搬上竹床、竹椅，坐在树下听那几个读过一点书的大人讲"白话"（故事）。有白蛇娘娘的故事、孙悟空大闹天宫、孙悟空三打白骨精、聊斋的故事。夜越深，就越是讲鬼故事，白骨精就躲在樟树上，聂小倩、婴宁今晚会来找你。吓得孩子们一哄而散，各自跑回家。

一个没有月光的晚上，我一个人从外面回家，远远就听到樟树上有"呜哇——呜哇——"的叫声，我快速往家跑，只见一个黑影嘘的一声，从我身边往樟树上飞去。吓得我回家扑在母亲怀里哇哇大哭："我看见鬼了，我看见鬼了！"

第二天，母亲把外婆接来给我"收法"。那时候，外婆常常给受惊吓的孩子"收法"，先泡上一把浓茶，外婆把孩子的小手一个指头一个指头地握一下，然后握成拳头，握紧在她的大手里，用茶水在孩子额头上弹三下，再喝上一口茶水就好了。奇怪的是，"收法"后，受惊吓的孩子果然就好了。

"收法""起水""冲傩"是梅山道的法术，有此法术的人去世后，法术要由道士收回。

1976 年，亲爱的外婆去世。我们送外婆上山后，回到舅舅家，中午在

床上休息，我和表弟突然从床上跳起来，又蹦又跳，大喊大叫，别人也不知我们喊的什么。做道场的道士问，我外婆生前是不是有什么法术，舅舅说了外婆常常给孩子"收法"的事。道士点上香烛，在外婆遗像前念念有词，一会儿，我和表弟安静下来了。据说，是道士把外婆的法术收回来了。

事后，别人问我们发生了什么，我一点儿记忆都没有。感觉是做了一个梦，梦里是外婆要去某个地方，到了一个悬崖峭壁的地方，很危险，很危险，我急得大哭，并且大吵大闹。

80 年代初，我到外地上学，第一年寒假回家，下了车，往老村走去。

那棵老樟树呢？村口坡上那两棵老树呢？是不是我走错地方了？我的心空空的。

老樟树没了，很多很多树也没了。

父亲给我讲了砍树的经过。

生产责任制，分田到户。把田分了，把生产队的农具分了，把耕牛分了，紧接着，把山也分了，把村前的树也分了。

这棵几百年的老樟树也分了，分给 4 户人家共同拥有。是不是把这棵树砍了分了，虽然发生了分歧，但最终老树没有逃过厄运。

砍树那天，全村的人都在围观，老樟树轰然倒下的那一刻，老人们眼里噙满泪水。

老樟树没了，老村的灵魂丢了。外地游子回村远远地看不到老樟树，心也慌了。

如同这棵老樟树的命运一样，20 世纪 80 年代初，集体的山林分到农户前，普遍遭受一次厄运，山上树被砍光。

一年后，牵头砍老樟树的村民在一次维修电路时，意外触电身亡。有人说，是神树老樟树在显灵。

9

当我到岳阳县张谷英村，到安徽黟县宏村，看到那种老村、老屋，那种露天四合院，总会想起儿时也曾生活在这样的老村，这样的老屋。

如今，这样的老屋在宁乡已经消失。

想起宋朝裘万顷所咏《老屋》：

> 老屋久欹侧，随宜聊拄撑。
>
> 吾今且共住，缘尽会须行。
>
> 雨打从教坏，风摇不用惊。
>
> 世间虚幻相，聚散本无情。

"缘尽会须行""聚散本无情"。人世间聚散是缘分，与老屋的缘分也一样。

80年代末，第一次到女朋友家，她说起贺石桥乡政府的青砖瓦房。于是，我们兴高采烈地骑着自行车，从洪仑山出发前往贺石桥乡政府。

青砖瓦房，走过悠长的回廊，青石板地，大天井，大花坛，正有栀子花盛开。贺石桥大丰店贺家祠堂，是北伐名将、国民党高级将领贺耀祖的故居。

从贺耀祖老屋出来，路边一小女孩背着背篓，身边一只小花狗，自行车经过时，小花狗突然从车前跑过，我一急刹，车和人倒在地上，小女孩急忙过来说对不起，我和女友拍拍身上的灰说，没事，没事。

28年后，在长沙偶遇一贺姓女子，她说老家是贺石桥乡政府边上的。我问起贺耀祖故居是否还在，她说早在20世纪90年代就全部拆了，一点痕迹都没了。我说起当年路边遇到的小女孩，她说小女孩就是她，她当年12岁，对那件事记忆犹新。

我唏嘘不已，这个世界太小。

10

电视里，听白岩松朗诵《长大回家》：

长大回家，又有几天可以不用说普通话，老友相聚，合影像一张泛黄的油画，我们认真地排着谁小谁大，如果童年游戏再玩一下，还是想和你对家。长大回家，让我们一起唱往日时光吧，歌声中我回到桌边把剩酒悄悄喝下，突然眼中全都是泪花，别怕，这正是最好的年华。长大回家，唱往日时光的我们就在最好的年华。

其实，当你总是喜欢回忆的时候，就感觉自己老了。

"乡愁是一方矮矮的坟墓，我在外头，母亲在里头。"如今，对余光中的《乡愁》才有了深刻的感受。

父母不在了，但春节、清明、农历七月半总要回老家。

我常会回到老屋的地方看看，在长满杂草的老屋地基寻找那只蟋蟀、寻找墙隙里的那只蜜蜂，寻找我的童年。

原来的住户大多搬走了，一片绿绿的菜地，一片斑驳的灌木杂草。我想，如果在这里再建房子多好。可是，户口不在这里，回不去了。

人生就是这样，只能往前走，不能走回头路。

比我小半岁的堂弟，我二伯父的儿子，幼时，父亲早逝，母亲改嫁，年轻时，他把老屋拆了，卖了，远走南方打工，漂泊了半辈子，仍是孤身一人。前年，他回到老屋地基，原地建了三间房子。

搬进新房的当晚，他父亲来到他床前，说很久没吃肉了，他回答，家里没有猪肉，只有牛肉，他父亲回答说，牛肉也想吃。原来是南柯一梦，惊出他一身冷汗。

第二天一早，打开冰箱一看，果然只有牛肉，按照老家风俗，牛肉是不用来敬神的。他忙去买了猪肉、鸡、鱼，祭祀一天，于此，再没做类似的梦。

老屋其实一直在的，在每个人的灵魂里。

诗意沩山

——读刘丙坤《银杏树下》有感

1

2019 年元月，一场大雪，如期而至。

大沩山，白雪皑皑，银装素裹。

我看到，唐代诗僧齐己，推开寺门，踏雪寻梅："前村深雪里，昨夜一枝开。"

我看到，唐代诗人刘长卿，徘徊在暮雪里："日暮苍山远，天寒白屋贫。柴门闻犬吠，风雪夜归人。"

好一场大雪啊！

密印寺里，千年灵树，北风吹拂，翠绿嬗变为金黄，金黄飘洒于人间，枝挂冰凇，晶莹剔透。

好一个诗意沩山啊！

在如此诗情画意时节，生于斯、长于斯的刘丙坤先生，手捧诗集《银杏树下》，把如此美好的大餐，呈现于我们面前。

2

为了这场大雪，丙坤先生等了很久。

北风吹瘦的云／拴在河边杨树林的一块顽石上／修炼成蝶／北风吹瘦的人／夜晚回到镜中／苦等天明／北风吹瘦的旷野／腾出一大片空白／等候米酒，乡音，一场迟来的大雪（《北风吹瘦的事物》）

我看到他在等，带着米酒、擂茶、毛尖、乡音，等着这场诗意盎然的雪，等着远方朋友的到来。

曾经和丙坤在青羊湖大堤品着米酒，把酒临风，赴一场青羊湖之约。

曾经在丙坤家里喝着正宗沩山擂茶，感受那一缕热情的乡音。

曾经由丙坤做向导，穿越荆棘丛林的羊肠小道，爬上端山之巅，虔诚地拜访唐代大相国裴休栖息之地。

大沩山，总是那么令人向往，有茶、有酒、有诗，更有诗人丙坤在。

3

当大雪来临时，他是那么欢欣鼓舞。

是谁的大手笔，直叙，平铺／一轴清明上河新卷，舒展潇湘／去色，留白，再留白——／素颜，是冬的新娘／酒窝里已盛满悸动／就连月光也显得心慌／树枝，用风的手／为三千里江山，披上／最美的嫁衣裳（《分摊一片雪光》）

大雪纷飞之时，离过年就不远了，也是远方游子的期盼。

还有什么不能放下的，除了生命中的盐／春运的火车票上，上帝的

手 / 已为我们量身定制了 / 运回乡音的第二场雪（《残雪》）

当落叶和雪片一层层加厚思念 / 年味在腊八 / 一锅粥里熬制，煮沸，升腾飘远——/ 远方的游子把乡愁打点，装进行囊 / 被春运的列车，押解回乡 / 爸妈的笑容打开你紧皱的眉头 / 释放你蓄满了一年的泪水(《过年，过不去的乡愁》)

4

他是一位诗人。

为了《银杏树下》，他写了很久、很久。

写诗的初心，是他的执念与诉求。

品赏《银杏树下》，总能感受这位 70 后青年诗人的激情、浪漫、热血沸腾。

5

他是一位乡村教育的歌者。

把讲台当作舞台，把校园认作家园。有校园早晨的即景，有考试场上的随想，有教师节的思索。

青丝的出场，到白发的谢幕，老师——是青葱校园里最温情的名词与形容词。24 年来，送走了一缕缕晚霞，迎来了一道道曙光，给一双双求知若渴的眼睛里，浇灌阳光和雨露，填充信仰和清风。

6

他是蓝色季风。

春的明媚，夏的热烈，秋的爽朗，冬的澄澈，四季的风，穿过大沩山的高山峡谷。

春天，他"携一枝春梦上路""把一年的好运走成一朵桃花"。

夏天，他"收集所有的朝阳，喷薄成，火热的地平线"。暴雨过后，他"听见苦涩的河流，一遍遍用泪水，浣洗着废墟之上"；修复家园的人们用"沸腾的汗水，擎起三千亩禾苗，微微颤抖的露珠"。

秋天，他"举起内心的火把，攀缘一段越来越红火的篇章"，"从落叶上，拷贝一页，已经发黄的诗行"。

冬天，他用"冰凌的手势，指认着来路与春光"。

7

他是故乡的守望者。

雪峰山麓，银杏树下，大沩的山山水水，凝聚他守望的根系与亲近的族群。

山峰，庙宇，朝阳／这些搁在高处的事物／都在蓁养众生饥渴的目光（《被阳光举高的冬日沩山》）

父爱、母爱，已经融化在血液里。

故土、乡情，"日日夜夜，从梦里发源，又从梦里渗出"（《诗歌地名之八角溪》）。

他是故乡古老的歌手，"再远的远，远不过溪流的脚步／再轻的轻，轻不过溪流的软语"（《再梦一回山溪》）。

8

他是旅途的哲人。

他打开煤城的希望之门，寻梦千年炭河里，用人面纹方鼎的神秘微笑凝望众生。

在望百峰，把峰顶的电视塔，矗立在心尖。

在流沙河，流淌诗意。在花明楼，寻一盏时空的路。

在芷江，醉拥舞水河，把和平的大旗举起。在钱塘湖、杭州湾吹响喇叭，对月吟哦。

在乌衣巷、秦淮河，寻找风化的石头。

……

他在凡尘行走，持菩提心，枕杨柳风，修明月禅。

他的足下，每一处都是诗意和远方，却总怀着故土与心房。

9

他踏着千年的唐宋古韵而来。

唐代温庭筠、皮日休、陆龟蒙登临沩山，参禅悟道，留下题咏。

苍苔路熟僧归寺，身去青云一步间。（温庭筠《游沩山》）

桂寒自落翻经案，石冷空销洗钵泉。（皮日休《访寂上人不遇》）

鸟在寒枝栖影动，人依古堞坐禅深。（陆龟蒙《寒夜同皮袭美访北禅院寂上人》）

李商隐、王维、刘长卿、张继，这些唐代大诗人，一个个访沩山高僧，留下禅意悠远之作。

南宋陆游、易祓、张栻，在这里参礼沩仰祖庭，挥毫吟咏。

诗意沩山，诗星璀璨，弦歌悠悠，千年不绝。

踩着厚重的古韵和梵音，诗人丙坤在这里吟唱。

参详不问指，极目上危楼。

足下清河去，瓶中甘露留。

三山同一拜，五蕴亦无求。

镜里除尘事，浮光万里游。

——《五律·千手观音圣像开光大典》

春光外露试秋凉，玉立荷池水一方。

美目频回寻黛影，冰肌偶断着泥床。

睡莲不解南柯梦，古柳遑提草木香。

他日风霜侵镜面，枯容打坐是还乡。

——《七律·秋荷》

壮哉，吾中华复兴路；美哉，我沩山好地方！（《沩山赋》）

让我们祝贺吧！

让我们欣赏吧！

把《银杏树下》，放在你的书房！

把《银杏树下》，摆于你的案头！

把《银杏树下》，在心中吟唱！

跋
BA

故乡，时光里的静好

一泓碧水，润泽楚沩大地。

黄材，青羊湖下、沩水之畔的古镇，生于斯，长于斯，魂萦梦牵的地方。

春去秋来，沩水，有时如一位娴静温柔的女子，静静流淌，有时又如一位粗犷暴躁的野汉子，咆哮跳跃，从巍巍大沩山奔腾而来，到青羊潭，到青羊铺。

雪莱说："历史是一首用时间写在人类记忆上的回旋诗歌。"这首诗静静呈现在我面前，走进岁月深处，聆听时光的嘘叹。

青羊铺、黄木镇，再到黄材镇，空间是静止的；时间如沩水东流，一去不复回。名字变迁，古镇是怎样沧桑巨变？走过了多少岁月？经历千年？还是万年？

古镇黄材，到底有多古老？

30万年前，一个太遥远、太遥远的概念。也许人类刚刚直立行走，也许人类刚刚学会制造工具，而黄材，已经有这么一群原始人生活在这里。

有石核为证。2001年，在黄材炭河里发现两个石核，专家考证，是旧石器时代原始人使用的石制工具，距今30万年。

漫长的旧石器时代，到漫长的新石器时代，再到5000多年前，蚩尤部落生活在长江中下游流域，九牯洞、十三洞、蚩尤屋场，留下足迹，黄材，成为聚居中心。

2003年，对炭河里的考古发掘发现，一座深藏于这块宁静土地下的3000多年前的古城遗址，豁然袒露在人们视野中，"地上一无所有，地下气象万千"。

历史上认为是蛮荒的荆楚，在黄材已有了相当规模的城市和金碧辉煌的宫殿，用上了令后人震惊的工艺精美的青铜器。四羊方尊、青铜人面方鼎、大铜铙等等，每一件都是举世罕见的国宝；1500多件精美青铜器的发现，在诉说这里的古老，在诉说这里曾经的灿烂文明。

尘封的岁月太久，太久，以至于对她过去一无所知。这里，曾经有过一个怎样古老的部落？怎样古老的方国呢？

伫立炭河里青铜器博物馆前，我恍然感觉，时光荏苒，岁月易老，沩水之畔的山川，亘古未变。

清晨，古人浅浅的足音，依然如旧，一路走来。三苗部落，大禾王国，铸造青铜的熊熊火焰在这里燃烧，青铜的光芒，映红了炭河里的夜空。青羊公主，带着神秘微笑，款款而来，"罗衣何飘飘，轻裾随风还；顾盼遗光彩，长啸气若兰"。

千年的风雨声依稀可辨，端坐无语，聆听岁月的律动，穿越历史的沧桑。金戈铁马声声疾，青铜战鼓阵阵催，四羊方尊的美酒，洒满了青羊山下的战壕，三苗将士的鲜血啊，染红了 3000 年前那一轮残阳。

荆楚之时，屈原在这里吟唱，"路漫漫其修远兮，吾将上下而求索"。

"力拔山兮气盖世，时不利兮骓不逝。"楚汉之争，项羽失败后，他的后裔遗落在黄材之西的巷子口。

灵佑禅师从回心桥回心转意，唐代相国裴休亲自为灵佑护奥、剃发，密印禅寺的银杏树，绿了又黄，黄了又绿，见证千年历史兴衰。

诗僧齐己踏雪寻梅，吟着"前村深雪里，昨夜一枝开"的诗句云游天下。唐代诗人刘长卿，徘徊在青羊山下的暮雪里："日暮苍山远，天寒白屋贫。柴门闻犬吠，风雪夜归人。"

温庭筠在沩山吟唱"苍苔路熟僧归寺，身去青云一步间"。皮日休和陆龟蒙访沩山高僧，见不到友人，只好吟唱"桂寒自落翻经案，石冷空销洗钵泉"，"鸟在寒枝栖影动，人依古堞坐禅深"。

宋代大儒、湖湘学派一代宗师张栻，吟着诗句"西风吹短发，复此过长桥"，来往于长沙、黄材、官山之间，把沩水之滨、黄材之西的龙塘，作为其父亲魏国公张浚和自己栖息之地，开启宁乡文脉乃至湖湘文脉之源。

沩源里的布衣状元易祓筑起"识山楼"，琅琅读书声，激励宁乡一代代学子，演绎"宁乡人会读书"的传奇。

清末秀才何叔衡、谢觉哉从沙田出发，成为中共一大代表，成为共和国司法奠基人、新中国第一任最高人民法院院长。

"宁乡四髯"之一姜梦周从这里走出，投身于党的革命事业；甘泗淇从月山塅溪河出发，成为开国上将。

姜亚勋、李石锹、陈仲怡高举赤旗，发动黄唐起义，书写湖南革命斗争史光辉一页。

行走在黄材，金黄的稻谷，田田的莲叶，青瓦的村舍，流动的白云，潾潾的碧水，令人"沉醉不知归路"。

诗人姜月山有《浪淘沙·黄材八景》，八首词描写黄材的八处美景。

从姜公庙的《熟乐书声》"朗诵古今文，婉转频频"，到黄材石崖头山上的《云岭樵歌》"日断白云峰，卉木葱葱"，"柯斧叮当歌一曲，群和皆同"。从井冲涓水的《渔光夺月》"溪小赛渔乡，芦火茫茫"，到黄材盆地的《平原牧笛》"短笛长歌相断续，唱和相连"；从崔坪河金马村的《石溪钟鼓》"巨石有时翻石壁，金鼓齐鸣"，到石狮庵的《石殿夜钟》"敲动钟声长不断，云外高悬"；从沙坪梅溪村的《梅山夏雪》"一派影成凝聚散，空翠无边"，到千金坪山的《雷泉丈瀑》"无端陇亩涨滔滔，赖有流泉成瀑布，灌溉佳苗"。

我曾经在《青铜器之乡》一文中这样写道：

一马平川的黄材盆地，旱涝保收，成为"鱼米之乡"。春季油菜花开，"花开浪漫风中舞，籽结馨香鼎里烹"是何等惬意；夏季田野葱葱，"开轩面场圃，把酒话桑麻"又是何等闲适；秋季稻浪滚滚，"一年好景君须记，最是橙黄橘绿时"则是怎样的丰收景象；冬季宁静安怡，便是"坐听一篙珠玉碎，不知湖面已成冰"了。

沩山巍巍。"大沩十万丈，上与浮云齐"，毗卢峰下，密印寺里，梵音渺渺；城墙大山，峡谷幽深，奇花异草，葱郁古木，珍稀椤树，香飘千年；猴公大山，翠竹沁馨香，松涛若浪奔；远处，瓦子寨、祝融峰，樱花烂漫；扶王山，风光无限。

沩水汤汤，青羊湖，碧波荡漾，如一位绝色女子，有"闭月羞花""沉鱼落雁"之美；千佛洞内，十三洞洞洞相连，钟乳石千姿百态。

月山峡谷，怪石嶙峋，龙泉漂流，曲径通幽。山岚的晨雾，顺着峡谷向四野敞开，鸟儿的叽叽喳喳，敲开树林的山门。清浅小溪偎着山石，用叮叮咚咚的词曲，绽放朵朵山菊。

"古人不见今时月，今月曾经照古人。"花开花落，古镇换新颜，今日黄材美如画，沩水之畔春如潮。

想起罗大佑唱的《光阴的故事》：

春天的花开秋天的风

以及冬天的落阳

忧郁的青春年少的我

曾经无知地这么想

风车在四季轮回的歌里

它天天地流转

风花雪月的诗句里

我在年年地成长

流水它带走光阴的故事

……

伫立沩水边，远处起伏的山峦，在编织美丽的风景。是谁在河岸唱一首不老的情歌？

古镇的风景啊，是一坛窖藏千年的美酒，让你醉在其中忘情啜饮。

"空山鸟语兮，人与白云栖，潺潺清泉濯我心，潭深鱼儿戏。"沩水悠悠，洗去世俗的喧嚣、人世的浮华，和清风、明月、鸟儿、鱼儿一起快乐在天地之间。

"昔我往矣，杨柳依依。"这个世界既古老又遥远，却从不模糊，总是美丽而充满希望。

"唯有门前镜湖水，春风不改旧时波。"其实，我们需要的是心灵的安宁与平静。

故乡，总是能安放我们身心的所在。

青春年少时，踏上求学之路。"少小离家老大回，乡音无改鬓毛衰。"从此，在城市与乡村之间游走，在三湘四水游走。

古老黄材，人文黄材，红色黄材，大美黄材，安然如素，岁月静好。

故乡，古老的历史，厚重的文化，于是，有了《青铜魅影》，有了《家国春秋》，有了《沩水泊岸》。

常住湘江边，行走于三湘四水。"三湘四水润湘楚，道南正脉承孔儒。"湖湘文化，源远流长，大气磅礴，于是，有了《湘江北去》。

如此，有了这本"湖湘文脉"之《文旅观澜》。这些文字大多曾发表于报刊、网络等平台。

感谢大学同窗、特别关注杂志社总编辑易飞兄百忙之中抽出时间为本书作序；感谢潇湘悦读文化研究会会长、云上雅集出版机构负责人张立云先生为本书出版给予的支持和帮助；感谢宁乡诗散文协会的朋友们在各篇文章在相关平台发表时给予的转发和捧场。

姜　峰

2021 年 6 月

潇湘文脉　田园观旅

观水有术　必观其澜

——《孟子·尽心上》